FOLIO BIOGRAPHIES

collection dirigée par

GÉRARD DE CORTANZE

Wagner

par

Jacques De Decker

Gallimard

Crédits photographiques :

1 : Archives Gallimard. 2, 3, 8, 11 et 12 : Archives Nationales de la Fondation Richard Wagner, Bayreuth. 4, 5, 7, 9, 10 et 13 : akg-images. 6 : Collection Roger-Viollet. 14 : Rue des Archives/Lebrecht/S. Lauterwasser. 15 : Koen Broos. 16 : BNF. 17 : akg-images/L. Lecat.

Jacques De Decker est nouvelliste et romancier (*La Grande Roue, Parades amoureuses*, chez Grasset), mais surtout auteur de théâtre : ses pièces ont été jouées jusqu'en Australie. Il a traduit et adapté Shakespeare et Tom Stoppard, Kleist et Schnitzler, Botho Strauss et Hugo Claus ainsi que Woody Allen. Critique littéraire au *Soir* de Bruxelles depuis quarante ans, il est secrétaire perpétuel de l'Académie royale de langue et de littérature françaises de Belgique. Il est l'auteur du livret de l'opéra de Benoît Mernier *Frühlings Erwachen* d'après Wedekind, qui fut créé en 2007 à la Monnaie à Bruxelles et à l'Opéra du Rhin à Strasbourg. Il a publié dans la même collection une biographie d'Henrik Ibsen.

« Das über Wagner gedachte steht wie unter einem Bann.
Der Geist hat ihm gegenüber die Freiheit noch nicht gewonnen. »

« La pensée sur Wagner est comme maudite.
L'esprit à son propos n'a pas encore accédé à la liberté. »

THEODOR W. ADORNO
Essai sur Wagner

Préface

Je vous hais en me prosternant. « *I hate you on my knees*[1] * ». L'homme qui parvient à résumer de la sorte les sentiments mélangés que lui inspire une idole, une « icône », dit-on aujourd'hui, est un musicien, Leonard Bernstein. Et l'objet de son déchirement en est un autre, Richard Wagner. Qu'un artiste puisse inspirer à la fois la haine et l'adoration a déjà de quoi intriguer. Et que cette ambiguïté l'escorte encore près de deux siècles après sa naissance et plus de cent vingt ans après sa mort indique bien que le « Cas Wagner », selon l'expression du plus emporté de ses admirateurs devenu le plus acharné de ses pourfendeurs, Friedrich Nietzsche, n'est pas une affaire classée.

De sorte qu'il est très difficile de dégager Wagner de la masse des discours qui n'ont cessé de proliférer à son propos, et qu'il a d'ailleurs considérablement enrichis lui-même. Car Wagner est le plus disert de ses autocommentateurs. Il se tenait d'ailleurs au moins autant pour un écrivain que

* Les notes bibliographiques sont regroupées en fin de volume, p. 266.

pour un musicien, quoi qu'ait pu en penser, notamment, Thomas Mann, qui prétendit n'avoir jamais jeté un regard sur ses écrits théoriques, ses fameux « traités ». Wagner, à titre de comparaison, a au moins autant disserté sur l'art, la société, la pensée, la culture en général qu'un Bertolt Brecht qui resta au demeurant toujours d'une grande discrétion à son endroit, alors qu'il aurait pu lui être plus férocement opposé. Wagner ne s'est pas contenté d'écrire ses propres livrets, ce qui le distingue déjà radicalement de la plupart de ses pairs, on lui doit aussi nombre d'essais, de discours, d'écrits de circonstance, une autobiographie partielle dictée à sa femme Cosima et une gigantesque correspondance adressée aux destinataires les plus divers. L'ensemble constitue un énorme corpus, dévotement répertorié, de son vivant déjà, par les chercheurs les plus diligents.

C'est que Wagner, familier des mythes, inventeur de quelques-uns d'entre eux (Barthes aurait pu l'appeler « mythotète »), était un mythe lui-même, statut auquel il ne contribua pas pour peu de chose, attachant un soin jaloux à l'édification de son image. En témoigne une anecdote plaisante. Navré, vers la fin de sa vie, que les bustes de lui qui décoraient les auberges et les hôtels de Bayreuth n'étaient pas à son goût, il incita un sculpteur de ses amis dont l'œuvre avait l'heur de lui plaire à offrir aux tenanciers de ces établissements de nouvelles copies de son effigie, en veillant bien sûr à ce qu'on ne sache pas qu'il avait financé l'opération. Passionné, souvent impulsif, Wagner était aussi méticuleux et des plus organisés. Son écriture en fait foi : les copistes n'eurent jamais de mal à déchiffrer ses partitions, puisque même les élans les plus emportés y étaient calligraphiés avec une tranquille maîtrise.

Tant de soucis mis à se profiler face au public ne manquèrent pas de porter leurs fruits : très vite, Wagner devint un artiste célèbre et controversé au point que, l'année de sa mort, la quantité de publications le concernant se comptait déjà par milliers. Cette production ne cessant d'augmenter depuis, il n'est pas excessif de dire qu'il appartient au cercle très restreint des personnalités majeures de notre civilisation. La plupart de ces textes, remarquons-le, sont engagés. Partisans frénétiques et ennemis résolus s'y répandent en éloges et en invectives, même quand ils se défendent d'y sacrifier. Wagner apparaît rétif à l'approche distante et paisible, il peut même provoquer de spectaculaires revirements. L'archétype de ces tête-à-queue est bien sûr celui de Nietzsche. Mais l'inverse est fréquent : il faut quelquefois avoir détesté cordialement Wagner pour finir par se convertir à lui. De toute manière, il n'est pas simple de l'aborder dans la sérénité. C'est le sens, en tête de cet ouvrage, de la citation d'Adorno, auteur d'un essai célèbre à son sujet : « La pensée sur Wagner est comme maudite. L'esprit à son propos n'a pas encore accédé à la liberté[2]. »

Ce petit livre n'a pas la prétention d'avoir rompu avec cette malédiction. Disons qu'il s'y est efforcé, en se contentant, pour l'essentiel, de narrer une tumultueuse existence, un parcours d'artiste hors du commun, dont il est stupéfiant qu'une œuvre aussi vaste, cohérente et novatrice ait pu en résulter.

Bruxelles, 13 mars 2010

« Klara, ne pars pas sans moi ! »

L'an 1813 fut décisif pour l'Europe. Les nations sur lesquelles Napoléon avait tenté d'étendre son empire s'étaient coalisées contre lui. Convaincues que son sort avait été scellé au terme de la campagne de Russie, l'Autriche, la Grande-Bretagne, la Prusse et la Suède avaient rejoint le tsar pour mettre fin à sa domination. La soif de libération était telle que, partout, les troupes régulières étaient ralliées par des volontaires, bien décidés à renforcer les armées. Pour tenir tête à cette vague de fond, Napoléon avait décidé de prendre appui sur une ville de Saxe qu'il pensait contrôler : le 2 mai, il investit Leipzig, peuplée de 32 000 habitants, avec non moins de 200 000 soldats. Cette occupation massive déborda sur les villages avoisinants, il va sans dire.

Les alliés réagirent aussitôt : avec quelque 350 000 hommes, Autrichiens, Prussiens et Russes convergèrent vers la ville et l'encerclèrent. Le roi de Saxe, Frédéric-Auguste, resté l'allié de l'empereur, quitta Dresde pour Leipzig et s'établit comme lui dans la somptueuse Maison Thomé, l'édifice qui dominait la Grand-Place. La résidence comprenait un théâtre et quelques suites d'un luxe inouï.

Il fallut attendre cinq mois avant que l'affrontement ait lieu. Il se produisit le 16 octobre. La bataille de Leipzig dura trois jours et fut surnommée « la bataille des géants » parce qu'elle réunissait les grandes puissances du temps. Elle déploya des moyens sans précédent, fit un monceau de victimes (plus de 70 000 dans le camp français, quelque 55 000 dans celui des opposants), et sonna le glas de l'épopée napoléonienne, que vint ponctuer Waterloo moins de deux ans plus tard.

Elle troubla certainement la paix d'un nourrisson né à Leipzig le 22 mai de la même année. Il était le neuvième enfant des époux Wagner domiciliés au deuxième étage de la maison dite « Au Lion rouge et noir » sur le Brühl, grande rue commerçante de la cité. Le père, Friedrich, greffier haut gradé de la police, avait eu fort à faire durant ces temps pour le moins troublés, d'autant que le maréchal Daoust, chef des armées d'occupation, l'avait beaucoup sollicité en raison de sa connaissance du français. Épuisé, il ne résista pas à l'épidémie de typhus, l'un des dégâts collatéraux de la bataille, qui l'emporta un mois plus tard. Richard fut donc orphelin avant de pouvoir en prendre conscience : est-ce la raison du doute sur leur paternité qui étreindrait tant de ses personnages ? Il perdit aussi sa sœur Theresia, son aînée de quatre ans, d'une maladie infantile causée par les infections consécutives à la bataille. L'enfant fut suivie dans la tombe par sa grand-mère paternelle quelques jours plus tard.

La mère, Johanna Rosine, prit bientôt le parti de fuir Leipzig, devenue si funeste. Elle alla rejoindre à Dresde Ludwig Geyer, ami proche de la famille, qu'elle épouserait bientôt. Cette union privée préfigura, à très petite échelle, une fédération politique importante des plus vastes : celle des quarante et un États allemands qui, décidée le 9 juin 1815 au terme du congrès de Vienne, entra en vigueur dès après Waterloo. Le roi de Saxe, qui avait été emprisonné en raison de sa collusion avec Napoléon, fut rétabli dans ses fonctions au prix d'une diminution territoriale et engagea pour la ville de Dresde une politique culturelle ambitieuse : le théâtre municipal devint Théâtre royal de la Cour, ce qui valut à Ludwig Geyer, membre de la troupe, de porter désormais le titre de « comédien de la cour royale ». Carl Maria von Weber, le futur compositeur du *Freischütz*, dont des hymnes avaient été scandés par les troupes de la coalition, fut nommé maître de chapelle de la Cour, c'est-à-dire directeur musical de l'Opéra nouvellement fondé. Il était très lié à Geyer, dont il venait régulièrement visiter la maisonnée, et devint bientôt un familier des enfants, notamment du petit Richard.

Tous les membres de la famille avaient la fibre artistique, dont d'ailleurs Friedrich, le père défunt, n'était pas dépourvu. Il avait des dispositions de chanteur et d'acteur, qu'il exerçait dans des troupes d'amateurs, au point d'en négliger sa famille et même ses fonctions. Son ami Geyer, futur second époux de sa femme et père adoptif de Richard, artiste professionnel aussi doué pour le théâtre que pour le chant, la peinture ou la littérature, avait pris l'habitude de tenir compagnie à Johanna, alimentant de la sorte bien malgré lui la rumeur selon laquelle il aurait été le père naturel de Richard. Rien jamais ne permit de le prouver, et Wagner lui-même, dans son autobiographie, estimera que les liens que Geyer, à qui il était très attaché, entretenait avec sa mère ne relevaient de rien d'autre que, selon l'expression goethéenne, d'« affinités électives ».

Sur les origines de la mère elle-même, les spéculations semblent, en revanche, beaucoup plus fondées. Elle était née à Weissenfels, localité éloignée d'une trentaine de kilomètres de Leipzig, sur la route de Weimar. C'est là que vivaient les Hardenberg, donc aussi le poète qui avait pris le pseudonyme de Novalis. Ce membre illustre de la non moins illustre famille y était mort en 1801. Curieusement, Johanna n'avait pas été élevée par ses parents, le boulanger Johann Gotlob Pätz et Dorothea Erdmuthe, née Iglish, fille d'un tanneur. Raffinée, très cultivée, elle resta toute sa vie marquée par son éducation dans un pensionnat de Leipzig réservé à de jeunes aristocrates. Elle devait ce privilège, disait-on dans la famille, aux libéralités d'un « ami de son père ». Les généalogistes purent identifier ce protecteur : il s'agissait du prince Frédéric-Ferdinand-Constantin, frère de Charles-Auguste, le grand-duc de Saxe-Weimar, ami de jeunesse et grand bienfaiteur de Goethe. À quinze ans, il aurait engrossé Dorothea, déjà mariée au boulanger Pätz, et veillé à l'éducation de l'enfant, née le 19 septembre 1778 (ou 1774, selon les sources) qui quitta justement cet établissement d'élite en 1793, année de la mort du prince qui aurait été l'auteur de ses jours. Selon le précepteur de celui-ci, le major von Knebel, lui aussi ami très proche de Goethe, le prince Constantin se distinguait par son goût de la lecture, de l'écriture, de la musique et des jolies femmes, fussent-elles d'âge mûr…

Mais même sans cette ascendance, le jeune Richard aurait baigné dans la culture. Non seulement ses parents avaient la fibre artistique (plus prononcée chez son père adoptif, mais déjà très présente chez Friedrich Wagner), mais tous ses frères et sœurs exercèrent des professions artistiques ou limitrophes. Deux de ses sœurs, au surplus, épousèrent les frères Brockhaus, dont l'un était philologue et l'autre fondateur de la fameuse maison d'édition qui porte toujours son nom.

Le petit Richard ne manifesta pas pour autant, malgré cet environnement très propice, des dispositions précoces. À la différence de Mozart ou de son futur beau-père Franz Liszt, qui était déjà un soliste reconnu internationalement à l'âge de neuf ans, il n'était pas à proprement parler un prodige, bien qu'il fît à quatre ans ses débuts au théâtre, figurant un ange aux ailes cousues dans le dos. Pour cette prestation dans une œuvre de Carl Maria von Weber montée au Hoftheater de Dresde, il avait reçu en guise de cachet un bretzel.

Son beau-père, qui avait veillé à cet engagement,

lui facilitait l'accès aux représentations, auxquelles son frère Albert, de quinze ans son aîné, et ses sœurs Luise et Rosalie apportaient leur concours. Aussi, trois ans plus tard, le 19 septembre 1820 très exactement, le petit Richard se vit-il confier son premier rôle parlé, celui du fils cadet de Guillaume Tell dans la pièce de Schiller, toujours au Hoftheater. Sa sœur Klara jouait son frère aîné. Il devait, comme celui-ci s'éloignait, adresser à sa mère cette unique réplique : « Mère, je reste avec toi. » Mais voyant sa sœur gagner les coulisses, il sortit à sa suite, en s'écriant : « Klara, ne pars pas sans moi [1] ! » Ce fut son premier succès public.

Le même mois, il se trouve confié pour son éducation au pasteur Christian Ephraïm Wetzel, qui l'admet dans son internat à Possendorf, à trois heures de marche de Dresde. Sa mère s'était-elle souvenue de sa propre formation en suivant le conseil de son mari, qui appréciait cette institution privée fréquentée par des enfants de la bonne société ? Richard y fut surtout passionné par les récits que lui faisait son professeur de la vie de Mozart, des combats que menaient les Grecs pour s'émanciper des Turcs, et de la singulière aventure de Robinson Crusoe. Mais il ne bénéficia que durant un an de cet enseignement. En septembre 1821, son beau-père Geyer, atteint d'une pleurésie, était à l'article de la mort. Richard put encore, revenu en hâte de Possendorf, lui interpréter une mélodie au piano, se fiant seulement à son oreille, car il n'avait jamais été initié à cet instrument, ce qui fit dire au moribond, reposant dans la pièce à côté : serait-il doué pour la musique ? Dans son autobiographie, Wagner fait un sort à cette phrase, il va sans dire.

Devenue veuve à nouveau, Johanna n'avait plus les moyens de rémunérer le pasteur Wetzel. Richard fut alors recueilli par un frère du défunt, Karl Geyer, orfèvre à Eisleben, ville natale de Luther, qui avait déjà pris son frère aîné, Julius, en apprentissage. La mère Geyer vivait encore dans l'ignorance de la mort de son fils, et il fut convenu que la nouvelle lui demeurerait épargnée. Richard eut donc comme instruction de parler de son père adoptif comme s'il était encore de ce monde, ce dont il s'acquitta avec zèle durant les quelques semaines où l'aïeule lui survécut.

Hormis ce pieux mensonge, Richard conserva d'Eisleben le souvenir du passage d'une troupe d'acrobates qui le fascina tellement qu'il n'eut de cesse de les imiter. Dans la famille, il se distingua bientôt par la joie qu'il prenait à marcher sur les mains, ou à glisser du haut en bas de la maison sur la rampe de l'escalier. Il s'exerça au funambulisme, talent qui lui resta longtemps : lorsque, quelque quarante ans plus tard, Villiers de L'Isle-Adam vint lui rendre visite à Neufchâtel en compagnie de Catulle Mendès et de Judith Gautier, la fille de Théophile, ils le virent encore capable de grimper avec adresse au sommet d'un arbre !

Mais, une fois encore, il ne pourrait bénéficier plus d'un an de ce nouveau type de formation : Karl Geyer s'étant marié, son épouse refusa de s'encombrer d'un enfant. Entre-temps, par bonheur, sa mère vivait dans des conditions moins précaires, Rosalie et Klara, les sœurs de Richard, commençaient à subvenir à leurs besoins. L'une rapportait ses gages de musicienne, l'autre faisait désormais partie de la troupe du Théâtre italien de Dresde et avait ébloui la critique en débutant dans la *Cenerentola* de Rossini. Sa jeune renommée attirait des hôtes de marque dans la maison Geyer, à commencer par un habitué, Carl Maria von Weber, désormais auréolé de l'extraordinaire accueil fait à son *Freischütz* à Berlin et à Dresde. On débattait beaucoup, dans le sillage de ce succès, des vertus d'un opéra allemand qui romprait avec la mode italienne : le jeune Wagner ne perdait pas une miette de ces conversations.

Curieusement, sa mère conservait la crainte que son cadet, à l'instar de ses frères et sœurs, n'embrasse lui aussi une carrière artistique. Aussi l'inscrivit-elle à l'École de la Croix, un établissement d'enseignement général, en menaçant de le maudire s'il s'aventurait dans le théâtre. Le malheur pour la veuve Geyer fut que Richard put voir une représentation du *Freischütz*. Ce fut l'éblouissement. Weber, qu'il avait déjà eu l'occasion de côtoyer, devint son idole, et il obtint du compositeur, ami de son beau-père décédé — dont il portait à présent le nom — le libre accès à l'opéra qu'il dirigeait. Ces visites l'emplissaient d'un bonheur qu'il analysa plus tard dans le récit de sa vie :

> Ce qui m'attirait au théâtre, et j'entends par là aussi la scène, les coulisses et les loges que la salle de spectacle, c'était moins

le besoin de distraction et d'amusement recherché du public de nos jours, que la délicieuse excitation provoquée par un milieu tout différent de celui où je me mouvais habituellement, un monde factice, attrayant et effrayant à la fois. Un décor, une simple coulisse représentant un buisson, un costume, même une simple partie caractéristique de celui-ci, faisaient pour moi partie intégrante de ce monde extraordinaire, et ces objets devenaient pour moi les leviers à l'aide desquels je m'élançais de la banale réalité dans cette charmante sphère fantastique qu'est le monde du théâtre. De sorte que tout ce qui avait rapport à une représentation théâtrale possédait pour moi un attrait mystérieux et enivrant[2].

Convaincu dès lors, à l'âge de onze ans, qu'il deviendrait compositeur, il se résigna à prendre des leçons de piano, lui qui avait horreur de faire ses gammes et qui, jusque-là, n'avait joué que d'instinct. Il se dit aussi qu'il apprendrait beaucoup en recopiant des partitions, et commença par un Lied de Weber. Sa mère admit qu'elle ne réussirait pas à éloigner Richard de sa vocation et consentit à lui acheter du papier ligné. Elle en fut quitte pour conserver pieusement les premières notes que son fils avait jetées sur le papier.

Au collège de la Kreuzschule lui vint le goût de la littérature et de la mythologie, surtout auprès de Karl Julius Sillig, un enseignant particulièrement charismatique. Il alla même jusqu'à hésiter entre les professions musicale et littéraire. Il rédigea à douze ans une tragédie chevaleresque pour marionnettes qui déclencha une telle hilarité chez ses sœurs (Richard vivait dans un gynécée composé de sa mère et de ses sœurs Rosalie, Luise, Klara, Ottilie et Cäcilie) qu'il en déchira aussitôt le manuscrit. Son professeur fit preuve de plus d'indulgence : moyennant quelques corrections de sa part, qui visaient surtout à en réduire le sentimentalisme, il fit imprimer l'éloge funèbre que Richard avait rédigé à la mémoire d'un condisciple disparu. Ce fut la toute première publication d'un texte de Wagner.

À quatorze ans, il fut soudainement libéré de l'emprise féminine qui pesait sur lui. Rosalie ayant obtenu un engagement au Théâtre allemand de Prague, mère et sœurs l'accompagnèrent en Bohême, laissant Richard à Dresde, qui fut admis comme pensionnaire dans la famille de son camarade de classe Rudolf Böhme. Ils firent par deux fois le voyage de Prague et retour à pied, trois jours de marche dans les deux sens. Richard en garderait le goût de la randonnée, qu'il continuerait à pratiquer toute sa vie. Cette même année 1827, il opta définitivement pour le nom de Wagner (il s'était appelé Geyer depuis le remariage de sa mère). Il le choisit peut-être pour sa signification : « *derjenige der wagt* », celui qui ose.

Sa sœur Luise ayant décroché un contrat de comédienne à Leipzig et s'y étant fiancée avec le libraire Friedrich Brockhaus, toute la tribu revint s'y installer, Richard étant toujours basé à Dresde. Il n'eut de cesse de rejoindre sa ville natale et poursuivit ses études au Nikolai Gymnasium, sans conviction aucune : pas un seul des maîtres qui y officiaient ne lui inspirait le moindre enthousiasme. Mais son oncle, Adolf Wagner, érudit et libre-penseur, traducteur de Byron et de Benjamin

Franklin, auteur d'une anthologie de poésie italienne, trouva en lui un disciple avide de son savoir et s'employa, dans un esprit hostile à toutes institutions, à lui commenter les œuvres de Goethe, Schiller, Kleist, Dante et Shakespeare. Richard en fut tant abreuvé qu'il préféra sécher les cours et consacrer le temps ainsi gagné à la rédaction d'une tragédie à la manière de « Schakespear[3] » (*sic*).

Leubald und Adelaide met en scène un jeune homme que l'assassinat de son père contraint à la vengeance. La pièce ne se limite pas à cette seule et hamlétienne revanche. Le bilan du massacre compte plus de quarante morts, au point que l'œuvre s'achèverait faute de combattants si les protagonistes n'étaient autorisés à revenir à l'état de spectres. Une hilarité générale salua une nouvelle fois l'ouvrage dans le cercle de famille, l'oncle Adolf allant même jusqu'à décréter qu'une malédiction avait dû frapper le clan Wagner.

Richard, cette fois, ne fut pas ébranlé par ces réactions, puisqu'il avait déjà la conviction, si l'on en croit son autobiographie, que son « œuvre ne pourrait être jugée que si elle était pourvue de musique[4] ». Ce qui fait écrire à Walter Hansen qu'il avait, très jeune déjà, l'intuition du « drame musical[5] », où la musique se plie aux exigences du drame. Cette certitude mettait un terme au dilemme qui le tenaillait, puisqu'il savait à présent que pour réaliser son idéal, il se devait d'être à la fois dramaturge et compositeur. Les divers biographes de Wagner ne manquent pas de souligner que cette hypothèse selon laquelle le drame musical réclamait un auteur complet, on la devait à Jean-Paul Richter, l'écrivain prolifique et fantasque qui l'avait lancée l'année même de la naissance de Wagner. Il vivait à Bayreuth, où il mourrait peu après, et l'avait formulée en ces termes dans une préface aux *Pièces fantastiques* de E.T.A. Hoffmann : « Jusqu'à ce jour, le dieu solaire distribue le don poétique de la main gauche et le don musical de la main droite à des bénéficiaires tellement éloignés l'un de l'autre que nous attendons toujours l'homme capable à la fois d'écrire et de composer un opéra[6]. »

Quelle prophétie !

Pour mieux se familiariser avec la composition, Richard prit des cours auprès de Gottlieb Müller, sans en aviser la famille, et sans avoir un sou vaillant pour les payer. Il était d'autant plus réceptif à cet apprentissage qu'il venait d'entendre pour la première fois les *Septième* et *Neuvième Symphonies* de Beethoven qui lui firent l'effet d'une révélation. La neuvième, en particulier, lui semblait contenir « le secret des secrets[7] ». Pour mieux s'en imprégner, il en recopia la partition, de même que celles de la *Cinquième* et de l'ouverture de *Egmont*. Il proposa à l'éditeur Schott, avec qui il travaillerait tant par la suite, une transcription pour piano de la neuvième, mais son offre fut refusée.

Autre grande émotion liée à Beethoven : en avril 1829, il assiste à une représentation de *Fidelio*, avec dans le rôle de Leonore la cantatrice Wilhelmine Schröder-Devrient. De dix ans son aînée, elle le subjugue au point que dans la nuit même, du haut de ses seize ans, il écrit à cette reine des scènes de son époque que sa vie a trouvé grâce à elle sa signification :

> Si un jour, mon nom acquiert quelque notoriété dans le monde de l'art, souvenez-vous que ce soir vous avez fait de moi celui que je me jure de vouloir devenir[8].

Leurs voies, on le verra, se croiseraient à de multiples reprises.

Sa famille n'est pas enchantée par cette frénésie musicale. Johanna n'a pas apprécié d'avoir dû payer les factures de Gottlieb Müller, ni de recevoir de l'école qu'il est censé fréquenter les certificats de ses nombreuses absences, et autant de réprimandes ; lorsqu'il lui arrive d'assister au cours, il est souvent surpris en train de lire des livres cachés dans son pupitre. Le *Faust* de Goethe, par exemple, qu'il a la ferme intention de transformer en opéra. Il n'en fera rien, du moins dans l'immédiat, mais il mène à bien une sonate, un quatuor, et le premier acte d'une pastorale dont on n'a pas gardé de traces.

Une nouvelle source d'inspiration s'impose à lui, sous la poussée des événements. La révolution de Juillet, partie de France, répandait ses échos à travers toute l'Europe. En Allemagne, elle entraîna la remise en question du système monarchique, largement issu de la féodalité. Chez Wagner, cette effervescence provoqua un début de conscience politique. « Et bien sûr, dit-il, j'ai pris entièrement parti pour la révolution[9]. »

En fait d'insurrection, il se contenta de la mise à sac d'un bordel fréquenté par les notables de Leipzig. Mais il s'imprègne des idées nouvelles au fil de ses lectures et, en particulier, des travaux de corrections que lui fournit son beau-frère, Friedrich Brockhaus, appelé à devenir un des plus grands éditeurs allemands. Ainsi se voit-il confier deux tomes de l'*Histoire universelle*, l'un sur le Moyen Âge, l'autre sur la Révolution française. Il reste cependant suffisamment dévoué à son employeur pour ne pas tolérer que les ouvriers insurgés s'attaquent à ses machines d'imprimerie. Pour être acquis aux doctrines progressistes, Wagner ne cessera jamais d'être un pragmatique.

La Saxe se dote d'une Constitution modernisée, au point que le roi en titre, Anton, délègue les pleins pouvoirs à son neveu Frédéric-Auguste II, bien plus gagné aux réformes que lui. Enthousiasmé, Wagner lui dédie une « Ouverture politique », dont il veillera à ce que la postérité n'ait aucune connaissance. La rumeur a mieux conservé la mémoire de son ouverture en *si* bémol majeur, surnommée « l'ouverture aux coups de grosse caisse » parce qu'il y prévoyait une percussion tonitruante toutes les quatre mesures ! Le directeur musical du théâtre de la Cour avait décidé de son exécution le soir de Noël 1830. Le public, d'abord stupéfait, s'amusa bientôt à anticiper les ponctuations assourdissantes. Ce fut un tel désastre que le jeune compositeur voulut réparer les dégâts en offrant au théâtre une ouverture pour la tragédie de Schiller *La Fiancée de Messine*. On ne lui donna pas l'occasion de l'achever. Sa carrière musicale venait de débuter sur un échec retentissant.

« Je sentais Dieu debout à côté de moi »

Wagner est bien conscient qu'il lui reste beaucoup à apprendre. Aussi s'inscrit-il, en février 1831, dans la section musicale de l'université de Leipzig. Une fois encore pourtant, l'enseignement le rebute. Il a un objectif : être en mesure de composer une œuvre digne de son idole, la Schröder-Devrient, la « diva » de son temps, mais n'a pas l'impression que les cours dispensés lui facilitent la voie dans ce sens. L'apprentissage du violon, en particulier, l'agace, au point que son professeur, Robert Sipp, n'hésitera pas à le désigner bien plus tard comme le plus mauvais élève qu'il ait jamais eu. Le cancre trouve d'autres agréments à la vie estudiantine, qui pourraient bien avoir motivé son inscription : ses liens de parenté avec Friedrich Brockhaus lui valent d'être admis dans la très sélective association Saxonia, réservée à des descendants des grandes familles aristocratiques et bourgeoises.

Il se jette à corps perdu dans la vie de carabin. Il s'initie à la tradition du duel, dont le trophée est la balafre au visage dont les étudiants arborent fièrement la virilité triomphante. Le néophyte qu'il est se fait bientôt provoquer pour un motif dérisoire par un certain Degelow, bien plus aguerri que lui, mais qui ne sera pas en mesure de l'affronter dans un combat : dans l'intervalle, il n'a pas survécu à un autre duel à Iéna. Ce n'est pas la seule fois que Wagner se trouve de la sorte exempté de devoir réellement se mettre en danger, danger d'ailleurs réel étant donné son inexpérience. Un autre de ses rivaux s'effondre, sous ses yeux au demeurant, dans la salle de billard d'une auberge de la Burgstrasse. Un troisième s'exile en Algérie et s'y inscrit dans la Légion étrangère qui vient d'être instituée. Un quatrième perd son statut d'étudiant pour s'être fait expulser d'une maison de tolérance et ne remplit donc plus les conditions pour le rencontrer sur le pré. Un dernier ne se présente tout simplement pas à l'heure convenue : il a fui la ville la veille pour échapper à ses créanciers. Cette suite de duels manqués, dont chacun aurait pu lui coûter la vie, est le premier signe d'une chance qui, comme cela se vérifiera souvent par la suite, bien que se faisant parfois attendre, ne manquera jamais de voler à son secours.

Une autre mésaventure, qui aurait pu mal tourner, l'atteste. À cette même époque d'effervescence estudiantine, il se met à fréquenter les tripots, dans l'idée surtout d'augmenter ses ressources et d'éponger ses dettes, souci qui ne cessera de le hanter. Un jour qu'il était allé retirer la pension de veuve de sa mère, comme elle le lui avait demandé, il la met en jeu le soir même et la dilapide jusqu'à ce qu'il ne lui reste qu'un dernier thaler. En désespoir de cause, il le met en jeu. Et voilà que la tendance s'inverse. Non seulement il regagne tout ce qu'il doit à sa mère, mais aussi de quoi rembourser l'ensemble de ses créanciers. « Je sentais, dit-il dans son autobiograhie, clairement Dieu ou son ange debout à côté de moi[1]. » Il se jure séance tenante de ne plus remettre les pieds dans une maison de jeu et se promet de reprendre ses études, mais cette fois auprès de Theodor Weinlig, cantor de Saint-Thomas, connaisseur de Jean-Sébastien Bach et admirateur de Beethoven, son contemporain.

Partant le plus souvent d'une composition de Mozart, son nouveau maître le rend attentif à sa construction, aux rapports des parties, aux thèmes et à leurs modulations. Il l'oriente dans la composition d'une sonate pour piano, d'une polonaise et de sept pièces inspirées du *Faust* de Goethe. De plus, une ouverture en *ré* mineur plaît tant à Weinlig qu'il la fait programmer au concert de Noël du théâtre de la Cour, un an jour pour jour après le désastre de son ouverture aux percussions assourdissantes. Cette fois, Wagner est tellement inquiet qu'il ne prévient aucune de ses sœurs, même pas Ottilie qui est chez une amie à Copenhague. Seul au fond de la salle, il a la joie d'assister au premier accueil favorable d'une de ses œuvres en public. Deux mois plus tard, le 23 février, le concert est repris au Gewandhaus : cette fois, les sœurs s'y rendent parées de tous leurs atours. Elles sont si heureuses qu'elles pleurent de joie aux applaudissements. Weinlig intervient pour que la sonate pour piano soit éditée chez Bretkopf et Häertel (c'est la première parution d'une partition de Wagner) et lorsque la mère de son disciple lui demande le montant de ses honoraires, il lui dit qu'il ne serait pas équitable qu'il réclame un salaire pour le plaisir qu'il a éprouvé de donner des cours à Richard Wagner.

Un des héros de la Révolution polonaise, le comte Vincenz Tyskiewicz, séjournait à ce moment à Leipzig. Son allure et son élégance en imposent à Richard, et surtout la funèbre rumeur qui l'accompagne : ne reconnaissant pas sa femme dans la silhouette tentant de lui faire la surprise d'entrer par la fenêtre de la chambre d'un de ses châteaux la nuit, il a abattu son épouse d'un coup de carabine. Le comte se prend de sympathie pour le jeune musicien qu'il a rencontré dans le salon de sa sœur, Luise Brockhaus, et il lui propose de l'accompagner dans son retour en Galicie, au moins jusqu'à Brünn. Le voyage se fait en diligence, moyen de locomotion que Wagner n'a encore jamais emprunté. À Brünn, où l'a laissé son compagnon de voyage qu'il ne reverra plus jamais, Wagner apprend que le choléra s'est déclaré. La crainte de la contamination lui vaut une nuit d'angoisse qu'il relatera dans son autobiographie. Lui qui a toujours craint les fantômes a l'impression que le choléra vient le rejoindre sur sa couche, où il s'est pourtant hermétiquement emmitouflé. Il tente le bilan de sa vie, se demande ce qu'il a fait de ses dix-neuf années d'existence. L'heure est décisive : il sait à présent que s'il survit à cette nuit qui pourrait être sa dernière, il doit sortir de l'apprentissage.

Dès le lendemain, surpris et heureux de n'avoir pas trépassé, il prend la route vers Vienne. Il y passe six semaines, le temps d'y être écœuré par l'omniprésence de Johann Strauss, qu'il qualifiera dans ses souvenirs de « démon de l'esprit populaire musical viennois[2] », puis poursuit jusqu'à Prague en chaise de poste pour rejoindre, à moins d'une dizaine de lieues de là, le château Pravonin, propriété du comte Johann Joseph Pachta. On y cherche un maître de musique pour les filles naturelles du châtelain, les sœurs Jenny et Augusta Raymann, deux bâtardes aristocratiques des plus charmantes. Richard s'amourache de Jenny, la plus brune, la plus mince et la plus raffinée. Il n'imagine pas que les deux donzelles n'ont qu'un but : épouser un noble pour combler leur déficit de classe avec leur père. Richard a beau entretenir Jenny des conquêtes de la Révolution française, et des hauts mérites de la bourgeoisie, il doit admettre qu'il n'a aucune chance d'éclipser les cavaliers titrés qui papillonnent autour de sa belle.

De retour à Prague, il obtient contre toute attente que le directeur du Conservatoire, le très redouté Dionys Weber, mette au programme sa symphonie en *ut* majeur interprétée par les élèves. Le comte Pachta, en qualité de président de l'établissement, assiste au concert et se montre très intéressé. Wagner voit remonter sa cote, retourne à Pravonin, mais se heurte cette fois au barrage de Mme Raymann, la mère des deux débutantes, qui s'oppose à ce qu'il ait le moindre contact avec elles. Il force pourtant l'accès auprès de Jenny qui, cette fois, l'éconduit si résolument que Richard en est quitte pour écrire à son camarade d'études Theodor Appel qu'elle n'est pas digne de son amour.

L'affaire peut paraître négligeable. Elle le détermine cependant à esquisser un premier opéra : *Les Noces*. Il en a tiré le sujet de l'ouvrage de J. G. G. Busching *Temps et esprit chevaleresque*. L'argument ? Ada, le soir de ses noces avec un noble qu'elle n'aime pas, repousse l'élu de son cœur avec une telle violence qu'il tombe du haut de la tour du château et se fracasse au sol. On soupçonne l'époux du forfait, mais Ada se jette elle aussi dans le vide et s'abîme sur le cercueil de son soupirant. De retour à Leipzig à la fin de 1832, Wagner soumet l'ouverture, le premier chœur et une scène de son opéra à son maître Weinlig, qui ne tarit pas d'éloges. Mais il a le malheur de solliciter également l'avis de sa sœur Ottilie, qui vient de jouer Marguerite dans le *Faust* de Goethe au théâtre de la Cour. Celle-ci, sans se moquer, lui démontre posément les innombrables défauts de son essai. Wagner en conclut qu'il n'a qu'à détruire sa partition. Il épargne ce sort à la seule scène composée que Weinlig avait particulièrement appréciée. Elle ne sera créée que pour le cinquantenaire de sa mort, le 13 février 1933, à Rostock.

Cette fin d'année 1832 lui permet de faire une rencontre qui sera déterminante pour son évolution intellectuelle. Vient d'arriver de Silésie un journaliste, blondinet de vingt-six ans, dont les éditoriaux épouvantent les lecteurs de la bonne société. Heinrich Laube appartenait au mouvement « Jeune-Allemagne » qui comptait aussi dans ses rangs Heinrich Heine et Georg Herwegh et avait pris de l'ampleur au lendemain de la mort de Goethe, le 22 mars 1832. Laube était l'auteur d'un roman, *Le Siècle nouveau*, et caressait le projet d'un vaste ouvrage en plusieurs tomes, *La Jeune Europe*, qu'il ne mènerait jamais à bien.

Il était entré en contact avec le clan Wagner en invitant à danser une jeune femme à un bal organisé à l'hôtel de Pologne, à Leipzig. Tandis qu'ils virevoltent sur la piste, il lui glisse à l'oreille : « Ne pensez-vous pas, mademoiselle, que les lois actuelles sur le mariage devraient être changées ? » Sa cavalière lui répond, sans ambages : « Maintenant ? Tout de suite [3] ? » Tout ce que l'on sait, c'est que l'auteur de la réplique est une sœur de Wagner : soit Luise, la femme de l'éditeur Brockhaus, soit Ottilie, qui épouserait le frère du précédent, Hermann Brockhaus, le philologue, et que l'une ou l'autre s'est hâtée de présenter Richard à ce brillant impertinent.

Laube, qui comptait se rendre à Paris, parce que Heine y vivait déjà depuis l'année précédente, se voit confier la rédaction du *Journal pour le monde élégant*, où il peut donner libre cours à sa plume affûtée et à ses jugements acérés, dans le style des « Jeune-Allemagne » qui n'aimaient rien tant que la polémique. Wagner le fréquente assidûment. Ils se rencontrent souvent chez Kintschy, le célèbre café-confiserie du Rosenthal. Laube est un jouisseur, un sensuel, qui ne jure que par un roman du Sturm und Drang, *Ardinghello ou les îles fortunées* de Wilhelm Heinse, qu'il juge trop éclipsé par le retour de Goethe et de Schiller au classicisme, et par leur romantisme sentimental. Wagner est frappé par l'État utopique que fonde Ardinghello, où sont prônés l'amour libre, la communauté des femmes et le droit au plaisir. Y voit-il déjà le Venusberg de *Tannhäuser*, l'extase érotique de *Tristan*, voire les filles du Rhin ?

Laube, pour sa part, admire le talent du compositeur de dix-neuf ans. Dans sa symphonie en *ut* majeur, il loue à la fois la « naïveté virginale » et la « force hardie et audacieuse de la pensée[4] ». Il a lui-même composé un livret, *Kosciuszko*, inspiré d'un héros de la Révolution polonaise, qu'il aimerait voir mis en musique par Wagner. Mais celui-ci lui signifie qu'il se charge de ses livrets lui-même. D'ailleurs, il a déjà jeté son dévolu sur une pièce du Vénitien Carlo Gozzi, *La Donna serpente*, qui date de 1672, et dont l'intrigue lui paraît faire l'affaire. On y raconte qu'un mortel, Arindal, s'éprend d'une fée, Ada, qui ne consentira à l'épouser qu'à condition que durant huit ans il s'abstienne de l'interroger sur son origine. Comme il faillit à ce commandement, la fée se change en pierre (dans sa version du moins, dans la pièce elle se métamorphosait en serpent). Pour mettre un terme à ce sortilège, Arindal est tenu de surmonter diverses épreuves et finit par régner avec Ada sur le royaume des fées.

Des thèmes divers apparaissent déjà dans *Les*

Fées cette œuvre initiale d'un créateur de vingt ans, qui réapparaîtront dans l'œuvre future : l'amour entre l'humain et le mythe, le conflit entre les conventions et l'appel des sens, l'interdit pesant sur l'interrogation identitaire. Par ailleurs, le contact avec le style de Laube et des « Jeune-Allemagne » en général l'aura aussi soulagé des lourdeurs de ses premiers écrits. La rencontre aura à la fois nourri sa réflexion et mis le librettiste sur ses rails.

Soucieux de se familiariser avec la réalité de l'opéra, il obtient, en janvier 1833, un engagement au théâtre de Würzburg, où son frère aîné Albert est chanteur attitré. C'est son premier contrat : il est nommé chef des chœurs pour un salaire de dix florins bavarois (approximativement 140 euros). Il a le loisir de travailler aux *Fées*, mais aussi de s'attacher à ses plus séduisantes choristes. Il donne des cours particuliers de chant à Thérèse Ringelmann selon une méthode dont il admettra dans ses Mémoires qu'il ne pourrait pas la définir, mais ne s'obstine pas lorsque la mère et le père — fossoyeur de son état — de la belle exigent de lui qu'il se déclare.

Il jette alors son dévolu sur Frederike Galvani, d'origine italienne et fiancée à un musicien de l'orchestre qui ne soumet pas la jeune fille à une surveillance scrupuleuse. La résignation discrète de son rival lui vaut même, confiera-t-il plus tard, « la première impression d'avoir quelque valeur parmi les femmes [5] ». Walter Hansen voit dans cette attitude l'illustration initiale d'un syndrome qui se répétera fréquemment : celui d'accorder d'autant plus de prix à la séduction d'une femme qu'elle s'accompagne de la suprématie sur un autre homme[6]. Wagner sacrifierait selon lui à ce que Freud appelle, dans sa *Contribution à la psychologie de la vie amoureuse*, la « condition du tiers lésé[7] ». On observera diverses déclinaisons du même dispositif au fil de sa vie sentimentale.

À Würzburg, il est confronté aux vogues de l'art lyrique du temps. En étudiant les opéras prisés par le public, les œuvres de Meyerbeer, Rossini, Auber, Halévy notamment, en découvrant la prééminence du grand opéra français en somme, il est tellement déçu qu'il prétend souffrir de « démoralisation esthétique[8] ». Si nécessaire, il s'adjuge le droit de modifier les ouvrages à l'affiche. Il développe, par exemple, une aria dans un opéra qui trouve grâce à ses yeux, *Le Vampire* de Marschner, à la grande joie de son frère, ravi de l'interpréter.

Il avait déjà renoncé à la pratique du duel et aux jeux de hasard. Au cours d'une dispute très arrosée dans une auberge, il s'empare d'un bâton et en frappe le crâne d'un certain André. L'impact est tel qu'il craint pour la vie de son adversaire. Il se promet de ne plus jamais en venir aux mains si sa pauvre victime ne garde pas de séquelles de son agression. Comme André en réchappe, il se tiendra désormais à sa résolution, préférant la joute verbale ou écrite à l'affrontement physique.

Il poursuit la composition des *Fées*, qu'il termine le dimanche 9 décembre 1833 à midi juste, tandis que retentissent toutes les cloches de la ville. Il n'envisage pas un instant la création de son premier opéra à Würzburg. Elle devra évidemment avoir lieu à Leipzig. Rosalie, qui n'a pas l'habitude de le ménager, l'encourage en ce sens, se montre même enthousiaste, et le directeur du Théâtre de la Ville, dont elle est pensionnaire, prévoit la première pour août 1834. Mais le régisseur, Franz Hauser, et le directeur musical, Ferdinand Stegmayer, regimbent. Ils proposent une mise en scène orientaliste, très dans le goût du jour, alors que Wagner, qui ne veut pas entendre parler de turban et de kaftan, avait situé l'action dans un Moyen Âge chevaleresque nimbé de mythes nordiques. Mais il ne résiste pas vraiment à ces critiques, parce que sa confiance dans son œuvre faiblit.

Il assiste, un soir d'avril 1834, à une représentation de l'opéra *Les Capulets et les Montaigus* de Bellini où le rôle de Roméo était tenu par sa chère Wilhelmine Schröder-Devrient. Il est frappé par le contraste entre le jeu de la cantatrice et celui du reste de la distribution. Parmi des chanteurs qui se comportent comme des instruments, sans donner la moindre vibration humaine à leur jeu, elle est la seule à doter son personnage d'une réelle dimension dramatique. Wagner en conclut que ce qui manque à l'opéra allemand, c'est l'émotion que ne peut communiquer que l'interprétation du chanteur. Il résume cette conviction en une phrase de son article « L'opéra allemand » qu'il publie le 10 juin 1834 dans *Le Journal pour le monde élégant* : « Nous sommes trop cérébraux et trop savants pour créer de chaudes créatures humaines. » Cette sévérité, il l'applique aussi à l'opéra qu'il vient de terminer, ce qui explique qu'il ne s'insurge pas contre la cabale dont il fait l'objet. Conclusion : *Les Fées* ne seront jamais jouées de son vivant. Richard Strauss sera au pupitre de leur création à Munich le 29 juin 1888.

Après son exil à Würzburg, il a besoin de diversion. L'occasion lui en est donnée par son ami Theodor Apel, dont la mère, veuve du poète qui avait inspiré le *Freischütz* de Weber, avait convolé avec un avocat richissime qui les mettait, elle, son fils et sa petite famille, plus qu'à l'abri du besoin. La haute société saxonne se réunissait au cours de brillantes soirées dans leur vaste propriété d'Ermlitz. La mère de Theodor n'avait qu'un souci : que son fils ne s'obstine pas à devenir poète comme son premier mari, mais qu'il suive plutôt les traces juridiques du second. Elle comptait sur Wagner pour le mettre sur le droit chemin. Elle en fut pour ses frais, bien sûr, Wagner mettant plutôt son ami en garde contre la clique de philistins qui parasitait leur domaine.

Les deux amis décidèrent de partir en vacances ensemble. Ce fut la dernière trêve insouciante de Wagner, elle dura six semaines, entièrement aux frais de Theodor, puisque Richard lui-même n'avait pas un thaler. Ils voyageaient à bord du carrosse de Theodor, dont ils tenaient à tour de rôle les rênes. Ils arrivèrent dans cet équipage à Teplitz, la station balnéaire de Bohême, le 10 juillet 1834. La villégiature était le rendez-vous de la noblesse et de la haute finance, des aventuriers et des demimondaines. Quelques têtes couronnées y avaient leurs habitudes, ainsi que des militaires à la retraite et des artistes qui ne quittaient pas leurs protecteurs d'une semelle.

Wagner acquit au cours de ce séjour quelques habitudes de luxe qui le marqueraient à jamais. Les amis logeaient dans une chambre avec balcon du « Roi de Prusse », se régalaient de truites, le plat le plus réputé du restaurant le Wilhelmsburg. Tandis que Theodor prenait des bains médicinaux, Richard faisait de grandes randonnées : au cours de l'une d'entre elles lui vint l'idée d'un opéra qui s'inspirerait de *Mesure pour mesure* de Shakespeare, dans l'esprit de la « Jeune-Allemagne », de sa défense de l'amour libre et du rejet de toute hypocrisie. En une matinée, il jeta sur le papier, dans les hauteurs du Schlackenburg, l'argument de *La Défense d'aimer*, manière de réagir aux fins de non-recevoir que lui avait opposées Jenny.

L'action se présente comme suit : Claudio, un jeune Sicilien, ne peut y épouser sa bien-aimée, du fait de l'opposition de ses parents. Comme elle est enceinte de lui, il risque la peine de mort en raison d'une loi obsolète que le gouverneur (allemand !) a exhumée pour la circonstance. Il ne doit son salut qu'à l'intervention de sa sœur, novice dont le gouverneur tombe amoureux lorsqu'elle vient l'implorer. Comme l'écrit Fernand Leclercq, « cette pièce légère garde romantiquement en elle la trace d'un appel incompressible à la liberté et explicitement une critique sociale[9] ».

Wagner puise dans la rédaction de cette esquisse le courage d'aller relancer Jenny qui, depuis la mort du comte Pachta, vit dans une riche villa praguoise. Il s'y rend avec Theodor pour constater que la mère, toujours aussi soucieuse de beaux partis pour ses filles, ne se laisse pas impressionner par le grand genre que se donnent ses jeunes visiteurs.

Revenu à Leipzig, une lettre l'y attend, émanant de la société théâtrale de Magdebourg, à ce moment en résidence à Bad Lauchstädt, où les ducs de Sachsen-Merseburg se retirent durant l'été. On lui propose le poste de directeur musical qui, vacant, doit être assuré d'urgence. Le vendredi 31 juillet à l'aube, il monte dans la diligence, et ne tarde pas à arriver à destination : Bad Lauchstädt n'est qu'à cinquante-cinq kilomètres de Leipzig. Un théâtre et une femme l'y attendent. L'un et l'autre joueront un rôle décisif dans sa vie.

« Mon caniche, ma montre et la Planer »

Le théâtre d'été de Lauchstädt avait été construit en 1802 selon des recommandations de Goethe. Il était en bois, et son édification n'avait duré que trois mois. Son auditoire, d'une contenance de cinq cents places, était disposé en hémicycle, ce qui avait d'emblée plu à Wagner. Le directeur, Heinrich Bethmann, d'une petite soixantaine d'années, avait été l'époux de la légende du théâtre allemand classique, Friederike Unzelmann. Il avait coutume de s'habiller à la diable, ce que Wagner constate lorsqu'il le rencontre dans la rue, tout dépenaillé et, surtout, pressé de partager un schnaps qu'il avait hâte de s'offrir. Il lui présente, au théâtre, sa seconde épouse, empêchée d'exercer son talent de comédienne en raison d'une jambe paralysée, jalouse de son titre de directrice, et flanquée d'un chanteur à la voix profonde dont elle ne dissimule pas qu'il est son amant.

Le régisseur du théâtre met d'emblée Wagner devant ses responsabilités. Il lui annonce, tout en mangeant des cerises dont il crache les noyaux par la fenêtre, que *Don Giovanni* de Mozart est programmé pour le surlendemain. Il s'agit que la représentation ait bien lieu, même si aucun musicien de l'orchestre n'a la moindre intention de répéter. Wagner se contente de demander où il serait logé.

En l'accompagnant vers le domicile qu'on lui réserve, un comédien de la troupe lui annonce non seulement que la maison est charmante, mais que l'une de ses locataires est « la plus jolie et la plus adorable des demoiselles [1] ». Minna Planer, la jeune première de la troupe, est assiégée d'admirateurs et notablement fiancée à un monsieur d'appartenance aristocratique. Comme ils s'approchent, ils la voient sortir de la maison. Près de quarante ans plus tard, en dictant ses souvenirs à celle qui deviendrait sa seconde épouse, Cosima von Bülow, il décrira sa vision initiale de celle qui l'avait précédée en ces termes :

> D'aspect gracieux, pleine de fraîcheur, la jeune actrice se faisait remarquer par une grande réserve dans ses manières et une assurance calme dans ses mouvements. Cela donnait à l'expression souriante de son visage une dignité aimable et attrayante. Sa mise soignée et décente complétait l'impression de surprise que m'avait causée sa rencontre [2].

Face à cette apparition, Wagner n'hésite plus. Il tombe amoureux de la jeune première, signe son contrat et assure la représentation de *Don Giovanni* du dimanche : fameux baptême du feu pour un chef qui n'a dirigé jusque-là que des œuvres de son cru. Le lendemain, il met en scène une farce de

Nestroy où Minna joue la fée Amorosa : on ne pouvait imaginer plus opportune prise de rôle.

Fort d'un engagement qu'il estimait enfin digne de lui, il mène grand train, s'endette bien vite et, dès le 8 août, appelle au secours son ami Apel qui lui a appris qu'il ne fallait jamais se priver de rien. Le 12, la saison s'achève, mais Wagner, pas plus que la plupart des autres artistes, n'obtient ses gages. Apel, en grand seigneur, offre un banquet à l'ensemble de la troupe, mais ne prête à Wagner que l'argent nécessaire pour retourner à Leipzig.

À son arrivée dans la ville, il apprend que son ami Laube a été expulsé en raisons des mesures nouvelles prises contre les libéraux. L'année précédente, des sympathisants du mouvement avaient menacé de faire sauter le Bundestag de Francfort. Depuis, les tenants de « Jeune-Allemagne » étaient surveillés. Le 14 novembre 1835, Metternich ferait d'ailleurs interdire les écrits des « Jeune-Allemagne » dans toute la Prusse. Laube se voyait empêché de publier, notamment dans sa *Gazette du monde élégant*, où il avait salué la parution en allemand du roman *Rienzi* du parlementaire anglais Edward Bulwer-Lytton. Apel avait fait remarquer à Wagner qu'il y avait là matière à un opéra. Ses deux amis les plus proches l'ont donc mis sur la voie de ce qui serait son premier succès.

En vertu de son contrat, et en dépit du non-versement de son salaire, Wagner rejoint la troupe à Rudolstadt, non loin de Weimar. Il s'est, dans l'intervalle, renseigné sur Minna. Née à Dresde le 5 septembre 1809, elle est plus âgée que lui de quatre ans. À seize ans (et non dix-sept selon Ludwig Marcus dans sa biographie de Wagner), elle a eu un enfant d'un capitaine de la garde du roi de Prusse. Sa mère a adopté la petite Natalie dont elle avait accouché clandestinement, et qui, depuis, passait pour sa sœur. L'aristocrate que l'on tient actuellement pour son fiancé est Alexander von Otterstedt, qui se verra bientôt forcé par sa famille à épouser une héritière. Avant de quitter Minna, il prend le temps de peindre son portrait, la seule représentation à l'huile que l'on ait conservée d'elle.

Lorsque Wagner dicte ses souvenirs à Cosima en vue de son autobiographie, il se garde bien d'être exubérant dans le récit de ses amours. Est-ce pour cela que le récit de ses premières relations avec Minna est des plus prosaïques ? Il ne cache à personne qu'elle lui plaît, puisqu'il confie à Mme Hacker, la doyenne de la troupe : « Je n'ai rien de plus cher que mon caniche, ma montre et la Planer[3]. » Parmi les qualités qu'il lui reconnaît, il y a d'abord sa prévenance toute maternelle. Elle le soigne pendant une crise d'érysipèle, une affection cutanée dont il souffrira encore longtemps et, malgré son état peu attrayant, elle lui pose un baiser sur les lèvres.

Quelque temps plus tard, comme la troupe était réinstallée pour la saison d'hiver dans son siège permanent de Magdebourg, il arrive tard le soir chez Minna assez éméché, ayant forcé sur la bouteille pendant une interminable partie de whist entre amis. Il n'est plus transportable jusqu'à son lit, aussi passe-t-il la nuit dans celui de Minna, mais pas en sa compagnie. Au réveil, une évidence lui apparaît : « Cet acte néfaste allait avoir une influence durable sur toute ma vie[4]. » À partir de ce moment, ils décident de s'afficher clairement en amoureux.

Il travaille d'arrache-pied à *La Défense d'aimer*. Il s'attelle aussi à la mise en musique d'un drame que son ami Apel vient de consacrer à Christophe Colomb et qu'il a d'autant plus facilement fait accepter par la direction que l'auteur s'est engagé à financer un nouveau décor et à améliorer l'ordinaire de la troupe. Wagner compose un finale, un chœur des Maures et ne résiste pas à la tentation d'écrire une ouverture dont il avoue lui-même qu'il le fit « avec une rapidité presque présomptueuse[5] », tout en participant à une conversation entre Minna et Theodor : elle figurait un vaisseau balancé par les hautes vagues de l'océan.

Wagner, en qualité de directeur musical, se démène comme un diable pour recruter du public. Il s'agit non seulement de remplir les caisses du théâtre, mais d'assurer ses propres revenus, car aux dettes encourues à Bad Lauchstädt et à Rudolstadt s'ajoutent ses frais de ripailles, de toilette et d'habitat à Magdebourg. Rudolf, tout heureux que Richard dépose de la musique le long de ses vers, le dépanne avec quelque 200 thalers, ce qui n'est pas rien (5 000 euros d'aujourd'hui), mais cette somme sera bientôt dilapidée au cours d'une flamboyante nuit de la Saint-Sylvestre.

La création de *Colomb*, à la mi-février, ne fait

pas de vagues, ni de recettes. Fort de son ascendant auprès d'elle, Wagner a recours, pour renflouer les caisses, à sa diva préférée, la Schröder-Devrient, qui accepte de venir donner quatre récitals à Magdebourg au mois d'avril. Mais les résultats financiers sont médiocres et, le 5 mai, le théâtre se trouve dissous et la troupe dispersée. La saison suivante, on tente de relancer la compagnie. Wagner, revenu à Leipzig, se laisse convaincre de participer à l'aventure, d'autant que Minna est déjà engagée, mais il rejoint Magdebourg par étapes : Teplitz, Prague, Königsberg. Sur la route de Nuremberg, il passe au large de Bayreuth, dont la vue, au soleil couchant, le séduit. Il vit une période de doute, d'incertitude sur sa destinée, d'autant qu'il vient d'apprendre la mort de son oncle Rudolf, survenue le 1er août. Il venait de terminer l'édition des œuvres de Giordano Bruno et de Robert Burns.

À Magdebourg, il déchante bientôt, parce que Minna a trouvé un prétexte pour résilier son contrat, elle est plus attirée par Berlin où l'attend un emploi au théâtre de Königstadt. Wagner ne voit pas d'autre moyen, pour la ramener à Magdebourg, que de la demander en mariage. Minna se laisse tenter, mais la déconfiture du théâtre se poursuit. Wagner, qui avait tout misé sur la représentation de son deuxième opéra, *La Défense d'aimer*, en est une fois de plus pour ses frais.

Son livret, tiré de *Mesure pour mesure* de Shakespeare, il voulait en faire « une glorification hardie de la liberté des sens[6] ». Cette audace inquiète les autorités qui lui demandent, en raison de la proximité de Pâques, d'intituler plutôt son opéra *La Novice de Palerme*. L'action, en effet, ne se passe plus à Vienne, comme dans la pièce d'origine, mais en Sicile. Les conditions mises par la direction sont draconiennes : les recettes de la première doivent contribuer à rembourser la faillite, seules celles de la seconde peuvent lui revenir. Or, la première est un désastre et la seconde, à laquelle n'assiste qu'une poignée de spectateurs, est interrompue pour cause de querelle en coulisses. Wagner, déconfit, envoie à Schumann, pour publication dans sa revue musicale, un article anonyme, où il se plaint de la mentalité locale.

Minna, pour sa part, a accepté un contrat à Königsberg. Il va donc l'y rejoindre après l'avoir assaillie de lettres plus passionnées les unes que les autres. Et c'est là qu'aura lieu leur mariage, le 24 novembre 1836. Il s'est vieilli d'un an pour la circonstance, elle s'est rajeunie de quatre. La veille, le pasteur Weiss, qui présiderait à la cérémonie, avait dû calmer les futurs époux : ils se disputaient comme des chiffonniers dans son presbytère.

Minna n'aura pas une bonne presse dans les biographies wagnériennes. Le contrôle scrupuleux qu'exerça Cosima sur tous les écrits portant sur son divin époux doit y être pour quelque chose. Des exégètes raffinés traitent la première madame Wagner de « bobonne [7] », c'est le cas de Guy de Pourtalès ou de « boulet [8] », selon l'expression de Marcel Brion. Le plus sensible de ses portraits, on le doit curieusement à Ludwig Marcuse, dans sa très anticonventionnelle biographie du maître :

> Fille ordonnée, économe, prudente et pas très passionnée d'un mécanicien saxon, elle gagnait bravement sa vie en jeune courtisane, et ne voulait pas l'épouser. À dix-sept ans elle avait eu un enfant naturel d'un certain monsieur d'Einsiedel : ç'avait été un bouleversement suffisant dans sa modeste existence. Minna aimait la paix. Elle rêvait d'une vie solide, bourgeoisement convenable, et voilà qu'y surgit ce chef d'orchestre excité aux yeux bleus, à la grosse tête et aux courtes jambes qui s'obstine tellement à l'appeler sa douce fiancée qu'elle s'abandonne au destin de lui être une bonne épouse. Si seulement cela avait été possible[9].

Il a fallu attendre 2003 pour que paraisse l'étude très complète de Eva Rieger qui reconnaît l'importance de Minna Planer dans la vie de Wagner[10].

Le jeune couple n'a pas une relation très paisible. Minna déserte le domicile conjugal, impossible à chauffer au demeurant, et rejoint le marchand Dietrich, toujours prêt à la reprendre sous son aile protectrice. Elle revient une fois de plus, peut-être seulement pour obtenir de Richard sa signature au bas d'une demande de pension alimentaire adressée au père naturel de sa « sœur ». Ils passent quelques jours à Blasewitz, à la campagne, et Wagner trouve le temps de lire le *Cola di Rienzi* de Bulwer-Lytton, auquel son ami Laube l'avait rendu attentif. Il va y trouver l'argument de son prochain opéra. Mais Minna reprend bien vite sa liberté et ne l'accompagne donc pas à Riga où Richard a été engagé par le poète Karl von Holtei, qui dirigeait le théâtre de la ville.

Cette salle rudimentaire a de quoi impressionner Wagner par trois de ses caractéristiques : le parterre, construit en amphithéâtre, garantit une excellente visibilité à toute l'assistance, une obscurité complète est assurée durant la représentation et l'orchestre est logé en contrebas de la scène. Il s'en souviendra lorsqu'il décidera des principes de l'architecture du Festspielhaus de Bayreuth.

Il est installé dans ses nouvelles fonctions de directeur musical lorsque Minna sort de son mutisme. Sa lettre l'émeut tellement qu'il fait fête à son retour. Une paix provisoire permet à Richard de s'adonner à des lectures. Il découvre la légende du Hollandais volant dans un recueil de récits de Heinrich Heine paru en 1833. Le thème est très présent dans la littérature du temps : on en trouve trace dans la poésie de Thomas Moore, les récits de Walter Scott et de Fenimore Cooper, convergence qui s'explique, selon Gregor-Dellin [11], par les rivalités maritimes entre l'Angleterre et la Hollande et le blocus continental imposé par Napoléon. Mais Wagner n'en est pas encore à imaginer un opéra en partant de cette histoire, son sujet étant centré sur le roman de Bulwer-Lytton, au demeurant lui-même inspiré d'une tragédie en cinq actes due à Mary Russell Mitford. Le tout lui paraît un excellent matériau pour un grand drame historique dont il avait vu un prototype à Berlin en découvrant le *Fernand Cortez* de Spontini.

L'action de *Rienzi* se situe à Rome, au début du

XVe siècle. L'exil du pape en Avignon crée un vide du pouvoir où un jeune tribun issu du peuple, Rienzi, veut s'imposer en écartant les familles aristocratiques romaines qui ne cessent de se quereller. Rienzi veut inciter la foule à se révolter contre la caste dominante, mais celle-ci complote contre lui, qui parvient pourtant à l'emporter. C'est le peuple qui va avoir raison de lui, à cause de l'alliance que Rienzi a conclue avec l'empereur, dont la foule craint qu'elle ne réduise l'indépendance de la ville. Il périt dans l'incendie du Capitole, rejoint par sa sœur et le fiancé de celle-ci, Adriano, descendant d'une des familles qu'il a combattues.

Wagner est conscient, dès l'écriture du livret à l'été 1838, qu'il n'est pas attelé à une œuvre adaptée aux proportions du théâtre de Riga :

> Au moment où j'avais conçu *Rienzi*, je n'avais eu en vue que la plus grande des réalisations scéniques : à présent je voulais brûler toutes les étapes et atteindre directement le centre du grand opéra en Europe [12].

Il ne cache pas son jeu : c'est avec l'opéra qui domine l'Europe, celui qui se crée en Italie et en France, l'opéra qu'il combattra avec tant de véhémence par la suite, qu'il entend bien rivaliser. Et d'ailleurs, l'un de ses plus fervents admirateurs, Hans von Bülow, à qui il fut donné d'assister, tout jeune encore, à la création de l'œuvre à Dresde quatre ans plus tard, verra dans *Rienzi*, non sans ironie, le meilleur opéra de Meyerbeer. Or, Meyerbeer, qui règne sur l'Opéra de Paris tout en habitant Berlin, est exactement l'homme que Wagner a dans son angle de vue. Il lui a écrit de Königsberg dès février 1837, lui signalant qu'il a envoyé une partition de sa *Défense d'aimer* à Eugène Scribe, l'un des librettistes attitrés de Meyerbeer, sans avoir eu la moindre réaction.

Cette fois, il lui faut prendre le taureau par les cornes. Il perd sa place au théâtre de Riga, parce que Holtei quitte la ville. Minna est à ce point déconcertée par cette situation nouvelle qu'elle accuse le directeur partant de lui avoir fait des propositions malhonnêtes. Richard, lui, se dit que l'heure est venue de tenter le grand saut : il faut qu'il aille à Paris !

Avant de gagner la France, il doit d'abord quitter la Russie, ce qui n'est pas chose aisée : avant de passer la frontière, il lui faut un passeport. Or, la publication obligatoire d'une demande de passeport risque d'ameuter les créanciers. Ils en sont donc quittes pour gagner la Prusse clandestinement. Ce n'est que le début d'une odyssée où Minna et Richard ont pour compagnon un terre-neuve nommé Robber qui ne les quitte plus.

« Visqueux, traînants, lourds, paresseux et grossiers »

Le voyage va durer du 9 juillet 1839, date du départ de Mitau, au 17 septembre suivant, lors de l'arrivée à Paris. Ils montent d'abord dans une malle-poste qui charge leurs bagages et leurs précieuses partitions (dont la traduction française du livret de *Rienzi* qui a coûté à Wagner, assisté par M. Henriot, quelque quatre mois d'efforts), mais pas Robber, condamné à trottiner le long du véhicule. Les passagers finiront par accepter que le chien vienne s'allonger à leurs pieds. À l'approche du poste-frontière, Abraham Möller, un ami dont Wagner s'apercevra que les interventions sont toujours providentielles, les invite à monter dans une voiture de voyage et les conduit par des chemins de contrebande jusqu'à un refuge où un passeur, la nuit tombée, les aide à tromper les Cosaques surveillant la ligne de démarcation. Robber, peut-être parce qu'il les accompagnait pour les protéger, se garde bien d'émettre le moindre bruit suspect. De l'autre côté du passage périlleux, le cocher de Möller les attend et les conduit vers une auberge où leur bienfaiteur les embrasse avec une effusion qui leur donne la mesure du péril qu'ils viennent d'affronter. Ce n'est rien par rapport à ce qui les attend.

Renonçant à faire route vers Paris, ils optent pour la voie maritime. Möller leur apprend qu'un voilier est sur le point d'appareiller pour Londres dans le petit port de Pillau, en Prusse-Orientale. Pas très au fait de l'itinéraire, le cocher les égare plus d'une fois, au point même de renverser le chariot dans une cour de ferme, où Wagner voit sa chute amortie par un tas de fumier. Minna, elle, est coincée sous la voiture. Elle confiera plus tard que l'incident a interrompu sa grossesse, regret d'autant plus prégnant que plus jamais elle ne sera enceinte.

La traversée en mer Baltique prévoit de faire voile vers Copenhague, de rejoindre la côte ouest de la Suède par le Kattegat puis d'affronter le tempétueux Skagerrak au sud de la Norvège avant de rejoindre Londres par la non moins redoutable mer du Nord et de traverser la Manche jusqu'à Boulogne. Encore faut-il qu'un capitaine accepte d'embarquer ces passagers sans passeports. Moyennant finance, Möller, encore lui, arrive à convaincre le capitaine du *Thétis*, un deux-mâts de vingt-cinq mètres, bon pour la casse, et certainement pas d'attaque pour sillonner la haute mer. Thétis est la plus belle des Néréides qui, flanquant Poséidon, sont censées préserver les marins (en l'occurrence, ils sont au nombre de sept) de la noyade.

En théorie, la traversée devait prendre huit jours. Elle durera en réalité trois fois plus longtemps. Au début, le temps ne souleva pas d'inquiétudes. Wagner, installé sur le pont, lisait un roman de George

Sand. Lorsqu'on s'approchait des côtes, le capitaine préférait que ses passagers clandestins se dissimulent dans la soute à filins.

Le 27 juillet, huit jours après l'appareillage, la tempête se mit à faire rage dans le Skagerrak. Wagner, frappé de stupeur, crut voir, tout près du *Thétis*, un bateau qui aussitôt se fondit dans l'obscurité. La légende du *Vaisseau fantôme* prenait soudain consistance sous ses yeux. Tétanisé d'angoisse, il se réfugia dans la cabine du capitaine. Celui-ci, pour sauver son navire et son équipage, fit escale dans un fjord norvégien du nom de Sandvig de Boröya, qui deviendra Sandvike dans l'opéra inspiré par cette aventure. D'autres souvenirs précis de ce voyage s'y retrouveront, comme le chant des marins qu'il entendait se répercuter, le soir, entre les falaises du fjord.

Les voyageurs ne peuvent reprendre la mer que le 1er août. Le vent leur est d'abord favorable et leur permet, en mer du Nord, de refaire une partie de leur retard. Mais bientôt une tempête sans précédent se déclenche. Elle dure trois jours, scandée par des orages qui les épouvantent tant l'un et l'autre que Minna implore Richard de la nouer à lui, afin qu'ils se noient ensemble. La mer ne s'apaise que le 9 août, lorsqu'ils sont en vue des côtes anglaises. Ils avaient passé vingt jours en mer. Wagner se jura de ne plus jamais voyager en voilier de sa vie.

À Londres, Minna et Richard découvrent avec ravissement la fébrilité de la métropole mondiale. Wagner visite la Chambre des lords pendant une session et y aperçoit le duc de Wellington. À l'abbaye de Westminster, il se recueille devant le mémorial dédié à Shakespeare. Il grimpe même à bord du navire de Nelson, le *Dreadnought*, amarré au bord de la Tamise, mais, penché par-dessus le bastingage, laisse s'échapper de ses mains une tabatière que lui a offerte jadis la Schröder-Devrient...

Ils s'embarquent pour la France le 20 août à bord d'un bateau à vapeur. Une passagère signale à Wagner que Meyerbeer, l'homme qu'il cherchait le plus à rencontrer à Paris, séjourne pour le moment à Boulogne-sur-Mer où ils sont sur le point d'accoster. Il décide aussitôt de rester quelques jours sur place, de poursuivre le travail d'instrumentation de *Rienzi* et, surtout, de préparer sa rencontre avec Giacomo Meyerbeer.

Ce premier contact sur le sol français se déroule on ne peut mieux. Or, Meyerbeer, quoique berlinois, est un vrai roi de Paris. Avec Rossini, Auber, Spontini, Halévy, il est un des compositeurs les plus joués en France et dans le monde. Souvent avec son complice Eugène Scribe (véritable graphomane, il est l'auteur de quelque quatre cents pièces et de non moins de quatre-vingts livrets), il compose des œuvres que toutes les scènes se disputent. En accueillant avec tant de courtoisie le jeune Wagner, qui n'a que vingt-six ans et ne s'est produit que dans des théâtres de province où d'ailleurs il n'avait fait jouer qu'un seul opéra (*La Défense d'aimer*), et dans des conditions désastreuses, sait-il qu'il a devant lui celui qui allait rompre le plus radicalement avec ce Grand Opéra dont il est le plus illustre représentant ? Rien n'est moins probable, d'autant que *Rienzi* s'inscrivait dans le droit fil de l'esthétique que Wagner n'avait pas encore décidé de combattre.

Meyerbeer l'écoute patiemment lui lire le livret (qu'il pouvait suivre en allemand), regarde la partition, lui dit qu'il admire une fois de plus le soin qu'il met à calligraphier (preuve que Scribe lui avait transmis la brochure de *La Défense d'aimer*), et promet d'intervenir en sa faveur auprès de la direction de l'Opéra de Paris.

Forts de cet engagement, les Wagner, arrivés à Paris, s'installent dans un garni de la rue de la Tonnellerie, non loin des Halles. Là même où Molière aurait, paraît-il, séjourné. Très vite, leurs quelques économies fondent comme neige au soleil. Wagner s'adresse à sa sœur Cäcilie, qui est sur le point d'épouser Averarius, représentant à Paris les éditions Brockhaus. Dans un billet qui se veut ironique, il lui demande dix mille francs ou, à défaut, son moulin à café en prêt pour une journée. Cäcilie, comme les autres membres de la famille, se demande ce qu'il vient faire à Paris, au lieu de se chercher un confortable emploi de maître de chapelle.

Les Wagner se font quelques amis, aussi désargentés qu'eux. Gottfried Anders, originaire de Rhénanie, est documentaliste. Il est employé à la Bibliothèque royale et rend des services à la *Revue et Gazette musicale* dirigée par Maurice Schlesinger : Wagner y proposera ses services. Samuel Lehrs, né à Königsberg, collabore à des éditions de classiques grecs chez Didot. Ces deux rats de bibliothèque avaient un ami moins austère, Ernst Kietz, jeune peintre de Dresde, élève à l'atelier de Paul Delaroche. Ils sont rejoints, fin 1839, par Heinrich Laube, dont l'emprisonnement de sept ans pour cause de sédition avait été commué en un an et demi de bagne en Silésie. Il est resté en relation avec Heine à Paris et peut présenter Wagner au poète, ainsi qu'au peintre Friedrich Pecht, lui aussi élève de Delaroche.

Brillant, éloquent, sortant vite de sa réserve, notamment pour raconter le voyage épique qui l'a conduit en France, Wagner impose bientôt sa personnalité dans ce petit cercle. Minna, elle, cherche à donner le change en dissimulant à force de gages et d'emprunts leur absence de ressources. Robber, le terre-neuve qui avait accompagné leur exode, a préféré chercher son confort ailleurs.

Pour survivre, Wagner tente de placer de petits travaux. Il met en musique des poésies françaises, relance Meyerbeer, dont l'amabilité, à Boulogne, l'a encouragé. Ses formules doivent ébahir, sinon inquiéter son correspondant : « Le terrorisme est la seule méthode possible, et vous, autocrate très vénéré qui régnez sur le monde des notes, êtes le seul à pouvoir l'employer », écrit-il à son illustre confrère, ou encore : « Je serai un esclave fidèle et sincère — car j'avoue franchement qu'il y a en moi une nature d'esclave. Alors, achetez-moi, maître, vous n'aurez pas à vous en repentir[1]. » Il va même jusqu'à écrire à Schumann pour le dissuader de continuer à éreinter Meyerbeer dans sa revue et motive cette clémence : « Je dois tout à cet homme, et avant tout ma prochaine célébrité[2]. » Gregor-Dellin constate néanmoins que, déçu par l'attitude de Meyerbeer, il le critique sous un nom d'emprunt dans la revue de Schumann, qui se sent tenu de modérer sa vindicte[3]. Wagner ayant écrit en 1842 que Halévy « n'était pas un imposteur aussi retors que Meyerbeer[4] », il remplaça la mention trop explicite par une initiale.

Pourtant, Meyerbeer n'est pas resté inactif. Il avait obtenu du directeur du théâtre de la Renaissance de reconsidérer la programmation de *La Défense d'aimer*. Cette perspective avait déterminé les Wagner à emménager dans un logement plus décent, rue du Helder, encouragés en cela par l'ami Lehrs. Ils y étaient à peine installés que, le 15 avril 1840, l'ami Anders vient lui annoncer que la Renaissance a fait faillite. Minna décide de sous-louer une partie de l'appartement et propose ses services comme femme de ménage. Richard est toujours attelé à *Rienzi*, mais supplie Meyerbeer de proposer à l'Opéra de Paris un *Vaisseau fantôme* d'un seul acte, qui pourrait servir d'ouverture à une soirée de ballets. Meyerbeer, qui prenait les eaux à Ems, charge son secrétaire de la démarche. Wagner avait pu parler du projet avec Heine qu'il voyait assez souvent et à qui il devait l'idée de départ. Le temps presse. Les Wagner ne sont pas seulement menacés de saisie, Richard risque l'emprisonnement. Certaines sources prétendent qu'il aurait passé quelques jours sous les verrous, mais Gregor-Dellin conteste cette thèse[5]. Il n'est pas exclu, en revanche, qu'avec la complicité de ses amis, il en ait fait courir le bruit, afin de donner plus de poids à ses appels au secours.

Il s'acquitte de tâches alimentaires. Schlesinger lui confie des arrangements de *La Favorite* de Donizetti. Sa colère face à la misère le rend sensible à des idées nouvelles. La parution, en 1840, de l'essai de Proudhon *De la propriété*, qui contient le slogan « la propriété, c'est le vol », ne le laisse pas indifférent. Contraints de renoncer à l'appartement de la rue du Helder, les Wagner vont s'installer à Meudon, d'où Wagner doit se rendre à Paris à pied, puisqu'il ne peut pas se payer les transports en commun.

C'est là qu'il rédige en dix jours le livret du *Vaisseau fantôme*. Pendant ce temps, les démarches de Meyerbeer portent leurs fruits. Il était intervenu auprès du baron von Lüttichau, directeur général du théâtre de Dresde, nouvellement reconstruit selon les plans de Gottfried Semper, afin qu'il prenne *Rienzi* à son répertoire, et avait obtenu gain de cause, ce dont Wagner fut averti fin juin 1841. La nouvelle l'incita à s'atteler au *Vaisseau fantôme*. Est-ce en raison de cette double perspective qu'il se résout à accepter le résultat d'une autre intervention de Meyerbeer ? Le directeur de l'Opéra de Paris, Léon Pillet, le convoque le 4 juillet pour lui annoncer qu'il est prêt à lui acheter l'esquisse du livret (en français) du *Vaisseau fantôme* en lui signalant qu'il compte en confier la rédaction finale aux librettistes Paul Foucher et Henri Révoil, et la mise en musique à Pierre-Louis-Philippe Dietsch, l'un des chefs d'orchestre de la maison. Wagner manque d'abord de s'étrangler, proclame qu'il ne voit pas d'autre musicien que lui pour composer l'opéra, mais devant la menace du directeur de repartir de la référence à Heine sans se soucier de son apport, il accepte les 500 francs (3 000 euros) qu'on lui offre : ils sont inespérés et vont lui permettre de redéménager à Paris, rue Jacob cette fois. De toute manière, le 9 novembre 1842, « Le Vaisseau fantôme ou le Maudit des mers » périt corps et biens « dans le triangle des Bermudes des œuvres oubliées[6] », alors qu'au début de la même année, le chef d'orchestre de l'Opéra de Berlin, Carl Wilhelm Hennig, avait laissé entendre qu'il trouvait la partition du « Vaisseau » de Wagner « aussi géniale qu'originale[7] ».

L'affront essuyé dans le bureau de Léon Pillet avait incité Wagner à mettre les bouchées doubles et il s'était lancé tout de suite dans l'orchestration de « son » *Vaisseau fantôme*, bouclée en sept semaines. Il était pour la première fois l'auteur complet d'un opéra, puisqu'il ne s'était inspiré ni d'une pièce ni d'un roman préexistant, tout au plus d'un argument esquissé dans une nouvelle de Heine. On peut donc dire que le grand Wagner est né au 3 de l'avenue de Meudon.

Les derniers mois de son séjour parisien (qui en aura duré dix-neuf) ont permis à Wagner de rencontrer Franz Liszt. Leur premier contact, alors que leur relation se déploya par la suite comme une amitié essentielle pour l'un comme pour l'autre, ne s'est pas déroulé sous les meilleurs auspices. Liszt n'avait que deux ans de plus que Wagner, mais était déjà une célébrité mondiale. Prodige du piano, formé auprès de Czerny et de Salieri à Vienne, puis installé à Paris avec sa famille dès l'âge de douze ans, il sillonnait l'Europe depuis lors en virtuose applaudi partout. Fasciné par Paganini, le violoniste méphistophélique qu'il avait vu se produire l'année de ses vingt ans, il s'était décidé à devenir le Paganini du clavier. Mais dans un tout autre registre. Préférant, lui, opter pour l'angélisme, il apparaissait dans les salles de concert comme descendant d'un nuage, caressait longuement les touches de son instrument jusqu'à l'extinction des applaudissements, puis se lançait dans une interprétation qui tenait de la transe. Le public en redemandait, les critiques le vénéraient, les femmes se pâmaient.

À vingt-trois ans, il s'était épris de Marie d'Agoult, de six ans son aînée, grande intellectuelle aux idées émancipées, romancière sous le pseudonyme de Daniel Stern, qui quitta son époux le comte d'Agoult et sa première fille pour suivre le musicien dans ses tournées. Ils eurent trois enfants ensemble : Blandine en 1835, qui épouserait le futur président du Conseil français Émile Ollivier et mourut en couches, Cosima, appelée ainsi parce que née en 1837 à Bellagio au bord du lac de Côme, et enfin Daniel en 1839.

Wagner ne rencontre pas Liszt à son domicile parisien, ce qui lui aurait permis de faire la connaissance de sa seconde épouse, Cosima, alors âgée de quatre ans. Son couple étant en crise, Liszt est descendu dans un palace. Wagner n'est pas à l'aise dans ces salons, son français insuffisant ne lui permet pas de suivre les conversations. Liszt ne s'entretient que quelques instants avec lui et promet de lui faire réserver une place à son prochain concert. Le secrétaire du virtuose vient lui apporter le carton le lendemain. Wagner n'est pas transporté d'enthousiasme par la prestation de celui qui deviendrait l'un de ses plus ardents défenseurs et, quoique au corps défendant de celui-ci, son beau-père. Mais il fait le compte, vu le prix des places payantes et le nombre de spectateurs, de la recette que le virtuose a pu engranger, et arrive à la somme de 10 000 francs, l'équivalent de 60 000 euros.

Durant la même période, Wagner procède à quelques lectures décisives, souvent recommandées par Samuel Lehrs. Il lui doit la découverte de *L'Essence du christianisme* de Feuerbach qui paraît en 1841. Autant Proudhon a marqué la genèse de la tétralogie par sa condamnation de l'or, autant Feuerbach inspire l'idée de la fin des dieux et de leur remplacement par une religion terrestre dont l'amour humain est la pierre angulaire. Par ailleurs, une fois de plus, un texte de Heine le marque profondément. Il s'agit de la légende de Tannhäuser telle qu'elle apparaît dans le troisième volume de ses *Salons*. Dans cette version, Tannhäuser est surtout présenté comme le pèlerin qui est irrésistiblement attiré par Vénus. Gregor-Dellin estime qu'il a dû mettre cette lecture en rapport avec les légendes de Thuringe, que Ludwig Bechstein a rassemblées et où le thème du Venusberg est associé à celui de la compétition des poètes organisée par le Landgraf à sa cour de la Wartburg[8]. À ce propos, Samuel Lehrs lui procure l'étude savante de C. T. L. Lucas *Sur la guerre de la Wartburg*. Il y identifie Tannhäuser le ménestrel avec Heinrich von Ofterdingen. Pour Wagner, cette plongée dans le monde des mythes l'émancipait des contraintes de l'histoire qu'il avait dû respecter dans *Rienzi* dont les représentations se préparent à Dresde.

Il a des échos de ce qui se trame, apprend, par exemple, que la censure saxonne a exigé que toute allusion au Vatican soit remplacée par « Rome ». Le chef d'orchestre, le décorateur, le chef des chœurs sont en contact continu avec lui, mais il trépigne de ne pas être sur place. Le 7 avril 1842, Richard et Minna quittent Paris. Cinq jours plus tard, ils sont à Leipzig. Le temps est morose, mais, à la hauteur de Eisenach, le ciel se dégage et leur offre une vue limpide de la forteresse de la Wartburg : décidément, les signes convergent, qui l'orientent vers son œuvre suivante, *Tannhäuser*.

Arrivés dans sa ville natale, ils retrouvent le cercle de famille. Wagner s'empresse de solliciter ses deux beaux-frères, les Brockhaus, pour qu'ils le soutiennent durant les six mois qui les séparent de la création. Tous deux lui consentent un prêt de 200 thalers, mais se gardent bien, connaissant l'homme, de les lui verser d'un coup. Il en obtient 20 d'emblée, et le reste suivra par tranches de 30 par mois.

À Dresde, le travail à l'Opéra se déroule paisiblement, le personnel est compétent et les chanteurs recrutés, notamment la chère Wilhelmine

Schröder-Devrient, comptent parmi les meilleurs du pays. Mais tant Minna que Richard éprouvent la nostalgie de la France qu'ils avaient pourtant tellement critiquée. Il écrit à son ami Lehrs qu'il trouve les Saxons « visqueux, traînants, lourds, paresseux et grossiers[9] ». Pour ne rien arranger, Johanna, la mère de Wagner, s'est imposée auprès du couple au point de se rendre de plus en plus insupportable à Minna.

Plus la date de la première à Dresde approche, plus Wagner assiste activement aux répétitions et se dépense sans compter. L'équipe est galvanisée, les chanteurs sont fascinés par ce diable d'homme qui leur interprète tous les rôles. Joseph Tichatschek, titulaire de Rienzi, est un talent naturel qui stupéfie le compositeur. Quant à la Schröder-Devrient, à qui échoit une fois de plus un rôle masculin, Wagner se réjouit à chaque instant de pouvoir travailler avec quelqu'un qu'il admire depuis toujours.

Il arrive qu'un spectacle révèle dès ses préparatifs la réussite qu'il ne manquera pas de devenir. Ce sera le cas cette fois. *Rienzi*, qui n'est pas tenu pour une de ses grandes œuvres, parce que sa manière personnelle y est encore trop engoncée dans les usages du grand opéra romantique, va faire vivre à Wagner l'un des plus grands triomphes de sa carrière.

L'accueil des trois premiers actes, en ce 20 octobre 1842, est d'un enthousiasme débordant. Wagner n'a cessé de se demander s'il n'aurait pas dû pratiquer des coupures, puisque la représentation a déjà duré quatre heures et qu'il reste deux actes ! Il est minuit passé lorsque le rideau tombe pour la dernière fois. Les applaudissements du public — debout — vont durer un quart d'heure. Les répercussions ne se font pas attendre : dès le lendemain de la première, les demandes de droits pleuvent. Les critiques voient en Wagner l'égal de Meyerbeer, Rossini, Spontini, Halévy ou Auber, le jugent même quelquefois supérieur. Une seule ombre au tableau : dans son impatience à toucher des honoraires, Wagner a accepté d'être rémunéré au forfait. Il s'est contenté d'un versement unique de 300 thalers, alors qu'un paiement au pourcentage lui aurait rapporté infiniment plus.

En réalité, les vivats n'y changent rien, Wagner est déjà ailleurs. Certes, le succès de *Rienzi* le bouleverse, il étreint tous ceux qui passent à sa portée au terme de la représentation et regrette que les restaurants de la ville, déjà fermés, empêchent de faire la fête comme il le faudrait. Mais il sent que cette adhésion est la suite d'un malentendu. *Rienzi* est, pour lui, une démonstration de savoir-faire, une manière de signifier à ceux qui prônent les formes traditionnelles qu'il les maîtrise parfaitement. À ses yeux, pourtant, l'art n'est pas un numéro de voltige et ne l'a jamais été. C'est ce qui le distingue de Liszt, en qui il ne voit toujours que le voltigeur de génie. Lui, il a pu, dans les petits théâtres où il a appris son métier, observer le fonctionnement de ces opéras qui appliquent — parfois brillamment — des recettes éprouvées et permettent de débiter des œuvres de tout repos, destinées au public repu et friand d'un art fondé sur la prouesse et le faux-semblant.

Dans *Rienzi*, dont il n'a pas choisi le sujet par hasard, ce n'est pas le thème de la révolte et de son inévitable échec qui a captivé le public, mais l'alternance prévisible des arias et des duos, des chœurs et des récitatifs, des intermèdes musicaux et des ballets. Il a non seulement identifié cette forme-là, mais il l'a en quelque sorte déconstruite, montrant au passage qu'il pouvait l'appliquer comme les autres, peut-être même mieux qu'eux. À ses yeux, *Rienzi* est une dernière application avant liquidation. Il sent, de plus, que la société est en attente d'autre chose, d'une grande secousse à la fois sociale, économique et philosophique. La lecture de Proudhon et de Feuerbach l'en a persuadé, en attendant que d'autres penseurs lui fournissent des thèmes propices à nourrir sa réflexion.

C'est pourquoi les lauriers que Minna a glissés dans ses draps le soir de la première de *Rienzi*, il ne les a même pas remarqués. C'est qu'à ses yeux à elle, ce grand soir est la récompense de toutes les privations consenties, de son propre renoncement artistique, des humiliations subies, du choix de ce compagnon incontrôlable et encombrant, préféré à ces protecteurs qui lui auraient garanti plus de confort et de tranquillité. Alors que Richard a comme le pressentiment que le piège de *Rienzi* pourrait se refermer sur lui.

Au mois de juin précédent, il s'était retiré pour quelques semaines dans la petite ville d'eaux de Teplitz, en Bohême. Comme il était en compagnie de sa femme et de sa mère, il avait préféré entreprendre des randonnées en solitaire dans les parages. C'est ainsi qu'arpentant, de nuit, les ruines du château de Schreckenstein, il avait recueilli des impressions qui fourniraient la première esquisse de ce qui deviendra *Tannhäuser*, et qu'il intitule encore « Der Venusberg ». Comme il escaladait, au cours de ses balades, la Wostrai, un des sommets de la région, il y avait surpris un berger jouant sur son pipeau un air de danse, près de son troupeau rassemblé. Et une vision s'était imposée à lui : celle d'un berger interrompant sa mélodie parce qu'il entend le chant lancinant d'un cortège de pèlerins qui s'approche. Elle donnerait l'une des images clés de *Tannhäuser*.

« Pour moi, la rupture est décidée »

À Dresde, le véritable triomphe de *Rienzi* favorise la création du *Vaisseau fantôme*, dès janvier 1843. Wagner s'en réjouit, puisque les projets de programmation à Berlin s'enlisent dans les tergiversations. À Dresde, on veut battre le fer tant qu'il est chaud et l'on programme donc l'œuvre dans les plus brefs délais. Sans trop se soucier du décor, par exemple. On réquisitionne, pour les différents tableaux, des éléments prélevés sur différentes productions précédentes, l'*Oberon* de Weber, le *Faust* de Goethe, le *Guillaume Tell* de Schiller. Pour la distribution, on peut compter une fois encore sur « la » Schröder-Devrient qui aura décidément été la première grande personnalité du théâtre allemand à avoir cru dur comme fer au talent de Wagner. Grande amoureuse, elle n'aura cependant jamais été sa maîtresse (elle l'a même traité un jour de « pantouflard »), mais risque de compromettre la représentation en raison de la parfaite allergie qu'elle éprouve à l'égard de son partenaire, le ventripotent baryton Michael Wächter. Comment pourrait-elle, dans le rôle de Senta, exprimer en présence de ce repoussoir la passion dévorante qu'elle est censée éprouver pour l'« Étranger » ? Wagner imagine la parade : il réserve à l'amant du moment de la cantatrice une place au parterre où elle ne pourra pas le quitter des yeux.

Cette ruse sauve partiellement la mise, mais ne convainc pas le public, déçu par cet opéra qui lui paraît trop austère après les fastes de *Rienzi*. Des témoins de marque se manifestent cependant. Franz Liszt assiste à la deuxième représentation, très admiratif, mais doit avouer à Wilhelmine Schröder-Devrient qu'il ne se souvient pas d'avoir rencontré le compositeur deux ans auparavant à Paris. Elle en est tellement indignée qu'elle l'oblige à s'en excuser devant elle à genoux, ce dont il s'acquitte.

Un autre spectateur éminent a pour sa part applaudi sans réserve : il s'agit de Frédéric-Auguste II, roi de Saxe. Et comme l'emploi vient de se libérer, il propose à ce jeune compositeur qui n'a même pas trente ans le poste de *Kapellmeister*, chef d'orchestre de la Cour, la fonction qu'exerçait Weber, l'idole de sa jeunesse. Wagner hésite à répondre, mais il est bientôt mis devant le fait accompli. Lorsque le 2 février suivant il est convoqué dans le bureau du directeur, Lüttichau, il est accueilli par quelques autorités de la ville et de l'Opéra. On lui tend son certificat de nomination : le poste lui est confié à vie avec une rémunération de 1 500 thalers (37 000 euros par an). De son propre aveu, c'est l'un des très rares moments de sa vie où il est resté sans voix.

Cette désignation fait évidemment quantité d'heureux : Minna, bien sûr, qui lui saute au cou dès qu'elle apprend la nouvelle, la veuve de Carl Maria von Weber, qui se réjouit qu'il succède à son époux, et puis une foule de créanciers qui, dès la publication de son entrée en fonctions, se rappellent à son bon souvenir d'un peu partout. Wagner aurait aimé accompagner son accord de quelques réformes qu'il avait déjà en tête, et que l'occasion lui aurait permis de mettre en œuvre. Il sent que le climat n'est pas encore propice et se consacre à sa tâche avec beaucoup d'engouement et d'invention. Il met au programme, comme spectacle d'ouverture de sa nouvelle direction, l'*Armide* de Gluck et il organise, pour le retour du roi après un long séjour à l'étranger, un vaste concert réunissant quatre cents chanteurs et musiciens à sa résidence d'été de Pillnitz et, surtout, il assure, le 14 décembre 1844, pour le retour de la dépouille de Carl Maria von Weber qui reposait à Londres depuis dix-huit ans, un cortège funéraire jusqu'au petit cimetière de Friedrichstadt. Il y prononce ces mots qui reflètent l'esprit de celui qui le mit sur la voie d'un opéra véritablement allemand :

Jamais musicien allemand n'a vécu comme toi ! Vois ! Le Britannique te rend enfin justice, le Français t'admire, mais seul l'Allemand peut t'aimer. Tu es sien, tu es un beau jour dans sa vie, une chaude goutte de son sang, un fragment de son cœur. Qui pourra nous reprocher de vouloir que ta dépouille soit aussi partie de son sol, de notre cher sol allemand [1] ?

Dans le même esprit de réhabilitation, il décide de diriger, le dimanche des Rameaux de 1846, la *Neuvième Symphonie* de Beethoven, l'une des œuvres qui furent les plus décisives dans sa vocation musicale. Créée en 1824, elle était, à l'époque, quasiment oubliée, passait même pour l'égarement d'un esprit dérangé. Le prédécesseur de Wagner, Reissiger, en avait donné, huit ans auparavant, une interprétation désastreuse. Les musiciens de la chapelle royale dans un premier temps se rebellent, menacent de se plaindre au roi si Wagner persiste. Il ne cède pas, va jusqu'à publier dans le journal local, le *Dresdner Anzeiger*, trois articles anonymes à la gloire de Beethoven, de son ultime symphonie et de la vision qu'il en propose. Et le concert remporte un triomphe. Les commentaires vont bon train, cependant. La chronique pose la question : qu'a donc ce musicien de la Cour à se préoccuper d'une musique aussi révolutionnaire ?

L'emploi confortable qu'il occupe à présent comporte des avantages. Les périodes d'été sont calmes et permettent de longues villégiatures. En 1843, il a séjourné à Teplitz en famille, et il n'a pas seulement tracé les premières ébauches de *Tannhäuser*, il s'est aussi plongé dans la lecture de la *Mythologie allemande* de Jakob Grimm, la première des vastes explorations qu'il va mener dans les univers imaginaires nordiques où il s'est aussitôt senti chez lui :

Je n'ai jamais compris d'où me venait cette familiarité presque tangible[2].

L'été suivant, en 1844, les Wagner s'éloignent moins de Dresde, ils demeurent à Loschwitz, sur l'Elbe. Ils ont invité les deux filles aînées de son frère Albert et sont accompagnés de leur petit chien Peps. Johanna est plus qu'une cantatrice pleine de promesses, et elle aura l'occasion de le montrer en octobre de l'année suivante dans l'Elisabeth de *Tannhäuser* dont son oncle est en train de composer l'orchestration.

Un autre thème le requiert durant les vacances de 1845 à Marienbad : ses promenades dans les bois, il les fait en compagnie du personnage de Lohengrin, dont il a également exhumé l'épopée, et qui lui inspire un vaste projet incluant aussi la figure de Parzifal (c'est ainsi qu'il orthographie le titre au départ). Sa lecture de chevet, c'est maintenant *L'Histoire de la littérature allemande* de Gervinus. Il y découvre la tradition des maîtres chanteurs de Nuremberg. L'année suivante, ils passent trois mois non loin de Pillnitz, dans une vaste ferme à Gross-Graupe. *Lohengrin*, cette fois, est presque entièrement ébauché. Un jeune homme vient lui exprimer sa dévotion. Il a assisté à la première de *Rienzi* à l'âge de douze ans, il en a seize maintenant. Hans von Bülow sera le premier mari de Cosima, la fille de Franz Liszt et de Marie d'Agoult, avant que celle-ci ne demande le divorce pour épouser, vingt-cinq ans plus tard, Wagner dont elle aura déjà eu trois enfants. Il faut préciser que le même jeune homme, lorsqu'il rend visite à Wagner, a déjà fait la connaissance de Liszt, et dans des circonstances pittoresques.

En août 1843, dans le foyer de l'hôtel Nobel à Berlin, il était parvenu, avec l'assurance naïve de ses treize ans, à débarrasser Lola Montez de deux importuns. À la danseuse qui se demandait comment lui exprimer sa reconnaissance, il avait raconté que contre, le gré de ses parents, qui attendaient de lui qu'il fasse son droit, il voulait devenir pianiste, comme son idole Franz Liszt. « Liszt ! » s'exclama la croqueuse d'hommes qui défrayait toutes les gazettes d'Europe et avait déjà jeté son dévolu sur le musicien, « je vous le ferai connaître ! ». Et elle tint parole. Lorsque le 27 février de l'année suivante, Liszt vint se produire à Dresde, il était descendu à l'hôtel de Saxe avec Lola Montez qui, fidèle à sa parole, avait ménagé le rendez-vous avec son juvénile admirateur. Bülow passa l'après-midi avec lui, put lui faire la démonstration de sa maîtrise au clavier, joua même à quatre mains à ses côtés et devint l'un de ses disciples, avant d'épouser sa fille. Comme l'écrit Walter Hansen :

> Il est peu connu et volontiers occulté que c'est Lola Montez qui initia cette réaction en chaîne dans l'histoire de la musique, le 27 février 1844, à Dresde[3].

Le plus piquant, c'est qu'au cours de la même journée, Wagner n'avait pu croiser Liszt que très furtivement.

Lorsque Wagner a quelques loisirs à Dresde, il

les passe volontiers chez un aubergiste du nom de Engel. Sa taverne est située non loin de sa résidence de l'Ostra Allee, et il aime à y rejoindre le lundi soir des amis qui se sont d'ailleurs trouvé une appellation commune : le « Club Engel ». Se rassemblent là des chanteurs, des musiciens, le célèbre architecte de l'Opéra, Gottfried Semper, l'érudit Schnorr von Carolsfeld, dont le fils sera le légendaire créateur du rôle de Tristan, parfois Robert Schumann et, surtout, un ami proche de Wagner, qui a exercé une grande influence sur lui, August Röckel. Il est pianiste, compositeur, chef d'orchestre, doit sa place de directeur musical à Wagner, est père de famille nombreuse, mais surtout révolutionnaire de vocation.

La grande émotion de sa vie est d'avoir assisté, à l'âge de seize ans, pour y avoir été entraîné par son père, à la révolution de Juillet à Paris, et puis, toujours à la suite de son père, d'avoir séjourné durant deux ans à Londres et d'y avoir fréquenté les mouvements travaillistes et leurs meneurs, qui auraient plus tard l'occasion de communiquer leurs convictions à Marx et à Engels. À vingt-quatre ans, imprégné de cette initiation politique intense, il s'en était revenu à Weimar, parce que la place de *Kapellmeister* de la Cour, laissée vacante par le décès de son oncle Johann Nepomuk Hummel, l'y attendait. Dès que l'occasion s'était présentée, il avait déposé sa candidature comme directeur musical à Dresde, notamment pour se rapprocher de Wagner dont il admirait tant la musique qu'il avait décidé pour sa part de renoncer à la composition.

Wagner, de son côté, lui vouait tant d'attachement qu'il ne perdait pas une bribe des propos que son ami lui tenait d'une voix douce et comme étouffée. Selon Gregor-Dellin :

> Röckel fut le socialiste et le démocrate le plus déterminé qui ait jamais croisé la route de Wagner. Röckel en arrivait à la conclusion que la société était constituée de pauvreté et de faim, que près du tiers des Allemands vivait d'aumône, de vols, des deniers publics ou encore en prison [4].

En fait, August Röckel fut le principal initiateur politique de Wagner.

Politique, au sens strict. Parce que pour ce qui est de la philosophie, Wagner était déjà averti. Sa connaissance de Feuerbach, il ne la devait à personne, ce qui lui permit d'apporter du grain à moudre aux débatteurs du « Club Engel ». Au mois d'août 1845, il y avait matière à animer les controverses. Un prêtre catholique rebelle de Leipzig, Joseph Ronge, s'était rendu populaire par ses positions antipapistes, qui lui avaient d'ailleurs valu l'excommunication. Il était cofondateur du mouvement des catholiques allemands qui contestaient l'autorité vaticane, la confession, le célibat des prêtres et le culte des saints. Son principal adversaire était le duc Jean, frère du roi de Saxe et général des gardes civiques, qui s'est trouvé acteur d'un incident aux vastes répercussions.

Au cours de sa parade traditionnelle dans les rues de Leipzig du 12 août, le duc constate que la foule ne lui manifeste pas son soutien habituel, mais reste silencieuse. Furieux, il quitte les rangs et se retire à l'hôtel de Prusse devant lequel des passants s'assemblent, aux cris de : « Vive Ronge ! » La riposte ne se fait pas attendre : les gardes du duc ouvrent le feu et font quatorze morts et cinquante blessés. On n'a jamais su d'où était parti l'ordre, ni même s'il en avait été donné un.

La catastrophe a des répercussions sur la création de *Tannhäuser*, annoncée à l'Opéra de Dresde pour le 19 octobre. L'œuvre est stipendiée par les catholiques traditionnels, disent les uns, puisque Tannhäuser se rend à Rome pour y implorer le pardon du pape pour ses excès sur le Venusberg. Non, ripostent les autres, Wagner est un catholique allemand en colère, puisque son protagoniste n'est pas absous par le Saint Père. Le vrai thème de l'opéra, celui de la rédemption par l'amour, confronté à l'apologie de la volupté chère aux « Jeune-Allemagne », a été éclipsé par ces événements qui indiquent qu'un climat de violence sociale est dans l'air. La création de *Tannhäuser* risque d'en être compromise, les esprits, vu les événements, n'étant pas disponibles. D'autre part, une rivalité se dessine entre Wilhelmine Schröder-Devrient, titulaire du rôle de Vénus et la jeune Johanna Wagner, nièce de l'auteur, interprète d'une rayonnante Elisabeth. Hector Berlioz soulignerait ce contraste, évoquant dans un journal parisien le « maternel embonpoint[5] » de la plus âgée. La première représentation, de fait, n'est pas un succès. Wagner comprend très vite que la fin du spectacle manque de lisibilité. Il se hâte de la clarifier et, dès la troisième représentation, l'adhésion du public est entière. *Tannhäuser* entame à partir de là sa marche triomphale dans le répertoire allemand et mondial.

Wagner s'appuie sur cet accueil, et sur le climat de mécontentement populaire général, pour rédiger un cahier de revendications quant aux réformes que l'Opéra nécessite à ses yeux : augmentation des salaires des musiciens, meilleure sécurité sociale, formation musicale permanente. Dans le même temps, il sollicite un prêt personnel de 5 000 thalers du fonds de pension du théâtre, que le roi, décidément bien disposé à son égard, lui consent à des conditions très favorables : remboursable en dix ans, et seulement à partir de 1851 ! Le directeur général von Lüttichau commence, lui, à la trouver plutôt saumâtre — le plan de réforme lui est resté en travers de la gorge —, encouragé en cela par le nouveau dramaturge maison, Karl Gutzkow, bien décidé à faire obstacle à toutes les initiatives de Wagner, qu'il surnommait « le demi-Dieu des obscurités[6] ». Wagner le lui rendait bien, de son côté : il décelait en Gutzkow « le despotisme brutal de l'inintelligence[7] ».

Wagner, Minna, le chien Peps et le perroquet Pepo, dont le répertoire comprenait des passages de *Rienzi*, s'installent dans une suite du palais Marcolini, dans une banlieue tranquille propice à la lecture, à l'écriture et à la méditation. Wagner s'y plonge dans Eschyle, travaille à son drame sur Barberousse qu'il n'a jamais achevé et, surtout, avance à grands pas dans l'orchestration de *Lohengrin*, quoique à reculons, puisqu'il a commencé cette rédaction par la fin. C'est la plus subtile des orchestrations auxquelles il se soit attelé jusque-là. Avec ce travail, comme l'écrit encore Martin Gregor-Dellin, il s'ouvre « à la dimension coloriste de la musique et de l'instrumentation », qui dans ce cas débouche sur cette « beauté bleu argent[8] » qui fascinerait tant Thomas Mann. Dans la bibliothèque qu'il a rassemblée durant son séjour à Dresde, se trouvaient déjà les versions diverses de Tristan, tant en allemand qu'en vieil anglais et en ancien français, ainsi que les résumés de toutes les versions européennes et extra-européennes du mythe. On y trouverait plus tard aussi une immense documentation sur les épopées nordiques, et le canevas très détaillé des *Maîtres chanteurs*, ce qui permet de dire que tout son univers imaginaire, qui le mobiliserait encore durant plus de trente ans, était déjà en place.

Le fait d'habiter à une distance appréciable de l'Opéra lui convient bien : il a de moins en moins le goût à s'y rendre, et les deux heures que lui prend la marche dans les deux sens sont dissuasives. Il envoie même une lettre de démission, qui est refusée. Il met tous ses espoirs dans la production, à l'Opéra Unter den Linden de Berlin, qui vient d'être reconstruit après un incendie, d'une reprise de *Rienzi*. Il propose même d'y apporter sa collaboration, ce qui lui permettra de reconnaître le terrain dans cette ville qui ne peut pas être plus provinciale que Dresde. Mais il doit déchanter sur toute la ligne : les chanteurs sont médiocres, les musiciens, sous-payés, ne sont d'aucune manière motivés, et le metteur en scène est paralysé par la routine. Le roi de Prusse, qui n'a même pas daigné lui accorder une audience, a brillé par son absence à la première. Quant à sa propre présence durant six semaines, elle ne lui vaut pas la moindre rémunération, sous prétexte qu'il l'a proposée spontanément.

De retour à Dresde, il commence par demander une augmentation de traitement à Frédéric-Auguste. Une fois encore, le roi est favorable à ce qu'on lui verse désormais 2 000 thalers, mais consulte d'abord le directeur général. Lüttichau ayant considéré que la demande était excessive, Wagner ayant surestimé ses prestations, la somme est ramenée à 1 800 thalers.

1848 est l'année des grandes bascules. Wagner se rend aux funérailles de sa mère, morte à Leipzig le 9 janvier, et retrouve son ami Heinrich Laube. Ils se désolent « de la terrible pression qui pèse sur tout ce que nous tentons pour combattre une tendance générale du temps à dériver dans l'inconsistance[9] ». August Röckel vient lui souffler à l'oreille, tandis qu'il dirige une répétition à son pupitre : « Révolution à Paris ! Chute de Louis-Philippe ! » Nous sommes le 25 février. Les répercussions en Allemagne ne se font pas attendre. Des barricades se dressent à Berlin et à Francfort. À Munich, le roi Louis Ier est obligé d'abdiquer le 30 mars. Mais les motifs sont plus personnels : on lui reproche ses libéralités à l'égard de Lola Montez qui, après un roi du clavier, a ajouté un monarque à son tableau de chasse. Le peuple estime qu'elle se mêlait trop de politique et, surtout, du gouvernement.

À Dresde, les choses ne s'emballent pas encore. Le roi propose l'une ou l'autre réforme pour apaiser l'opinion. Wagner, qui vient de mettre la dernière main à la partition de *Lohengrin* le 28 avril, rédige en quelques jours les quarante pages d'un « Projet d'organisation d'un théâtre national allemand pour le royaume de Saxe », une machine de guerre contre le directeur général von Lüttichau. Elle est envoyée dès le 11 mai au ministre de l'Intérieur, membre d'un gouvernement nouvellement installé et composé d'anciens membres de l'opposition. Celui-ci transmet aussitôt le document à sa principale cible, Lüttichau, qui la glisse dans son tiroir. Or, le texte était à certains égards antirévolutionnaire puisqu'il s'opposait à l'amputation de la liste civile, principale source des subventions du Théâtre royal. Il recommandait par ailleurs une série de mesures : la fondation, sur le modèle de la société créée par Beaumarchais, d'une association des poètes et des compositeurs, une école de théâtre et un institut choral, une extension de l'orchestre et une hausse des revenus des musiciens, ainsi qu'une concentration des pouvoirs dans les mains d'un intendant, nouveau titre du maître de chapelle. Lorsque Wagner publiera ce texte dans ses écrits complets, il veillera à ce que ce dernier point n'y figure pas.

Au mois de mai, la température monte. Les émeutes à Vienne, qui conduisent au renversement de Metternich, inspirent à Wagner un poème de sympathie qui paraît dans l'*Allgemeine Österrei-*

chische Zeitung. Le 18 mai l'Assemblée nationale allemande se rassemble spontanément dans l'église Saint-Paul à Francfort. Wagner envoie aussitôt au représentant saxon de l'Assemblée une lettre où il préconise l'armement immédiat de la population, l'accord d'assistance et de protection mutuelle avec la France, l'installation de l'Assemblée nationale comme seule puissance constituante, ainsi que la réforme territoriale de l'État allemand. Si les princes n'apportent pas leur coopération, ils sont aussitôt mis en état d'accusation.

Dans une intervention face à l'Union patriotique qu'il prononce à la demande de Röckel le 14 juin, texte qui paraîtrait anonymement dans le *Dresdner Anzeiger* sous le titre « Qu'en est-il des aspirations républicaines à l'égard de la monarchie ? », il exige la suppression de l'aristocratie et de tous les clivages de classe. Quant au roi, il prend une position paradoxale, se souvenant des bontés dont il a bénéficié, et estime qu'il doit « en tant que premier et le plus légitime des républicains prendre la tête de la République [10] ». Surtout, il y préconise l'abolition de l'argent, « avec toute son escorte affreuse d'usure publique et occulte, d'escroqueries, d'intérêts et de spéculations bancaires [11] ». La parution sans nom d'auteur dans le journal ne trompe personne, bien sûr. Les monarchistes lui en veulent de sa conversion républicaine, les républicains ne sont pas dupes de sa grâce accordée au roi. Pour bien se faire comprendre de celui-ci, Wagner lui adresse une lettre où il explique que, face « aux initiatives violentes de la foule », il avait voulu dire que « la monarchie héréditaire, de par sa nature même, représentait la garantie la plus complète de liberté, car le roi réunissait en lui la liberté de tous[12] ». Ce courrier reste bien sûr sans réponse.

À l'approche de l'été, Wagner décide de prendre du champ. L'époque n'est pas aux villégiatures paisibles, mais à l'accumulation d'informations. Il part pour Vienne, et savoure le climat républicain qui imprègne la ville. Il tente de gagner quelques gens de spectacle à ses vues sur la réforme du théâtre, le dramaturge Grillparzer notamment, ou le critique Hanslick, avec qui il dîne un soir au bord du Danube, et qui s'étonne qu'il ne parle que politique : « Il attendait de la victoire révolutionnaire une renaissance totale de l'art, de la société, de la religion, un nouveau théâtre, une nouvelle musique[13] », confiera-t-il plus tard à propos de celui qui se paierait copieusement sa tête en le caricaturant sous les traits de Beckmesser dans *Les Maîtres chanteurs de Nuremberg*. Wagner ne gagne pas d'adhérents à sa cause à Vienne, pas plus qu'il n'arrive à amadouer Minna dont il sent qu'il a perdu la confiance, en raison de son comportement qu'elle juge irresponsable. Son discours à l'Union patriotique avait eu pour effet que l'augmentation qui venait de lui être accordée avait été résiliée.

Rentré à Dresde, il se consacre à des spéculations fantaisistes sur les ascendances de Barberousse, à qui il n'est pourtant plus tellement enclin à consacrer un opéra. Il veut se convaincre, par contre, que sa lignée — celle des Hohenstaufen — remonte aux

Nibelungen, ce qui le rassure : en s'attachant à cette saga, il n'abandonne donc pas tout à fait son projet initial. Il va même, dans ses délires interprétatifs, jusqu'à postuler qu'on peut trouver dans Nibelung une racine de Napoléon. Contre un Nibelung assoiffé de pouvoir mondial, il fallait bien que tous ses adversaires se coalisent ! Le 4 octobre 1848, il met la dernière main à la fable de *L'Anneau*, matériau de base de l'immense édifice, unique dans l'histoire de la musique, qui ne sera terminé que vingt-six ans plus tard. Il faudra se souvenir que cette première mise en forme s'est accomplie dans le cadre d'intense effervescence politique.

Le principal animateur du climat préinsurrectionnel qui envahit Dresde est son ami August Röckel, qui dès le 26 août entame la publication d'un hebdomadaire, les *Volksblätter*, jugé à ce point subversif que près de la moitié de ses numéros sont confisqués dès leur sortie. Wagner y apporte sa collaboration active dès le 15 octobre. Lorsque Frédéric-Guillaume IV décide de dissoudre l'Assemblée nationale prussienne, Röckel y va d'une « Lettre ouverte aux soldats », où il exhorte les militaires prussiens à ne pas lever les armes sur le peuple saxon si on leur en donne l'ordre. Il est immédiatement arrêté et ne doit sa libération au bout de trois jours qu'au dépôt par un inconnu d'une caution de 10 000 thalers (75 000 euros). On annonce dans le même temps que l'Opéra de Dresde ne montera pas *Lohengrin*, alors que les décors avaient déjà été commandés. Wagner sent que la rupture artistique est inéluctable : « Pour moi, la rupture est décidée[14]. »

La rupture politique, elle, ne se fait pas attendre : le 10 janvier 1849, le Parlement saxon nouvellement élu se réunit pour la première fois. Il compte deux tiers de libéraux-radicaux, un tiers de libéraux, pas un seul conservateur. Cette nouvelle disposition prépare une inévitable collision avec le pouvoir qui se produira en avril. Le compte à rebours est déclenché.

« Ne t'inquiète pas pour moi, je suis immortel ! »

Comme l'aimant attire la limaille, les émeutes en puissance ont le pouvoir, dans ces semaines-là, d'alerter un personnage hors normes que certains ont décrit comme le voyageur de commerce de la révolution. Mikhaïl Bakounine vient à peine d'arriver à Dresde que Wagner fait la connaissance de ce géant russe qui n'a qu'un an de moins que lui et qui loge clandestinement chez Röckel sous le nom d'emprunt de Dr Schwarz. Il connaissait Dresde pour y avoir séjourné jadis, avant de côtoyer Proudhon, George Sand et Karl Marx à Paris. Röckel lui accordait de la vigueur intellectuelle et de la force de caractère, mais aucun sens des réalités. Bakounine et Wagner se plaisent d'emblée. Martin Gregor-Dellin met le doigt sur leur point commun principal lorsqu'il dit que « ces deux monomanes s'écoutaient mutuellement pendant des heures [1] ». Ils s'inspiraient mutuellement un grand respect. Lorsque, douze ans plus tard, après avoir croupi dans les geôles saxonnes et autrichiennes et les camps sibériens, et s'en être échappé par le Japon et l'Amérique, il avait abouti en Suisse où il savait que Wagner résidait aussi, Bakounine s'interdirait de le rencontrer pour ne pas le mettre en difficulté. Wagner, de son côté, garderait à Bakounine son admiration et son affection toute sa vie.

La verve et la faconde de Bakounine doivent avoir encouragé Wagner à hausser le ton plus encore que d'ordinaire dans l'article des *Volksblätter* où il réagit au refus du roi de Prusse, le 3 avril, de recevoir la couronne d'empereur allemand des mains des députés, considérant que seuls ses pairs peuvent la lui décerner. Dans un texte d'une grande force lyrique, Wagner fait dire à la Révolution :

> Je détruirai l'ordre établi, qui sépare le plaisir du travail, qui fait du travail un fardeau et du plaisir un vice, qui rend un homme misérable par indigence et l'autre par surabondance [2].

Le 27 avril, première provocation politique : la Chambre des représentants prussienne est dissoute. Le 30 avril, Frédéric-Auguste II déclare à son tour la dissolution des Chambres saxonnes, qui avaient eu le tort, quinze jours auparavant, de reconnaître la Constitution proclamée à Francfort. Röckel, qui avait été élu en janvier, perdait du fait même son immunité parlementaire qui avait rendu inutile la caution permettant sa libération. Le roi de Saxe n'en reste pas là : le gouvernement est lui aussi presque entièrement révoqué.

Aux yeux de Wagner, la révolution est imminente, il la prévoit même pour le 5 mai. Il écrit à Röckel qui est allé se réfugier à Prague et le rappelle d'urgence : « On n'a plus qu'une crainte, c'est que la révolution n'éclate trop tôt[3] ». Par ailleurs, il met tout en place pour que le prochain numéro des *Volksblätter* paraisse en l'absence de Röckel, bien que la publication vienne d'être tout simplement interdite.

Les événements s'emballent. Dans le récit de sa vie, Wagner n'est pas très clair dans leur enchaînement. Oubli de sa part ? Peu probable. Souci, de la part de Cosima, qui note à la dictée et rédige le texte, de minimiser la part prise par le maître à l'insurrection, épisode qui l'a toujours embarrassée ? C'est davantage plausible. Martin Gregor-Dellin propose une chronologie qui, depuis, n'a été contestée par aucun historien.

La garde municipale de Dresde avait, le 2 mai, imploré en vain le roi de promulguer la Constitution impériale. La démarche était restée sans suite. Le lendemain, le reste du gouvernement en place avait demandé l'aide de l'armée prussienne, tandis que le roi alertait ses propres troupes. Première mesure : neutralisation de la garde municipale, dont on confisque les armes et que l'on renvoie dans ses foyers. Wagner raconte que le tocsin qu'il entend au milieu de la journée produit en lui une sensation de bien-être débordant. Privés d'armes, les premiers insurgés se rendent à l'arsenal pour s'en procurer. Ils sont accueillis par un détachement d'infanterie qui ouvre le feu sur les manifestants. Quatre premiers morts tombent. La garde municipale, qui ne se plie pas aux ordres de démobilisation, intervient pour calmer les esprits. Une nouvelle salve fait cette fois vingt victimes. Wagner se rend à l'hôtel de ville où il n'observe que chaos et désarroi. À quelqu'un qui lui demande s'il comprend ce qui se passe, il répond abruptement que l'infamie se révèle. Pour rentrer chez lui le soir, il doit franchir les barricades érigées avec les baraques du marché.

Le vendredi 4 mai à l'aube, la famille royale et les derniers membres du gouvernement ont pris le bateau à vapeur sur l'Elbe pour se réfugier dans la forteresse de Königstein. Wagner ne voit d'autre issue que l'alliance des troupes saxonnes avec les révolutionnaires, analogue à celle qui vient d'être conclue au Wurtemberg. Il demande à l'imprimeur des *Volksblätter* de lui fournir d'urgence des tracts portant la simple question : « Êtes-vous avec nous contre les troupes étrangères ? » Il ira les distribuer lui-même aux soldats postés devant l'ancien Opéra, sur la place du Château et sur le pont de l'Elbe. Qu'il n'ait pas été arrêté séance tenante tient du miracle.

Un gouvernement provisoire de la ville se constitue. Wagner rentre le soir chez lui, confiant dans la suite des événements. Il rêve à un drame qui aurait Achille pour héros. Dans les notes qu'il jette sur le papier, on trouve l'affirmation selon laquelle l'homme est le perfectionnement de Dieu. *L'anneau* ne dira pas autre chose. La nuit est sereine. Il n'en connaîtra pas de pareille avant longtemps.

Le samedi, la tension augmente . On charge Semper, l'éminent architecte de l'Opéra, membre du « Club Engel », de dresser les plans de nouvelles barricades renforcées. Wagner, pour avoir une vision plus claire des événements, grimpe au sommet (presque cent mètres) de la tour de la Kreuzkirche, d'où il peut, en effet, observer l'avancée des troupes prussiennes et celle des renforts saxons. Des francs-tireurs occupent le sommet du clocher qui mettent les assaillants en joue. Comme des projectiles prussiens viennent se ficher dans la charpente près de lui et qu'on lui conseille de se mettre à l'abri, il a ce mot qui ne s'oubliera pas : « Ne t'inquiète pas pour moi, je suis immortel[4] ! » De son poste de guet, il notait des observations dont il emballait des pierres qu'il jetait ensuite dans la rue. Il resta posté là-haut toute la nuit, à discuter philosophie avec des universitaires qui avaient choisi le même perchoir. Pour agrémenter ces colloques nocturnes, il se fit apporter du vin et du tabac.

Le dimanche, des insurgés venus de l'Erzgebirge viennent rejoindre les résistants aux accents de la *Marseillaise*. Vers onze heures, le vieil Opéra, celui où depuis cinq ans, le jour des Rameaux, il dirige la *Neuvième Symphonie* de Beethoven, s'embrase. Il n'en restera que des cendres. Röckel s'en revient enfin de Prague. Wagner et lui se parlent, ils ne savent pas que c'est la dernière fois avant très longtemps. Wagner prend la précaution de conduire Minna, le chien Peps et le perroquet Pepo chez sa sœur Klara et son beau-frère Wolfram à Chemnitz.

Lorsqu'il revient à Dresde le mardi matin, il ne sait pas que Röckel a été arrêté par une patrouille, mais apprend que nombre d'insurgés ont décidé de quitter la ville. Il monte dans la même voiture de louage jusqu'à Freiberg et de là, suite à un malentendu, emprunte une voiture de poste plus rapide qui lui permet de rejoindre sa famille à Chemnitz.

Bien lui en a pris : les passagers de l'autre véhicule sont appréhendés après Freiberg. Son beau-frère, Heinrich Wolfram, lui apprend qu'il a échappé de justesse à l'arrestation et qu'il doit prendre la fuite. Lui considère qu'il a agi en toute légitimité, qu'il est couvert par la Constitution impériale, qu'il a la protection du gouvernement provisoire. L'autorité ne l'entend pas ainsi. La proclamation du roi, publiée le 9 mai, parle « des personnes, en partie mal intentionnées, en partie fourvoyées, qui s'efforcent, en liaison avec des scélérats venus de l'étranger, de relâcher le lien qui unit depuis des siècles le peuple saxon à son prince[5] ». Ce qui explique que Röckel et Bakounine, s'ils n'ont pas été passés par les armes, se retrouvent aux fers pour des années.

À la tombée du jour, le 10 mai, Wagner monte dans la voiture de son beau-frère qui le conduit jusqu'à Altenburg. De là, il emprunte une chaise de poste qui le dépose à Weimar le 13 mai. Il s'y installe à l'hôtel Zum Erbprinzen. Liszt vient l'y chercher, et Wagner reste dans un premier temps très discret sur ce qu'il vient de vivre. Mais lorsque son ami veut lui arracher une confidence sur le ton de « Avoue-le, tu as fait une bêtise ! », il se récrie aussitôt. Le cadre où il est accueilli peu après a de quoi l'apaiser : c'est la résidence de la princesse Carolyne von Sayn-Wittgenstein, désormais la compagne de Liszt. Le lendemain, il est invité à une répétition orchestrale de *Tannhäuser*, puisque depuis qu'il dirige le théâtre de Weimar, Liszt a bien l'intention, en inconditionnel de Wagner qu'il est devenu, de mettre tous ses opéras à l'affiche.

Minna ne l'a pas accompagné à Weimar, elle est retournée à Dresde. Elle y reçoit bientôt la visite d'un conseiller de police, porteur de l'ordre d'arrêter son mari. Mais il ne semble pas pressé de le mettre à exécution. Il lui demande seulement de l'informer de son attitude et, s'il n'a pas l'intention de se présenter à la police, recommande qu'il reste plutôt où il se trouve. Le gardien de l'ordre ne semblait pas si mécontent que le maître de chapelle ait échappé à ses filets…

Ce n'est que le 17 mai, rentré d'un voyage de trois jours à Karlsruhe, que Liszt prend conscience de la gravité de ce qui menace Wagner. Il n'avait interprété sa venue que comme une marque d'intérêt pour les préparatifs de *Tannhäuser*. À la suite de la publication du mandat d'arrêt dans le *Dresdner Anzeiger*, tout le monde, à Weimar, est au courant. Il s'agit de ne plus commettre d'imprudence. Wagner trouve un refuge provisoire au domaine de Magdala, non loin de Weimar, où un ordre religieux, les magdaléens, qui tiennent leur nom de Marie-Madeleine, portent secours aux filles perdues.

Il s'y installe sous le nom de professeur Werder. Il l'emprunte à un étrange personnage qui, le soir de la première du *Vaisseau fantôme* à Berlin, est venu le surprendre dans sa chambre pour lui dire combien l'œuvre l'avait bouleversé. Cette haute figure blême, comme surgie d'un conte d'Hoffmann, était un disciple de Hegel du nom de Carl Friedrich Werder. Wagner séjourne à Magdala le temps qu'on lui prépare des faux papiers et il y reçoit Minna le 22 mai, jour de son trente-sixième anniversaire. La mésentente semble consommée. Elle lui fait comprendre qu'il a compromis par son comportement toutes leurs chances de bonheur, qu'elle ne le suivra pas, qu'il peut partir où il l'entend et qu'elle est prête à reprendre la route de Dresde à tout instant. Ils se retrouvent le lendemain à Iéna, où Wagner se fait remettre des mains du professeur Widman, originaire de Tübingen, un de ses passeports périmés.

Quelle est sa prochaine destination ? Liszt lui conseille Paris et a même demandé, dans une lettre enthousiaste à son ancien secrétaire Belloni, de lui préparer le terrain. On conseille à Wagner de se rendre en France par la Bavière et la Suisse, et ces détours ne peuvent que lui rappeler les avatars de son premier voyage en France, dix ans auparavant, avec ses dangereux passages de frontières. La différence, c'est qu'à l'époque il croyait encore dur comme fer qu'il pourrait conquérir Paris.

À Lindau, sans que son faux passeport ait posé le moindre problème, il entame sa traversée du lac de Constance et aborde bientôt à Rorschach. Il est libre. À Zurich, il obtient un passeport pour la France, document qui a été conservé et où figure une information précieuse : la seule mention précise de sa taille exacte, 166 centimètres et demi.

Le 2 juin, il est à Paris, et la première personnalité qu'il y rencontre, dans l'officine de l'éditeur Schlesinger, comme dix ans auparavant à Boulogne, est Meyerbeer. Le compositeur des *Huguenots*, se voulant aimable, le congratule pour le long article que Liszt vient de faire paraître dans le *Journal des débats* sur *Tannhäuser* et lui dit qu'un tel éloge ne peut que servir sa cause à Paris. Wagner s'insurge contre l'interprétation utilitariste donnée à un écrit où il ne veut voir qu'un témoignage d'amitié. « Voulez-vous donc faire de la musique pour les barricades ? », riposte Meyerbeer. À quoi Wagner, tout empreint encore de fierté révolutionnaire, répond : « Pas de musique du tout[6] ! » Il est moins prêt que jamais à revoir ses idées sur Paris, mais se met à réfléchir sur les rapports entre art et révolution, un des essais auxquels il va se consacrer désormais.

Paris n'aura fait l'objet que d'un passage éclair, et pas seulement parce qu'une épidémie de choléra y fait rage. Liszt charge Belloni de le munir des 300 francs nécessaires à son retour à Zurich, où il se retrouve dès le 6 juillet. Minna n'a toujours pas l'intention de l'y rejoindre, et elle restera sur cette position aussi longtemps qu'elle jugera qu'il n'a pas assez de ressources. Elle demeure tellement sourde à ses messages qu'il est obligé de demander à Natalie de presser sa « sœur » de lui répondre.

Ces déboires conjugaux ne l'empêchent pas de savourer l'été qui s'en vient. Il prend vite goût à la Suisse qui lui servira, au cours de la seconde moitié de son existence, de refuge régulier. Il décrira son impression lors de son premier séjour dans son texte « Une communication à mes amis » qui date de 1851 :

> Je ne peux comparer à rien d'autre le sentiment de bien-être qui me pénétra lorsque, une fois surmontées les premières impressions douloureuses, je me sentis libre, libéré du monde des aspirations qui me martyrisaient sans jamais être comblées, libéré d'une situation où ces aspirations avaient été mon unique et dévorante nourriture[7] !

Sa situation est des plus précaires, pourtant. Il dépend de la générosité de Liszt et de ces quelques amis suisses qui marquent de la sorte leur affection pour lui, mais aussi leur soutien à la cause qui a fait de lui un proscrit. Parmi ces nouveaux partisans, il y a d'abord le jeune secrétaire d'État Jakob Sulzer, qui réunit chez lui une manière de société des amis des arts, dont Wagner devient bientôt le centre. Il leur réserve la primeur de la lecture du poème de la « Mort de Siegfried », premier germe du *Crépuscule des dieux*, et même de *L'Anneau* dans son ensemble.

La loi suisse, qui prévoit depuis 1836 le statut de réfugié politique, lui est évidemment favorable, d'autant que les autorités l'appliquent avec une particulière rigueur à son avantage. Comme les services de renseignements saxon, prussien et autrichien s'intéressent intensément à lui, répandent même des rumeurs alléguant qu'il préparerait la révolution au départ du territoire helvétique, le chef de la police de Zurich, interrogé sur ses agissements, répond, impavide, qu'à sa connaissance

Wagner compose de la musique et dirige à l'occasion des orchestres.

Wagner se sent bientôt à l'aise dans cet environnement courtois, naturel et humain. Il y est, selon Zdenko von Kraft, comme une « mouette migratrice[8] ». Il lit beaucoup, d'autant que ses amis lui fournissent matière (sa riche bibliothèque est restée à Dresde, où elle a pu être mise en lieu sûr par Heinrich Brockhaus). On lui apporte de Paris les *Pensées sur la mort et l'immortalité* de Feuerbach dont on sait que l'athéisme absolu et le radicalisme social l'ont beaucoup marqué. Il est plongé dans un climat de stimulation intellectuelle qui va lui inspirer les réflexions dont les nombreux essais qu'il écrit à Zurich sont le reflet. Ils sont animés à la fois par le désir de compenser théoriquement ce qu'il n'a pu réaliser pratiquement pendant les incidents de Dresde, et par le souci de faire comprendre à son nouvel entourage le cheminement artistique qui a été le sien jusque-là, et les voies nouvelles qu'il compte explorer. Exposant ces idées à d'autres, il ne peut, dans le même mouvement, que les clarifier pour lui-même.

Et cela donne *L'Art et la Révolution* qu'il écrit au troisième étage de la maison de son ami Alexander Müller, au 55 am Rennweg, où il est hébergé depuis son arrivée à Zurich. Il y dénonce l'affairisme immoral et la paresse dépravée des riches et l'aliénation par le travail des pauvres. Cela donne aussi « L'œuvre d'art de l'avenir », demeuré inachevé, mais plus radical encore s'il se peut. Ces *Züricher Kunstschriften*, comme on les appelle parce qu'ils ont pour l'essentiel été rédigés à Zurich entre 1849 et 1851, ont un statut très particulier. Ils ont longtemps été ignorés, sinon occultés, même par les esprits les plus attentifs (Thomas Mann se vante presque de ne pas les avoir lus), ils sont d'autant plus méprisés qu'il apparaît inadmissible que l'on puisse être à la fois un musicien de première grandeur et un penseur majeur. Le vent a tourné depuis, puisque l'autorité wagnérienne par excellence, Martin Gregor-Dellin, leur a consacré une édition commentée par ses soins, mais il n'empêche que ces textes importants restent sous-estimés.

L'Art et la Révolution ayant paru à Leipzig et y ayant eu quelque retentissement (surtout de scandale) accompagné de maigres droits d'auteur, Minna estime qu'elle peut sans déchoir rejoindre son époux en Suisse. Wagner s'en va l'attendre à l'embarcadère de Rorschach qu'il a rejoint au terme d'une de ces longues randonnées pédestres comme il les aime, par Appenzell et Saint-Gall notamment. Minna est flanquée de Natalie qui ne comprend toujours pas pourquoi sa sœur la materne à ce point, de Peps qui, fou de joie d'enfin avoir retrouvé son maître après une si longue séparation, ne va plus le lâcher d'une semelle, et de Papo dont le répertoire se concentre désormais sur quelques morceaux choisis de Beethoven. Minna garde pourtant une idée fixe : Paris. Elle ne comprend pas pourquoi Richard n'y est resté que quelques semaines en juin et l'encourage à y retourner. Elle ne pressent pas qu'en insistant de la sorte, elle induit un nouvel éloignement fatal à leur couple.

Wagner est attelé à ce moment à un nouvel essai, « L'œuvre d'art de l'avenir ». L'art, dit-il, doit avant tout contribuer à un besoin essentiel de l'homme, celui de vivre et d'être heureux. L'industrie est à l'opposé de cet idéal, alors que l'art est complètement orienté en ce sens. Et il fait suivre son traité d'une esquisse d'opéra, « Wieland le forgeron », dont il imagine qu'il pourrait être proposé à Paris, comme d'autres projets d'ailleurs : son « Achille », son scénario des *Maîtres chanteurs*, son « Jésus de Nazareth », où il développe une image radicalement humaine du Christ. Tout cela dans un parfait désordre qui trahit son impréparation. En fait, il n'est sûr que d'une chose : il ne veut pas revenir en arrière. Il se défend d'avoir coupé les ponts, ce sont eux qui se sont écroulés derrière lui. « Ce n'est pas moi qui ai voulu pousser les choses aussi loin ; selon une nécessité intérieure, elles en sont arrivées là d'elles-mêmes [9] », écrit-il à son ami Ferdinand Heine.

Il monte donc dans la diligence de Paris le 1er février 1850. Comme *Le Prophète* de Meyerbeer est à l'affiche de l'Opéra, il s'y rend mais quitte la salle en plein milieu de la représentation. Il est, en revanche, impressionné par la discipline des participants à l'assemblée électorale des socialistes démocrates français, à laquelle il assiste à la Salle de la fraternité du Faubourg-Saint-Denis : ils sont quelque six mille.

Il se sent plus que jamais indécis durant ce

séjour. Il revoit quelques vieux amis, dont l'architecte Semper qui s'est réfugié à Paris après l'insurrection de Dresde. Il ne peut compter sur l'assistance de Belloni, l'ancien secrétaire de Liszt, dont il occupe l'appartement de la rue de Provence, mais qui se fait attendre durant six semaines. Il travaille au poème de « Wieland le forgeron », dont l'argument a ceci d'intéressant qu'il rassemble divers motifs qui se retrouveront dans *L'Anneau*.

Un forgeron y est éperdument amoureux d'une vierge-cygne du nom de Schwanhilde qui répond à son amour en lui offrant un anneau qu'elle se promet de ne récupérer en aucun cas, parce que cela lui rendrait la liberté dont elle demeure éprise. Wieland, pour le cas où elle serait tentée, forge quantité de répliques de l'anneau de manière à égarer sa bien-aimée. Cela n'empêche pas son épouse de reprendre sa liberté. Comble de malheur : Wieland est fait prisonnier par le roi Neiding, ennemi juré des hommes libres, qui lui tranche les tendons des deux pieds afin qu'il ne s'emploie plus qu'à augmenter la fortune royale. Mais Wieland, ingénieux, se forge des ailes d'airain et rejoint Schwanhilde dans les airs, après avoir mis le feu à la demeure du roi Neiding qui périt dans les flammes.

Ce projet, qui resta inachevé, est surtout intéressant parce qu'il montre la manière dont divers thèmes, comme l'anneau, la forge, la révolte, l'amour rédempteur, ont cheminé en lui avant de trouver leur place définitive dans l'œuvre.

Si Wagner à Paris se sent tel Achille empêché de courir (il ne pouvait même pas se payer le billet de retour vers Zurich), les circonstances, qui se sont si souvent ingéniées à le tirer d'affaire au moment opportun, vont lui faire pousser des ailes. Ces circonstances sont incarnées par deux femmes, Julie Ritter et Jessie Laussot. Elles se sont informées l'une l'autre de la perte de son emploi à Dresde et sont bien décidées à lui venir en aide.

« Où je compte aller, je ne le sais pas »

Julie Ritter, veuve, vit à Dresde avec ses deux fils Karl et Alexander qui ont été des camarades d'étude de Hans von Bülow. Elle est restée infiniment reconnaissante à Wagner d'avoir participé à une soirée musicale qu'elle avait organisée chez elle. Elle est bien décidée, apprenant qu'il est privé de son emploi de maître de chapelle, à lui assurer une rente de 500 thalers par an, le tiers de son ancien salaire. Elle lui dit aussi qu'elle informe de son sort une famille amie, les Laussot de Bordeaux, qui pourraient également lui apporter leur soutien.

Julie Ritter connaît surtout la jeune Jessie Laussot. Au temps où elle s'appelait encore Jessie Taylor, elle avait rendu visite aux Ritter à Dresde, et elle avait pu assister à l'âge de seize ans — on était en 1845 — à la création de *Tannhäuser*. Mariée par sa mère, Ann Taylor, à son amant, le négociant en vins bordelais Eugène Laussot, elle était revenue à Dresde en 1848 et avait été reçue par Wagner au palais Marcolini en compagnie de Karl Ritter. Elle était, depuis, une wagnérienne passionnée.

Avertie par Julie Ritter, Jessie Laussot n'a plus

d'autre souci que de venir en aide à son idole. Elle l'invite à Bordeaux, avec l'accord de son mari et de sa mère. Wagner a gardé le souvenir de cette jeune femme belle, intelligente, énigmatique et écrit à Minna le 13 mars :

M'en voudrais-tu si je t'annonce que je me suis vite décidé à accepter enfin l'invitation très pressante et très cordiale de mes amis de Bordeaux — qui de plus m'ont envoyé l'argent nécessaire au voyage — et que par conséquent je pars dès demain matin [1] ?

Reçu dans la somptueuse demeure du 38, cours du Jardin public, il vit d'abord une préfiguration de son premier contact avec Louis II de Bavière, quatorze ans plus tard. Mme Taylor, qui avait hérité de la fortune de son mari, un riche avocat anglais, avant d'assainir les affaires de son gendre, lui annonce d'entrée de jeu qu'elle a résolu avec son amie Julie Ritter de lui faire tenir une rente annuelle de 3 000 francs (18 000 euros). Ses problèmes matériels étant résolus, Wagner va s'acharner bientôt à les compliquer à nouveau.

Jessie a vingt et un ans, est bonne pianiste, chante volontiers mais d'une voix si perçante que Wagner la dissuade d'en user. Son mari, viticulteur prospère et grossiste en vins, est insignifiant et souvent absent. Elle n'arrive pas à croire qu'un être aussi exceptionnel que Wagner ait accepté de loger sous le même toit qu'elle. Lui est pour sa part bouleversé qu'on boive ses paroles avec tant d'avidité. Il se sent avec cette âme sœur comme dans une nacelle, loin du monde et de ses mesquineries. Il vient de recevoir de Minna une lettre qui lui reproche d'accepter l'idée de dépendre des générosités d'étrangers. Jessie, elle, est prête à tout quitter pour lui. Elle a adoré la lecture qu'il lui a faite de « Wieland le forgeron », et s'identifie à Schwanhilde rejointe dans les airs par l'objet de son amour porté par ses ailes d'airain.

Rentré à Paris au terme de trois semaines d'un séjour idyllique, il envoie une lettre de rupture à Minna. Celle-ci sent que son mariage est plus que jamais menacé et fait route vers Paris. Elle n'y retrouve pas Richard qui s'est retranché à Montmorency et a demandé à son ami Kietz, qui vit à Paris, d'informer sa femme qu'il est sur le point d'entreprendre un grand voyage. Dans une lettre à Minna, il confirme son projet, tout en restant dans le vague :

> Où je compte aller, je ne le sais pas. Ne cherche pas à me retrouver... Adieu ! Adieu ! Ma femme [2] !

Le même jour, il décide de réserver la création de *Lohengrin* à Liszt et confie à la poste de Montmorency la partition à destination de Weimar. Il trouve alors un autre point de chute à Villeneuve, à l'extrémité du lac de Genève. Ses projets se précisent : il veut entreprendre un grand périple loin de l'Europe moderne vers la Grèce et l'Asie Mineure, en compagnie de Jessie à qui il fait part de son intention. C'est ici que les choses se corsent. La jeune femme consulte sa mère et celle-ci s'empresse, par l'intermédiaire de Julie Ritter, de mettre Minna au courant. Eugène Laussot est également averti. Sa riposte est simple : il laisse entendre que s'il croise Wagner sur sa route, il lui logera une balle dans la tête.

Wagner répond au mari qu'un époux a toujours tort de vouloir retenir une femme qui ne l'aime plus et qu'il s'apprête à venir à Bordeaux s'en expliquer avec lui. Il se met aussitôt en route, quoiqu'il n'ait plus de visa valable pour la France, mais s'est-il jamais embarrassé de ce genre de détail ? Il confie pourtant par lettre à Julie Ritter la grande confusion dans laquelle il se trouve.

Arrivé à Bordeaux où il descend à l'hôtel des Quatre Sœurs, il est bientôt convoqué à la police. Il justifie qu'il n'a pas de visa par des questions privées à régler d'urgence. On lui fait savoir que ce sont aussi des questions privées qui motivent son interdiction de séjour dans la ville. Wagner invoque la fatigue pour obtenir deux jours de séjour. Ils lui sont accordés parce que la maréchaussée sait que la famille Laussot s'est retirée à la campagne. Wagner écrit alors à Jessie une lettre où il fustige son mari d'avoir eu le front de le dénoncer à la police et signifie à la jeune femme qu'il ne peut « plus avoir aucun rapport avec elle aussi longtemps qu'elle ne serait pas libérée complètement de cette union indigne[3] ». La lettre en question, il va la porter cours du Jardin public. Il n'a qu'à pousser la porte : elle n'était pas close. Il monte au premier étage, traverse plusieurs pièces, atteint le salon de Jessie et y dépose la missive dans sa corbeille à ouvrage. Il s'en retourne à Villeneuve, non sans avoir fait halte à Lyon, et y retrouve son jeune ami Karl Ritter qui lui annonce que sa mère Julie, accompagnée d'Émilie, sa sœur, ne vont pas tarder à les rejoindre. La date est propice : le 22 mai est le jour de son trente-septième anniversaire.

Julie Ritter l'impressionne par sa générosité et sa clémence. Elle ne lui reproche nullement son comportement, alors qu'il a fortement perturbé ses relations avec une famille amie. Elle sait qu'il ne doit plus compter sur l'offre de soutien financier venant de Bordeaux, mais maintient la sienne, forcément plus modique. Et elle lui confie son fils Karl, qui lui est très attaché, jusqu'à l'envoûtement même, si l'on en croit Gregor-Dellin. Elle attendait de lui qu'il l'initie à la direction d'orchestre, ce qu'il réussit au-delà de toute espérance.

L'affaire Laussot n'est pas tout à fait enterrée. D'une part parce que Mme Taylor rapporte à Minna que Wagner aurait prétendu à Jessie que leur mariage à Königsberg n'était pas valable. Ce n'était qu'un malentendu, mais il incite Minna à envoyer à Bordeaux des preuves en bonne et due forme de la parfaite validité de leur union. De l'autre, parce que Wagner se plaint à Julie Ritter que Jessie ait été empêchée par son entourage de déployer sa vraie nature, toute de passion et d'amour : « Ils peuvent être fiers, ces guérisseurs avisés ; c'est un joli cadavre qu'ils ont recueilli là [4]. » Jessie reprendra vie, cependant, et ne restera pas indéfiniment prisonnière de son carcan : elle se séparera plus tard d'Eugène Laussot et choisira de vivre à Florence avec l'historien Karl Hildebrand. Et elle reparaîtra dans la vie de Wagner vingt-cinq ans plus tard, comme spectatrice au premier festival de Bayreuth.

Avec Minna, la pacification se fait. Wagner sent qu'elle reste son refuge. Il s'en retourne à Zurich avec Karl, qui s'en réjouit, lui qui a œuvré comme il a pu à rétablir les relations dans leur couple. Les Wagner s'installent dès le début de juillet 1850 dans une maison de bois au bord du lac de Zurich qui s'appelait « Étoile du soir » mais est bientôt rebaptisée « Villa Rienzi ». Le chien Peps et le perroquet Pepo s'y acclimatent très vite, comme d'ailleurs Karl Ritter, qui s'installe dans la mansarde. Il reçoit souvent la visite de son compagnon d'âge Hans von Bülow, à qui Wagner dispense également une formation de chef d'orchestre.

Au bord de l'eau, face à la ligne des Alpes qui se découpe dans le lointain, Wagner trouve la paix propice à se consacrer au meilleur et au pire. Le meilleur : le 12 août, il commence à concevoir une première esquisse musicale de la « Mort de Siegfried », entamant de la sorte la composition de la *Tétralogie* par la fin, puisque la forme définitive de ce fragment trouvera sa place dans *Le Crépuscule des dieux*. Le pire : la rédaction d'un texte d'une vingtaine de pages, qui lui vaudra dès sa parution, et pour longtemps encore, l'opprobre de ses adversaires, et l'embarras, pour ne pas dire plus, de beaucoup de ses amis. Il s'agit de son tristement fameux article « Le Judaïsme dans la musique » qu'il fit paraître les 3 et 6 septembre 1850 dans la *Neue*

Zeitschrift für Musik que dirigeait à Leipzig Franz Brendel, le successeur de Schumann à la tête de la publication. Il le signe du pseudonyme K. Freigedank, qui est aussitôt identifié. Il y applique à l'art et à la musique les opinions antisémites répandues à l'époque. Le juif serait incapable d'art véritable, il se contenterait de le « singer » superficiellement, ne donnant dans les meilleurs des cas que l'apparence trompeuse du talent. Le musicien explicitement visé est Felix Mendelssohn. Un autre n'est pas moins voué aux gémonies, même s'il n'est pas cité, c'est Meyerbeer, qu'il a courtisé avec tant de flagornerie, et qui ne s'est pas fait faute de lui prêter main-forte à diverses reprises.

La parution jette un froid, c'est peu dire. Wagner s'aliène quantité de proches, s'attire la véhémente riposte de nombreux publicistes. Dans les quinze ans qui suivront, Henri Lichtenberger relèvera non moins de cent soixante-dix répliques à cette funeste publication [5]. À Liszt, qui lui fait part de son effarement en avril de l'année suivante, il montre sans équivoque que la levée de boucliers n'a nullement ébranlé sa conviction :

> Je nourris une rancune longtemps contenue à l'égard des juifs et de leurs manigances, et cette rancune est aussi nécessaire à ma nature que la bile l'est au sang [6].

Il est patent que ce libelle force à se demander à quel point l'œuvre artistique de Wagner a été contaminée par ce fatras d'idées douteuses. Les tentatives de voir dans certains des personnages des caricatures de juifs (Mime dans *L'Anneau* et Beckenbesser dans *Les Maîtres chanteurs* sont souvent cités à cet égard) ne résistent pas à l'analyse. En revanche, le fait que Wagner ait chéri et apprécié nombre d'amis et collaborateurs juifs (le grand chef d'orchestre Hermann Levi, le fils de rabbin qu'il tenait pour le seul digne de diriger la création de *Parzifal* en est l'exemple par excellence) ne relativise pas vraiment son racisme déclaré et persistant, puisqu'il aggravera son cas en republiant son pamphlet en 1869 sans en changer une virgule.

Ce même été de 1850, quelques jours avant la parution d'un écrit qui est pour beaucoup dans la réputation de piètre essayiste qui accable toujours, et injustement, Wagner, avait eu lieu à Weimar un événement majeur : la première représentation de *Lohengrin*, à l'initiative et sous la direction de Liszt, et avec l'autorisation aussi inattendue qu'empressée du grand-duc de Saxe-Weimar-Eisenach. Empêché d'y assister du fait de son bannissement, Wagner choisit de passer avec Minna la soirée en un endroit tout désigné, l'hôtel du Cygne à Lucerne. Il ne cessait de regarder sa montre, tout en gardant l'œil sur la partition, pour mieux estimer où en était la représentation. Il vérifierait plus tard qu'elle aura duré plus longtemps qu'il ne l'avait cru. Liszt fit son rapport quatre jours plus tard, disant qu'à divers moments au cours de l'exécution, les larmes lui étaient venues : « Ton *Lohengrin* est du début à la fin une œuvre sublime[7] », lui confiait-il. Karl Ritter, dépêché à Weimar par le maître, apporta un bémol à son compte rendu :

l'orchestre avait été parfait, mais les chanteurs et la mise en scène avaient laissé à désirer. Gérard de Nerval, qui avait fait le voyage (n'avait-il pas traduit le *Faust* de Goethe, à la mémoire duquel la représentation était organisée ?), ne tarit pas d'éloges sur une représentation qui, écrivit-il, « maintient à Weimar cet héritage de goût artistique qui a fait appeler cette ville l'Athènes de l'Allemagne [8] ».

Fort d'autres informations encore, Wagner conclut cependant de l'expérience qu'elle n'était pas à la mesure de ses espérances et en déduit pour la première fois l'idée d'un festival sur lequel il aurait la haute main. Il la développe dans une lettre à son ami le peintre Ernst Benedikt Kietz le 14 septembre. S'il disposait de 10 000 thalers (250 000 euros), il ferait construire un théâtre en bois où se donneraient trois représentations gratuites de *La Mort de Siegfried*, après quoi l'édifice serait tout simplement démoli. Première allusion tangible au projet de Bayreuth.

Mais *Lohengrin* avait décollé pour gagner toute l'Europe et le vaste monde. Des productions se succéderaient dans toute l'Allemagne, à Dresde et à Leipzig en particulier, mais aussi à Londres, Madrid, Moscou, Melbourne, New York. L'exil aidait Wagner à penser plus loin, à mieux définir ce « *Gesamtkunstwerk der Zukunft* », cette œuvre totale de l'avenir, où musique, texte et danse seraient subordonnés à l'action, et que les salles traditionnelles ne pouvaient pas vraiment mettre en valeur. Il lui faudrait attendre un quart de siècle encore pour que ce vœu devienne réalité.

En attendant, Wagner se voit offrir par Walburg Kramer, le directeur de l'Aktientheater de Zurich, la direction de l'orchestre. Il trouve un compromis en proposant le jeune Ritter, tout en s'engageant à parfaire sa formation et à le remplacer en cas de besoin. Mais Ritter n'est pas à la hauteur, il déchiffre malaisément les partitions et, lorsqu'il est au pupitre, ne lève pas les yeux vers l'orchestre. Wagner doit le remplacer en catastrophe, obtient avec le *Freischütz* qui ouvre la saison un succès sans précédent à Zurich, mais ne compte pas s'installer dans la fonction pour autant. Il pense alors à recommander Hans von Bülow. Le jeune homme — il vient d'avoir vingt ans — lui voue une admiration sans bornes, ce qui renforce encore, chez ses parents divorcés qui veulent le dissuader d'embrasser une carrière musicale et l'ont inscrit en droit à Berlin, la méfiance à l'égard de Wagner. Il charge Karl Ritter d'aller porter à Bülow une lettre où il le met en demeure de prendre son destin en main et d'obéir à sa vocation.

Au bout de deux jours de marche, l'émissaire arrive en vue de la demeure d'Ötlishausen où le destinataire séjourne chez son père. Au vu de la lettre, dont il prend connaissance sur le seuil de la maison, Bülow ne rentre même pas chez lui et raccompagne, sans se protéger du mauvais temps, Ritter à Zurich. Après deux jours de marche et deux jours d'acclimatation à l'orchestre, il fait ses débuts le 9 octobre 1850 en dirigeant un opéra-bouffe, pour s'atteler ensuite au grand répertoire, en alternance avec Wagner, qui se réserve *Don Juan*, *La Flûte enchantée* et *Fidelio*. Bülow n'a pas l'heur, hélas, de plaire à la diva de la maison. Ritter et lui se replient dès décembre sur Saint-Gall, l'un comme chef des chœurs, l'autre comme chef permanent.

Wagner prend lui aussi ses distances avec le théâtre, mais cette brève expérience lui a permis d'enrichir encore sa réflexion sur l'art lyrique, qu'il consigne dans le plus important de ses essais, *Opéra et Drame*, dont il réserve la primeur à ses amis au cours de douze séances de lecture. Il s'est laissé tellement absorber par ses écritures — qui comprennent aussi sa « Communication à ses amis », ample bilan personnel destiné à devenir la préface d'une édition de ses trois opéras — qu'il en a négligé son perroquet Pepo, retrouvé mort dans sa cage. « Notre petit génie du foyer, bavard, chanteur et siffleur est mort depuis trois jours, et je ne m'en console pas[9] », écrit-il à un ami. Le volatile sera bientôt remplacé par un congénère du nom de Jacquot.

Ces deux années qui marquent le début de son exil sont manifestement l'occasion d'une mise au point personnelle, d'une indispensable mue suite au traumatisme de la révolution manquée. Dans son essai *L'Art et la Révolution*, il avance que, tout bien considéré, une seule voie peut conduire à la régénération, notion qui va le préoccuper de plus en plus, et c'est la voie artistique, qui comporte à ses yeux tout d'abord une reconsidération complète du processus de l'opéra. L'étude du théâtre grec l'éclaire particulièrement à cet égard, parce qu'il constate une corrélation évidente entre la décadence de la tragédie et la désagrégation de l'État athénien. Cette réflexion va le stimuler, mais il faudra attendre vingt ans avant que la chose ne se vérifie, avec un autre grand esprit qui n'est à ce moment qu'un garçonnet appelé à devenir le plus important interlocuteur-adversaire de Richard Wagner : Friedrich Nietzsche.

L'exil helvétique est une période clé dans le destin wagnérien, on ne le soulignera jamais assez. Forcé à une relative inactivité, libéré des routines et des servitudes qu'aurait entraînées la perpétuation de sa direction musicale à Dresde, vivant dans un environnement naturel des plus toniques, il connaît lui-même une régénération tant physique que psychique.

Le paysage alpin le stimule. Toujours épris de randonnées, habitué aux longues marches dès l'enfance, il se lance dans l'ascension de sommets, s'aventure sur les glaciers (y compris la « mer de Glace » près de Chamonix), accompagné de cadets qui n'ont pas son endurance. Karl Ritter, par exemple, ne tient pas toujours la distance à ses côtés, parce qu'il est sujet au vertige et que Wagner ne recule pas face aux passages les plus périlleux.

Au cours de ces périples, il prend des notes, rêve à ses grands projets. Ces documents prouvent que la plus vaste entreprise musicale jamais conçue, la *Tétralogie*, s'est imposée à lui dès cette période. Il est même certain qu'elle n'aurait jamais vu le jour dans de moins favorables circonstances. C'est ainsi que l'on sait que le thème de la « Chevauchée des Walkyries » a été jeté sur le papier le 23 juillet 1851, au retour d'une escalade du Säntis. La réflexion sur l'échec de la révolution de 1849, l'oisiveté forcée et en partie voulue (il aurait pu répondre aux propositions théâtrales zurichoises, mais c'eût été le consentement à un repli provincial qui répugnait à son ambition), la frustration née de ses relations tendues avec Minna, qui ne lui pardonnerait jamais d'avoir compromis la carrière confortable que lui assurait son engagement à vie à Dresde : tous ces facteurs contribuent à le rendre disponible pour l'utopie et pour la passion. Seul obstacle : la gêne matérielle, mais il n'en sera jamais vraiment débarrassé, même lorsqu'il brassera des fortunes.

Il n'est pas à l'abri de maux physiques, pourtant. Allergique de nature, il souffre d'érysipèle, affection nerveuse qui se marque par un eczéma de la face devenu tellement tenace qu'il entreprend, dans un établissement spécialisé de la station thermale d'Albisbrunn un traitement radical : bains glacés, douches, absorption exclusive d'eau, régime plus que draconien. La guérison se fait attendre, mais la stimulation intellectuelle est telle que revenu dans sa chambre spartiate, il jette sur le papier des esquisses de ce qui deviendra *L'Or du Rhin* et *La Walkyrie*. Il voit comment il peut architecturer un ensemble qui inclurait ces ébauches ainsi que les travaux plus avancés du « Jeune Siegfried » (qui deviendrait plus tard *Siegfried*) et de *La Mort de Siegfried* qui préfigure *Le Crépuscule des dieux*. Il imagine déjà la mise en scène de l'ensemble, qui suppose évidemment un bouleversement complet des usages. Il s'en ouvre à son jeune ami Theodor Uhlig, musicologue auquel il se confie volontiers, dont il a accepté de parrainer le fils (appelé naturellement Siegfried), qui mourra de tuberculose en 1853. Ce qu'il veut, lui dit-il, c'est construire au bord du Rhin un nouveau théâtre où se répéterait durant un an un festival scénique où en quatre jours serait présentée toute son œuvre. Vingt ans avant la pose de la première pierre à Bayreuth, il sait parfaitement où il va.

Karl Ritter vient lui rendre visite à Albisbrunn, porteur d'une bonne nouvelle. Sa mère venant de faire un coquet héritage, elle peut lui assurer une rente de 800 thalers par an (l'équivalent de 20 000 euros non taxés), qui lui seront fidèlement versés jusqu'en 1859. Lorsqu'il s'en revient à Zurich, Minna a aménagé une charmante petite maison au Zeltweg numéro 11, avec vue pas trop lointaine sur le lac.

« Je ne peux quand même pas dormir sur la paille »

Zurich est le lieu où se nouent de nouvelles amitiés, voire plus selon affinités, qui seront déterminantes. Georg Herwegh est presque le contemporain de Wagner, il n'a que quatre ans de moins que lui, et est lui aussi en exil forcé. Poète et essayiste, ce natif de Stuttgart est réputé pour son recueil *Poèmes d'un vivant* qui a été très remarqué dès sa parution en 1841. Il est acquis aux idées de la « Jeune-Allemagne », pour l'abolition de la monarchie, et a été banni de Prusse en raison d'un pamphlet contre le roi Guillaume IV. Ses conditions de vie sont plus confortables que celles de Wagner, cependant : il a épousé la fille d'un millionnaire berlinois. François Wille, lui, n'a pas attendu d'être obligé de s'expatrier. Représentant de l'Assemblée nationale de Francfort, il a pu acheter Mariafeld, une superbe propriété près de Zurich, grâce à la fortune de sa femme, la romancière Eliza Wille, fille d'un armateur de Hambourg. Des écrivains suisses fréquentent aussi le compositeur venu vivre dans leur pays : Gottfried Keller, Conrad Ferdinand Meyer. Et puis, il y a l'ami de toujours, l'architecte Gottfried Semper, qui a conçu le nouvel Opéra de Dresde, a mis son savoir-faire à profit pour y édifier les barricades de 1849 (ce qui lui a valu d'être déclaré indésirable en Saxe), et sera l'auteur des plans du Festspielhaus de Bayreuth. En attendant, Wagner a contribué à le faire nommer professeur à l'école polytechnique de Zurich.

Et puis, il y a les Wesendonck. Le mari, Otto, de deux têtes plus grand que Wagner, est l'un des actionnaires principaux de la firme new-yorkaise Loeschigk, Wesendonck and Co, grossiste en soieries, souvent en voyage outre-Atlantique et en Orient, et très épris de sa jeune femme. Née à Wuppertal le 23 décembre 1828, Agnès Luckemeyer n'a pas seulement changé de nom par mariage ; son mari l'a priée d'adopter le prénom de Mathilde parce que c'était celui de sa première femme, morte peu après leurs noces. Agnès, devenue donc Mathilde est ravissante, a les yeux rêveurs et des prédispositions pour la poésie. Elle admire Wagner pour l'avoir vu diriger quelques concerts et souhaite ardemment faire sa connaissance.

Ils se rencontrent une première fois à l'occasion d'une réception chez le maréchal von Biberstein. À ce moment, les Wesendonck n'ont pas encore de domicile à Zurich. Ils séjournent dans le luxueux hôtel Baur au Lac, où, entre le 16 et le 19 février 1853, Wagner donne lecture du poème intégral de la *Tétralogie* dont il vient d'assurer à ses frais une édition à tirage limité. Chaque soirée, en dépit de l'invitation très sélective du public, attire davantage d'auditeurs. Fort de ce succès, Wagner demande à Liszt d'entreprendre des démarches auprès des autorités saxonnes afin que « les portes de l'Allemagne s'ouvrent à nouveau [1] ». Pour toute réponse, le 30 mars, la police dresdoise renouvelle le mandat d'arrêt et rediffuse l'avis de recherche avec son signalement.

Le train de vie de Wagner est observé de près par les services secrets autrichiens. Du rapport d'un de leurs agents, on apprend qu'il lui arrive, dans des cercles d'amis, de se gausser du mandat d'arrêt émis contre lui, qu'il habite dans une maison du Zeltweg qui est au-dessus de ses moyens et qu'il ne peut tirer des droits de représentation de ses opéras les revenus dont il se vante : « vérifications faites », dit le rapport, « ce n'est pas exact [2] ». Cet espion sait-il qu'il arrive même à Wagner de cofinancer ses concerts, avec le soutien de plus en plus généreux, il est vrai, d'Otto Wesendonck qui, à la demande de sa femme, paie le séjour des musiciens invités ?

Ce généreux ami va même plus loin : il organise, peu de temps après le quarantième anniversaire de Wagner, une croisière au champagne en son honneur, sur le vapeur de luxe croisant sur le lac. L'homme du jour rejoindra les invités à bord d'une barque glissant vers le bateau déjà éloigné de deux cents mètres de la rive, dans la posture de Lohengrin debout dans sa nacelle remorquée par un cygne. Il est accueilli à bord au son de flûtes de champagne s'entrechoquant.

Liszt, venu lui rendre visite peu de temps après, constate qu'il est d'une humeur des plus joyeuses.

Il rapporte à sa nouvelle compagne, la princesse von Sayn-Wittgenstein, qu'il lui a sauté au cou plus de vingt fois dans la journée. Il l'a entraîné avec Georg Herwegh jusqu'au lac des Quatre-Cantons, où ils ont scellé à trois un pacte d'amitié indéfectible.

Wagner est si guilleret qu'il n'a pas envie de travailler. Au point qu'il finit par s'en inquiéter. Il décide, pour réveiller son inspiration, de faire un voyage en Italie, aux frais d'Otto Wesendonck bien entendu. Le train et la diligence le mènent par Berne, Genève et Turin jusqu'à Gênes où il s'embarque pour La Spezia. Pris de mal de mer, il cherche refuge dans le premier hôtel venu. Il n'y trouve pas le sommeil, mais plonge dans une sorte d'état somnambulique où il lui semble qu'il s'enfonce dans un torrent dont le bruissement prend un caractère musical. Un motif s'impose à lui, sans cesse répété. Il reprend ses esprits alors qu'il est au bord de la noyade. Il constate alors que vient de se préciser en lui le premier thème de *L'Or du Rhin*. L'ensemble de l'œuvre s'échafaude au départ de cette cellule initiale. Il écrit le 24 janvier 1854 à son ami August Röckel, toujours incarcéré à Stammheim, que la composition « a acquis une unité étroitement entrelacée : l'orchestre n'interprète pas une seule mesure qui n'est pas développée au départ de motifs précédents[3] ». Il a pris conscience des principes du leitmotiv. Il peut retourner à Zurich : l'inspiration est de nouveau au rendez-vous.

Maintenant que la machine créatrice est en marche, il faut mettre en œuvre les conditions pour la favoriser. Cela passe par la satisfaction des goûts de luxe du maître : il lui faut des sièges tendus de satin, des chandeliers en cristal, des habits à l'ancienne coupés sur mesure. La rente de Julie Ritter, les dons discrets du grand-duc de Saxe-Weimar-Eisenach, les aides apportées par les amis ne suffisent pas à apaiser les créanciers. Il s'en plaint auprès de Liszt : « Je ne peux quand même pas dormir sur la paille. Il me faut, pour être tranquille et en équilibre, trois à quatre mille thalers (entre 75 000 et 100 000 euros)[4]. » L'ami lui explique qu'il ne roule plus sur l'or comme lorsqu'il était un virtuose à succès, qu'il doit entretenir sa mère et contribuer aux besoins de ses filles (dont Cosima), mais lui fait parvenir néanmoins, dès qu'il le peut, 500 thalers.

Tout peut le dépanner. Apprenant que Hans von Bülow a été vu en compagnie d'une riche comtesse polonaise, il lui écrit :

> Hâte-toi de l'épouser, c'est ce qu'il y a de plus malin à faire. Tant que ce monde restera une porcherie, seul l'argent délivre. Et s'il t'arrive de croiser un homme fortuné et sensible, glisse-lui en toute discrétion que s'il pouvait me garantir mille thalers, il me ferait un bien fou[5].

Otto Wesendonck, alerté par un ami, verse à ce dernier 7 000 francs suisses (36 000 euros) pour couvrir les dettes les plus urgentes, en le chargeant de gérer les revenus du compositeur et d'encaisser ses honoraires en vue de le rembourser, lui-même s'engageant à payer le solde.

Mais il est d'autres et plus hautes préoccupations. En septembre 1854, Herwegh rend Wagner attentif à la réédition du *Monde comme volonté et représentation* de Schopenhauer, qui bénéficie d'un regain de faveur, plus de trente ans après sa première édition, du fait d'une redécouverte enthousiaste en Angleterre. Wagner lira l'ouvrage quatre fois dans l'année qui suit. Il y trouve l'élucidation de *L'Anneau des Nibelungen* auquel il travaille d'arrache-pied (la partition de *L'Or du Rhin* est quasiment au point, *La Walkyrie* progresse également). Il se convainc grâce à Schopenhauer que la composition musicale se comporte vis-à-vis des autres arts comme l'Église vis-à-vis de la religion. Avant la fin de l'année, Wagner lui envoie à Francfort la brochure à tirage limité de *L'Anneau*, avec la simple dédicace « Hommage d'admiration et de gratitude ». Schopenhauer n'accuse même pas réception, mais on trouvera son exemplaire abondamment annoté. Il confiera à des amis de Wagner, François Wille notamment, qu'à son sens « Wagner est un poète avant tout, et qu'il ferait mieux de pendre la musique au clou[6] ».

En Angleterre, sa musique est plus appréciée. La Old Philharmonic Society l'invite pour une période de quatre mois à Londres en vue d'une série de concerts. Les honoraires sont plus qu'honorables (200 livres sterling, l'équivalent de 24 000 euros), les frais de voyage et d'hôtel sont payés. Il part le 25 février 1855, non sans avoir dirigé une représentation de *Tannhäuser* à la demande expresse de Mathilde Wesendonck, et donne à Londres huit concerts composés d'extraits de ses opéras et d'œuvres de Beethoven, Mozart, Mendelssohn et Weber. Il est satisfait de son logement près de Regent's Park, suffisamment confortable pour y travailler (il entame le manuscrit du deuxième acte de *La Walkyrie*), mais s'acclimate mal et déplore que les répétitions pour les concerts soient insuffisantes. Ils remportent cependant beaucoup de succès, au point que le 11 juin la reine Victoria, accompagnée d'Albert, prince consort d'ascendance allemande, assiste à l'avant-dernier d'entre eux et le reçoit dans sa loge, quoi qu'il soit un proscrit menacé d'arrestation dans son pays. Londres lui permet de revoir Berlioz, qui y dirige des concerts de la Nouvelle Philharmonie, et de faire la connaissance d'un jeune interprète de Liszt, dont le talent l'émerveille. Ce même Karl Klingworth adoptera une petite Winifred Williams en 1897. Dix-huit ans plus tard, en 1915, elle épousera Siegfried, le fils unique de Wagner, et lui succédera à la tête du Festival de Bayreuth au cours de ses plus sombres années, de 1930 à 1944.

Le 25 juin, son dernier concert est ponctué d'une *standing ovation*, et suivi d'un banquet auquel assistent notamment Klingworth et Berlioz. Il a tant dépensé durant son séjour qu'il s'en revient à Zurich avec mille francs suisses en poche, le quart de son plantureux cachet. Aussi les difficultés financières le taraudent-elles à nouveau. Tout l'irrite et l'empêche de travailler, y compris le manque de calme dans la petite maison du Zeltweg, dont le voisinage est trop bruyant. Comble du dérangement : il entend pianoter dans le voisinage immédiat ! Il est sur le point de tout laisser tomber mais pourra bientôt compter sur un appui des plus opportuns.

Il a, en l'occurrence, le visage angélique de Mathilde Wesendonck. Depuis 1853, il allait régulièrement lui rendre visite dans son appartement de l'hôtel Baur au Lac pour l'entretenir de l'avancement de sa composition de *L'Anneau*. Mathilde appréciait tant ces conciliabules que lorsque Wagner avait accompagné Liszt à Paris en octobre, elle avait décidé son mari à faire le voyage similaire. Au cours de ce même bref séjour, Wagner avait fait la connaissance de la fille de son ami, Cosima, âgée de seize ans à présent, une adolescente maigre et montée en graine, pâle de visage et au nez long. Il est encore tôt pour qu'elle prenne dans sa vie la place éminente qu'elle occuperait plus tard. Par contre, Mathilde lui devient indispensable.

De retour à Zurich, il pleure la mort de son chien Peps. Mathilde lui en offre aussitôt un autre, Fips. Ils commencent à se voir quotidiennement. Mathilde note dans son journal : « Ce qu'il compose le matin, il vient le jouer sur mon piano l'après-midi. Il passe entre cinq et six heures. Il se nomme lui-même "l'homme du crépuscule" [7]. » L'idylle se noue, entravée par le fait que le mari, Otto, est vigilant, de sorte que Wagner prend l'habitude de coder ses messages. Lorsque, par exemple, il lui dédie le manuscrit du premier acte de *La Walkyrie*, il écrit en marge de la partition : « *W.d.n.w.G* », ce qui signifie « *Wenn du nicht wärst, Geliebte* » (« Si tu n'existais pas, ma chérie »).

Au connaisseur des mythes et légendes qu'il est, la comparaison avec l'histoire de Tristan et Iseut s'impose irrésistiblement. Il connaît le poème de Godefroid de Strasbourg depuis longtemps, qui se résume en un « pitch » des plus sommaires : Tristan aime Iseut, l'épouse du roi Marc, à qui il doit fidélité. La dimension désespérée de la philosophie de Schopenhauer ne fait que renforcer la prégnance du thème : « Sa négation finale de la volonté est d'une épouvantable tristesse, mais peut seule mener à la rédemption », écrit-il à Liszt et il ajoute : « Comme je n'ai pas connu dans la vie le véritable bonheur de l'amour, je veux élever un monument au plus beau de tous les rêves[8]. » Il rédige quelques notes sur le sujet, hésite entre plusieurs fins, dont l'une impliquerait Parzival, mais y renonce. Le personnage ne perdra rien pour attendre.

Il se plonge à nouveau dans *La Walkyrie*. Les Wesendonck, Otto surtout, l'avaient d'ailleurs encouragé à accélérer le rythme, impatients, disaient-ils, de voir l'œuvre achevée. Il avait mal pris la chose, leur avait fait entendre qu'il avait plus besoin de soutiens financiers que moraux; il n'appréciait au demeurant pas du tout que Otto Wesendonck le stipendiât par le truchement d'un intermédiaire. Une brève brouille s'ensuit, à laquelle Wagner met fin en invitant le couple à venir l'entendre jouer le premier acte de *La Walkyrie* au piano. Il interprète donc devant Otto Wesendonck l'œuvre qu'il vient de dédier à sa femme. Ébloui par ce qu'il vient d'entendre, Wesendonck augmente sa pension à Wagner : les 500 francs suisses trimestriels deviennent 250 francs mensuels.

Une nouvelle allergie cutanée oblige Wagner en juin 1856 à se rendre dans la clinique du docteur Vaillant à Mornex, au pied du Mont-Blanc : il lui impose deux mois d'hydrothérapie, l'absorption de litres de thé aux fruits et un repos complet. La cure le débarrasse à tout jamais de sa maladie, mais pas de ses doutes. Il écrit à Liszt que, s'il ne trouve pas à se loger plus confortablement, il envisage d'abandonner l'immense chantier de la *Tétralogie*. Au retour, il fait étape à Berne, d'où les Wesendonck les emmènent, Fips et lui, en une très luxueuse calèche jusqu'à Zurich.

Au Zeltweg, les bruits intempestifs se sont intensifiés. Au pianiste assourdissant est venu s'ajouter un ferblantier. Mais cette fois, le vacarme a le mérite de l'inspirer : il lui donne l'idée de l'accès de colère de Siegfried contre Mime le forgeron. C'est ainsi qu'il aborde le premier acte de *Siegfried*.

Liszt s'en vient en octobre 1856 à Zurich flanqué de sa compagne. Elle est russe, fume le cigare, a trente-sept ans tout en paraissant plus jeune, est bigote et verbomotrice, maniaco-dépressive au demeurant. Wagner n'apprécie pas cette princesse Carolyn von Sayn-Wittgenstein, notamment parce qu'elle focalise l'attention de la société zurichoise, privilège qu'il se croyait réservé. Leur départ après six semaines de séjour le soulage plutôt, tandis que les parasites sonores auxquels il est exposé l'exaspèrent à nouveau. Et c'est ici que la Providence vient à son secours.

Elle a pour émissaires les Wesendonck. Otto avait acquis, sur un coteau donnant vue sur le lac et les Alpes, un vaste terrain appelé la Colline verte. Il avait l'intention d'y construire une villa-château de style Renaissance vouée à la fois à l'habitation et à ses bureaux. La propriété jouxtait un terrain plus petit où se dressait une construction que le propriétaire, un éminent neurologue, destinait à héberger ses malades les plus atteints. Inquiet pour lui et sa femme de se voir imposer le voisinage de malades mentaux, il rachète à un prix modique le terrain et la bâtisse et en propose la location aux Wagner pour une somme dérisoire, tout en prenant la rénovation à ses frais. Mathilde ayant un jour baptisé l'ensemble « L'Asile », l'appellation lui resterait. Enchanté, Wagner laisse entendre qu'il se verrait bien finir ses jours dans un cadre aussi rêvé.

Wagner et Minna s'installent à L'Asile le 28 avril 1857. Le déménagement a eu lieu par très mauvais temps, mais en ouvrant les volets le matin du vendredi saint, Wagner est submergé par la lumière, le chant des oiseaux et, surtout, la tranquillité. Il en retire des impressions qui lui font imaginer un moment épiphanique : c'est la première ébauche de l'enchantement du vendredi saint, scène clé de ce qui deviendra *Parzifal*, dont il note les grandes lignes dans un carnet. Tout cela est du moins relaté de la sorte dans son autobiographie, alors que les chercheurs ont établi que, cette année-là, le vendredi saint tombait le 10 avril, donc avant que

L'Asile ne fût accessible. Plus tard, Wagner avouera à Cosima que l'anecdote était tirée par les cheveux. Il n'en reste pas moins vrai que cette ambiance de vendredi saint, il l'éprouva lors de son premier éveil dans son nouvel habitat, et qu'on était, en effet, en avril.

Fin juin, il interrompt la composition de *Siegfried*, prenant congé de son personnage en versant, écrit-il à Liszt, « d'affectueuses larmes », et se consacre pleinement à *Tristan*. Non seulement parce qu'il est dans l'humeur sentimentale de le faire, mais parce que l'ouvrage est de proportion modeste « et de nature à faciliter la représentation [9] ». Ses déboires financiers lui ont appris à combiner sincérité artistique et réalisme dans la production. La mise à feu du projet tarde un peu. Il ne s'y attelle véritablement que le 20 août, deux jours après le mariage de Cosima Liszt avec Hans von Bülow à Berlin, auquel il n'a forcément pas pu assister, et très précisément deux jours avant que Mathilde, la « femme d'à côté », ne s'installe avec Otto dans leur villa à présent terminée. Comme le dit Wagner dans son autobiographie : « Une forte augmentation de nos relations ne pouvait que découler d'un côtoiement simplement quotidien [10]. »

Hans et Cosima sont parmi les premiers à leur rendre visite, le 5 septembre suivant. Comment l'hypersensible fille de Liszt, très introvertie du fait d'une enfance confiée à des gouvernantes parce que ni son père ni sa mère Marie d'Agoult n'ont pu s'occuper d'elle pas plus que de ses deux sœurs, élevée à Paris et à Berlin, a-t-elle appris à connaître Hans von Bülow ? En prenant des cours de piano auprès de celui que son père tenait pour le meilleur de ses disciples. Bülow s'en expliqua on ne peut plus clairement auprès de Wagner : en épousant une fille née hors des liens du mariage, il avait voulu lui faire porter un nom prestigieux et honorable, en ajoutant, si l'on en croit *Ma vie* que les Wagner écriront plus tard de conserve, qu'il resterait toujours prêt à la céder à un autre homme si cela pouvait faire son bonheur. Le père Liszt leur donna sa bénédiction, et ils s'en furent donc en voyage de noces chez les Wagner. C'est du moins ainsi que l'histoire s'écrit dans les souvenirs dictés plus de dix ans plus tard par Richard à Cosima…

Chaque soir, tout au long de leur séjour, Minna et Cosima, que souvent venaient rejoindre Mathilde et parfois Otto, écoutaient Wagner et Bülow interpréter au piano, tour à tour, et en primeur, des passages de *La Walkyrie* et de *Siegfried*. Cosima demeurait silencieuse, la tête penchée. Lui demandait-on ses impressions, elle fondait en larmes.

Le poème de *Tristan* ne tarda pas à être terminé. Wagner put en offrir le manuscrit à Mathilde dès le 18 septembre. Sa réaction fut dans le ton de l'œuvre : « À présent, je n'ai plus rien à désirer [11] », lui murmura-t-elle. Trois jours plus tard, Wagner entamait la composition : elle le mobiliserait durant près de deux ans. Hans et Cosima ont eux aussi droit à une copie, qu'ils emportèrent à Berlin lorsqu'ils y retournèrent le 28 septembre. En commentant par lettres l'écriture de la musique à Mathilde, Wagner éclaire les principales caractéristiques de la nouvelle esthétique qu'il est en train d'élaborer :

Mon art le plus raffiné et le plus profond, je l'appellerais celui de la transition. Et mon coup de maître dans cet art est certainement la grande scène du deuxième acte. C'est le secret de ma forme musicale, dont j'ose affirmer qu'à un tel degré d'harmonie et de limpide assimilation de chaque détail, elle n'a même pas encore été imaginée[12].

Soucieux de valoriser son travail sans tarder, Wagner propose aux éditions Breitkopf et Härtel, qui n'avaient pas voulu acquérir les droits de *L'Anneau*, ceux de *Tristan* pour 600 louis d'or (83 000 euros). Elles ne lui en offrent que six fois moins, payables immédiatement, et la moitié des recettes dès la cinquième année après parution. Le besoin d'argent le force à accepter la transaction.

Otto Wesendonck est aussi en pleine phase de transactions. Un krach boursier accompagné de banqueroutes et de faillites menaçant son entreprise, il doit courir le monde pour consolider ses investissements. Durant son absence, des ragots commencent à courir dans Zurich à propos d'une liaison entre sa jeune femme et leur voisin compositeur, lui aussi marié de surcroît. À ce moment, Wagner se consacre à la très chaste besogne de la mise en musique de quelques poèmes de Mathilde, que l'histoire retiendrait sous le titre de *Wesendonck Lieder*. L'un d'entre eux serait joué par un violon solo et un petit orchestre dans le grand escalier de la villa Wesendonck à l'occasion de l'anniversaire de Mathilde, le 23 décembre 1857.

Otto revint plus que satisfait de son périple quelques jours plus tard : il avait non seulement sauvé sa fortune, mais il l'avait considérablement augmentée. Son humeur se détériora lorsqu'il fut informé du concert dans l'escalier, du poème interprété et des rumeurs sur la liaison de sa moitié.

« C'est en moi que je porte mon Allemagne »

Wagner sent la fièvre monter sur la Colline verte. N'écoutant que son courage, il préfère prendre ses distances et part pour Paris. Entre Otto et Mathilde, entre Mathilde et Minna, les disputes vont bon train, tandis qu'à Paris Wagner écoute Berlioz lui lire le livret des *Troyens* et capte l'atmosphère de la ville, électrisée par l'attentat d'Orsini contre Napoléon III. À son retour, le 6 février, le calme semble revenu. Il renoue avec le rite de ses visites au crépuscule, au grand mécontentement de Minna qui se plaint de plus en plus de douleurs cardiaques.

Pour apaiser le courroux d'Otto Wesendonck, il lui organise le 31 mars un concert d'anniversaire (quoiqu'il soit né le 16) toujours dans la cage d'escalier de la villa, où il dirige trente musiciens dans des extraits des symphonies de Beethoven. Le cadeau, c'est Wagner qui le reçoit, sous la forme d'une baguette de chef en ivoire que lui remet Myrrha, la fille aînée du couple.

Mais la menace vient d'ailleurs. Mathilde a décidé d'apprendre l'italien. On ne sait c'est si le goût de la langue qui la motive ou le charme du professeur qu'elle s'est choisi. Francesco De Sanctis a quarante ans, belle allure, et est professeur à l'École polytechnique. Le maestro a bientôt ses entrées à la villa, le plus souvent à l'heure du thé, qui coïncide avec les visites de l'homme du crépuscule. Entre le pédagogue et le voisin, Otto se limite à compter les points. Ce qui était à prévoir arriva. Wagner, trébuchant presque sur le Napolitain affalé dans un fauteuil, entra dans une telle colère qu'il tourna les talons et s'en alla. Le lendemain, se trouvant seul avec Mathilde, il fit porter la dispute sur une divergence à propos du *Faust* de Goethe. Il confondait visiblement De Sanctis avec Méphisto.

Le jour suivant, en guise de réparation, il lui envoie un message d'excuses pour ce qu'elle appelle son enfantillage. Il y exprime son amour et lui offre son âme comme présent matinal. Il roule cet aveu dans l'esquisse au crayon du prélude de *Tristan* et le confie au jardinier. Minna intercepte le document, demande des comptes à Wagner qui d'abord ne dit mot, puis la met en garde contre des démarches inconsidérées. Minna se rend séance tenante chez sa voisine et la menace de montrer la lettre à son mari. Mathilde ne voit pas d'autre issue que de l'informer elle-même.

Wagner conduit sa femme dans une station balnéaire au bord du lac de Hallwill pour qu'elle y calme ses nerfs. Les Wesendonck, eux, partent en voyage en Italie. À leur retour, Wagner se trouve convoqué chez Otto. Nul ne sait ce que les deux hommes se sont dit. Tout indique qu'ils ont conclu qu'une telle promiscuité n'était plus possible et que leurs relations se devaient de ne plus être que courtoises.

Le superbe piano Erard, offert par la veuve du constructeur, fut livré juste avant le départ de L'Asile. Il entamerait une longue errance. Vers la fin juin, à Lucerne, Wagner eut droit, à sa grande surprise, à une double audience auprès du grand-duc Carl-Alexander de Saxe-Weimar-Eisenach. Ils s'y entretinrent, assis sur le même canapé, d'une éventuelle création de la *Tétralogie* à Weimar. Le grand-duc était le fils de Carl-Friedrich, et le petit-neveu de Constantin, père présomptif de la mère de Wagner.

Avant de quitter L'Asile, il travaille à la mise en musique de *Tristan* et écrit le 6 juillet une lettre à Mathilde, dont le style est imprégné de l'œuvre en cours :

> Il y a une voix en moi, qui m'attire avec passion vers la paix — cette paix à laquelle il y a bien des années déjà je faisais aspirer mon Hollandais volant. C'est l'aspiration « au pays », non à la riche jouissance de la vie... Adieu, mon cher ange sacré [1] !

Les derniers visiteurs à L'Asile n'étaient pas quelconques. Il y eut le jeune Karl Tausig, juif originaire de Bohême, un pianiste doué qui, par sa bonne humeur de jeune homme de seize ans, mit de la gaieté dans la maisonnée. Il y eut, simple coïncidence, les deux ténors Joseph Tichatscheck, le créateur de *Rienzi* et son cadet Albert Niemann, qui serait *Tannhäuser* à Paris trois ans plus tard.

Ils ne chantèrent pas en présence l'un de l'autre et préférèrent taper la carte. Il y eut Hans et Cosima von Bülow qui vinrent à L'Asile une dernière fois, accompagnés de la comtesse d'Agoult, qui était retournée vivre chez son mari dont elle portait le nom, moins célèbre que son pseudonyme de romancière, Daniel Stern. Karl Ritter, jeune marié lui aussi, mais déjà désenchanté, vint, le cœur lourd, à L'Asile. Il se joignit à Cosima qui reconduisait sa mère jusqu'à Genève, puis ils louèrent une barque sur le lac. Là, elle lui avoua qu'elle aussi était très malheureuse depuis son mariage et lui demanda de l'aider à se noyer. Lorsque Karl lui dit qu'il voulait mourir avec elle, elle se ravisa, et ils ramèrent jusqu'à la rive.

Le 16 août, Wagner alla faire ses adieux aux Wesendonck avec Karl. Et le lendemain, Minna le reconduisit à la gare. Il voulait se rendre en Italie. Elle resterait à L'Asile pour liquider meubles et objets divers. Lorsque Wagner la salua par la fenêtre du compartiment, elle pleurait. Lui s'étonna de son absence d'émotion et, surtout, de son soulagement quand le train prit de la vitesse.

Arrivé à Venise le 30 août, il loue à lui seul, au bord du Canal Grande, le Palazzo Giustiniani qu'il fait tendre de coûteuses tapisseries sans disposer de la première lire, bien entendu. Il travaille le matin, se promène l'après-midi, dîne à l'Albergo San Marco et passe la soirée avec Karl Ritter, qui lui tient compagnie une dernière fois, car au terme de ce compagnonnage vénitien il renoncera à la musique et à celui qui l'aura incarnée plus que quiconque à ses yeux. Wagner s'abstient d'écrire à Mathilde, mais tient depuis le 21 août un journal qui lui est destiné. Il y consigne le 3 septembre :

Tristan s'achève ici, en dépit de tous les tourments du monde. Et avec lui, je m'en retourne vers toi, pour te regarder, te consoler, te rendre heureuse [2].

Le 2 septembre, Minna a quitté Zurich à son tour, sans s'être privée, elle, d'adresser une missive à Mathilde :

Honorée Madame ! Le cœur me saigne d'avoir à vous dire encore avant mon départ que vous êtes donc parvenue à détacher de moi mon mari au bout de presque vingt-deux ans d'union conjugale. Que cette noble action puisse contribuer à votre apaisement, à votre bonheur [3] !

Une nouvelle des Wesendonck parvient à Wagner le 12 octobre : le faire-part de la mort du petit Guido, à l'âge de quatre ans. Il y répond en envoyant ses condoléances à sa sœur Myrrha, avec une lettre d'accompagnement adressée à la mère de l'enfant.

Wagner commence l'année 1859 avec un nouvel appel au secours à Liszt :

Ce à quoi je prétends, c'est qu'on m'alloue une pension honorable et suffisante, uniquement afin de me permettre de produire tranquillement mes œuvres sans dépendre de succès extérieurs [4].

Il doit de toute façon abandonner ses luxes vénitiens, parce qu'il n'est plus *persona grata* dans la ville. Les autorités autrichiennes, sous pression de l'ambassadeur saxon à Vienne, décrètent le 1er février qu'il doit être expulsé de Venise. Tout ce qu'il obtient, c'est une prorogation due à son passeport suisse, qui lui vaut un délai accordé par le gouverneur de la Lombardie, l'archiduc Maximilien qui lui-même, époux de Charlotte de Belgique, connaîtra une destinée tragique au Mexique. Wagner en déduit qu'il est temps, dix ans après les événements de Dresde, qu'une amnistie lui soit accordée. Il adresse des requêtes au ministre de la Justice saxon, ainsi qu'à l'intendant de l'Opéra, Lüttichau, mais elles se heurtent à des fins de non-recevoir. Il sent aussi que le régime autrichien est de plus en plus ébranlé par la révolte indépendantiste italienne menée par Cavour et Garibaldi, et a hâte de prendre ses distances avec un pays où la révolution gronde.

Il quitte Venise le 24 mars, est à Milan le 25, assiste le soir à une représentation à la Scala qui le convainc une fois de plus de la décadence du goût italien, puis, par Côme, Lugano et le Saint-Gothard, se retrouve à Lucerne, d'où il se rend à Zurich pour, le 2 avril, y passer quelques heures chez les Wesendonck dans une ambiance où règne un certain embarras.

À ce moment, il est engagé dans la composition du troisième acte de *Tristan*, convaincu non seulement qu'il n'inventera jamais plus rien de nouveau, mais qu'il tient une œuvre à succès, à laquelle Paris ne pourra pas résister. Il y aspire d'autant plus que des revers de fortune empêchent Julie Ritter de continuer à lui verser sa rente. Le 6 août, à quatre heures trente de l'après-midi très exactement, il met le point final à la partition de *Tristan*, alors que le même soir son *Lohengrin* affronte le public dresdois pour la première fois.

Début septembre, il prend la route pour Paris. Il y vit un temps rue Matignon avant de louer pour trois ans un pavillon avec jardin au 16, rue Newton, près des Champs-Élysées. Il croit dur comme fer que *Tannhäuser* sera monté au Grand Opéra dans un avenir proche : ses ressources, rendues indispensables par ses engagements financiers, en dépendent.

Minna, qui a toujours aimé Paris malgré les années de galère qu'elle y a vécues, débarque avec le chien, le perroquet et l'ancienne cuisinière de Zurich, Thérèse, une Souabe dont l'humeur égale va apaiser le climat domestique. La nouvelle offensive parisienne ne saurait, aux yeux de Wagner, se passer ailleurs qu'au Grand Opéra. Il écrit à Napoléon III en ce sens, mais l'empereur ne veut rien entendre. Il se rabat dès lors sur l'Opéra italien, qu'il loue à ses frais et où il programme, avec l'aide de Bülow, trois soirées consacrées à sa musique.

Les concerts se donnent à guichets fermés et devant des parterres prestigieux où les corps constitués côtoient les meilleurs artistes. Auber, Gounod, Saint-Saëns, Berlioz et même Meyerbeer répondent présent, mais aussi Théophile Gautier, Jules Champfleury, Catulle Mendès et Baudelaire ou Gustave Doré. Le surlendemain du premier concert, qui a eu lieu le 25 janvier, Champfleury publie une brochure à la gloire de Wagner. Les concerts des 1er et 8 février sont de grands succès aussi, qui permettent à Wagner de se constituer un cercle de partisans qu'il va convier désormais à ses « mercredis » de la rue Newton.

Le 17 février, il reçoit de Baudelaire une lettre bouleversée :

> Je vous dois la plus grande jouissance musicale que j'aie jamais éprouvée... D'abord il me semblait que je connaissais cette musique, il me semblait que cette musique était la mienne. Vous m'avez rappelé à moi-même [5].

Outre le succès parmi les connaisseurs avisés, les concerts ont fait salle comble, Wagner est sur toutes les lèvres, les inconditionnels et les adversaires se démarquent, et l'empereur se laisse convaincre par les défenseurs de Wagner, la princesse Metternich, femme de l'ambassadeur d'Autriche, en tête, de donner l'ordre de faire monter *Tannhäuser* au Grand Opéra. Une ombre au tableau cependant : en raison d'un dépassement budgétaire, l'opération se solde par un déficit de 11 000 francs (66 000 euros), ce qui rend la représentation au Grand Opéra encore plus nécessaire.

La princesse Metternich, véritable groupie de Wagner, n'a que vingt-quatre ans, du sang slave, puisqu'elle est née comtesse Sándor von Szlavnicza, et la passion des chevaux, du tabac et des langues : elle en parle cinq. Elle passe pour être une des favorites de l'empereur qui a le goût des femmes excentriques et aime accéder à leurs caprices. Celui-ci est onéreux parce que le montage de *Tannhäuser* entraîne de considérables dépenses. Alphonse Royer, le directeur, prévoit 40 000 francs pour les décors, 53 000 pour les costumes. Wagner est une fois de plus le dindon de la farce sur le plan financier. Il ne réclame que 500 francs par représentation, sans acompte et sans garantie. Et jusqu'à la vingtième, il est tenu de partager les honoraires avec le traducteur !

Il commet une autre maladresse qui sera grave de conséquences. Le comte Alexandre Walewski, ministre d'État, le convoque en son palais, et lui rappelle qu'il est d'usage qu'un opéra, à Paris, comporte un ballet au début du deuxième acte. La raison en est simple : les membres du Jockey-Club, aristocrates pour la plupart, dînent jusqu'à dix heures et ne gagnent le théâtre qu'après le premier entracte. Les ballerines étant pour la plupart les maîtresses de ces messieurs, ceux-ci tiennent à se régaler des grâces de leurs protégées en digérant.

Wagner ne l'entend pas de cette oreille. *Tannhäuser* comprend certes un ballet qui peut être des plus affriolants, puisqu'il illustre le séjour du personnage au royaume de Vénus, mais il est placé au début du premier acte, seul endroit où il s'impose. Il n'est pas question, dit-il, de se plier aux injonctions des membres du Jockey-Club quant à la structure de l'œuvre. Il développe cependant ce ballet initial, en fait une véritable bacchanale, qui exige de lui un effort de composition important : la nouvelle partition ne sera terminée que fin janvier 1861.

En juillet 1860, lassée des tensions parisiennes, Minna va prendre les eaux à Bad Soden. Wagner pourra l'y rejoindre bientôt puisqu'il a bénéficié d'une amnistie partielle. S'il ne peut toujours pas se rendre en Saxe, il est autorisé à séjourner dans tous les autres pays de la Confédération germanique. Le 12 août, il foule le sol allemand pour la première fois depuis 1849, mais sans émotion particulière, ce qui lui fait écrire à Franz Liszt : « Si je suis allemand, c'est assurément en moi que je porte mon Allemagne[6]. » Le 24 septembre commencent les répétitions de *Tannhäuser*. Elles seront très nombreuses (il y en aura cent soixante-quatre), puisque la première n'aura lieu que six mois plus tard. Les motifs de ralentissement seront nombreux : caprices du titulaire du rôle Albert Niemann ; insuffisance du chef d'orchestre Dietsch à qui Wagner ne pardonne pas de lui avoir été préféré ; déménagement forcé de la rue Newton en raison des travaux décidés par le baron Haussmann (les Wagner s'installent au 3 de la rue d'Aumale) ; accès de fièvre typhoïde qui empêche Wagner de travailler durant trois semaines. La lassitude, le scepticisme gagnent les esprits, les rumeurs parlent d'un échec annoncé.

Le 13 mars 1861, soir de la première, Théophile Gautier et Hector Berlioz se rencontrent devant l'Opéra. Berlioz peste contre Wagner, comme il en est coutumier. Il est aussitôt contredit par la fille de Gautier, Judith, âgée de quinze ans, qui lui décoche : « On voit bien que vous parlez d'un musicien et d'un confrère... De toute façon, il s'agit d'un chef-d'œuvre[7]. » Judith Gautier n'en resterait pas là. Elle épouserait Catulle Mendès, avec qui elle partageait son enthousiasme pour Wagner, elle rencontrerait le compositeur à diverses reprises, elle le traduirait, et serait même plus que probablement, lors de la grande aventure de Bayreuth, son dernier amour. L'enthousiasme de la jeune fille, ce soir de première, serait bien utile pour endiguer la fureur des manifestants. Parce que, après la scène du Venusberg qui se déroula dans le calme, la fureur d'une part du public ne cessa de croître. Cris, rires et injures fusaient. L'explication par le mécontentement des membres du Jockey-Club n'est pas suffisante. L'empereur était dans sa loge et, plus il applaudissait, plus il provoquait les réactions adverses. De là à voir une cabale politique dans une hostilité aussi organisée, il n'y a qu'un pas que Wagner n'hésita pas à franchir. « La haine de la princesse Walewska pour la princesse Metternich est ce qu'il y a de plus dangereux pour moi[8] », avait-il laissé entendre, comme le précise Guy de Pourtalès.

Le comte Walewski, qui avait rappelé à Wagner la règle du ballet au début du deuxième acte à laquelle il ne s'était pas conformé, était le fils illégitime que Napoléon Ier avait eu avec la princesse Marie Walewska. Son parti était hostile aux Autrichiens qui, par l'entremise de la princesse Metternich, avaient obtenu l'ordre de l'empereur de monter *Tannhäuser*. La formule qu'un maréchal de

France adressa à la princesse Metternich après le spectacle — « Madame, vous vous êtes cruellement vengée à nos dépens de Solferino » — semble accréditer cette thèse. La bataille, particulièrement meurtrière (30 000 morts des deux côtés, qui motivèrent Henri Dunant à fonder la Croix-Rouge), s'était soldée le 24 juin 1859, moins de deux ans auparavant, par une victoire française.

Pour contrer cette faction, qui avait instrumentalisé le Jockey-Club, Wagner n'avait malheureusement pas les effectifs nécessaires. Il n'avait pas obtenu assez de billets de faveur pour s'assurer de la présence et du soutien de ses partisans. Les manifestants redoublèrent de fureur lors de la deuxième représentation, le 18 mars. Il avait été prévu de tendre un treillis devant la loge impériale. Les membres du Jockey-Club se déchaînèrent dès le deuxième acte, ils s'étaient munis cette fois de sifflets de chasse et de flageolets qui n'eurent pas de mal à couvrir les applaudissements qui émanaient cependant de la majorité des spectateurs. Niemann, l'interprète de Tannhäuser, de rage, jeta son chapeau de pèlerin dans la salle. Wagner, accablé, écrivit une lettre à la princesse Metternich trois jours plus tard :

> À vous, très noble princesse, je ne puis offrir qu'une seule réparation : je veux mourir. Peut-être que mes œuvres me survivront[9].

Wagner n'assista pas à la troisième représentation, à la différence du membres du Jockey-Club, quoique sous escorte policière, parce qu'ils craignaient trop l'agressivité du public à leur égard. Wagner décida de retirer son œuvre, contre l'avis de ses amis, qui prévoyaient que le Jockey-Club finirait par se lasser, d'autant que toutes les places étaient vendues pour des semaines encore. Mais Wagner tint bon. Une fois de plus, ses émoluments furent dérisoires. L'opération lui rapporta 750 francs. Le chanteur Niemann, qui avait négocié un dédit, en toucha 60 000 pour sa part.

Baudelaire s'interrogea dans son article « Richard Wagner et *Tannhäuser* à Paris » :

> Qu'est-ce que l'Allemagne va penser de nous, et en Allemagne, que dira-t-on de Paris ? Voilà une poignée de tapageurs qui nous déshonorent collectivement [10].

De par le monde, la publicité de l'œuvre et de son auteur était faite. Rien de tel qu'un scandale pour intéresser les programmateurs un peu partout. En Allemagne, en tout cas, cet échec parisien fit définitivement de Wagner un héros. Même à Dresde, où il était encore interdit de séjour, mais plus pour longtemps.

Richard Wagner photographié par Pierre Petit, 1861.

2

3

4

2 Johanna Rosine Wagner en 1813. Portrait peint par son mari Ludwig Geyer. Bayreuth, Nationalarchiv der Richard-Wagner-Stiftung (RWS).

3 Minna Wagner en 1835-1836 par Alexander von Otterstedt. Bayreuth, Nationalarchiv der RWS.

4 Wilhelmine Schröder-Devrient Lithographie, 1830.

5 Mathilde Wesendonck par Johann Conrad Dorner, 1860.

6 Judith Gautier. Photographie de Nadar vers 1880.

« Mon art
le plus raffiné
et le plus profond,
je l'appellerais celui
de la transition. [...]
C'est le secret de
ma forme musicale,
dont j'ose affirmer
qu'à un tel degré
d'harmonie et
de limpide assimilation
de chaque détail,
elle n'a même pas
encore été imaginée. »

5
6

7
8

« Ce n'est pas moi qui ai voulu pousser les choses aussi loin ; selon une nécessité intérieure, elles en sont arrivées là d'elles-mêmes. »

7 Friedrich Nietzsche en 1867.

8 Portrait photographique colorié de Louis II, premier cadeau de celui-ci à Wagner. Photo Joseph Albert, 1864. Bayreuth, Nationalarchiv der RWS

9 Franz Liszt en 1855. Portrait par Friedrich Preller l'Ancien.

10 Cosima et Richard Wagner à Vienne en mai 1872.

11 Hans von Bülow en 1855. Portrait par Streckfuss. Bayreuth, Nationalarchiv der RWS.

9

o

11

12
13

« Il y a une voix en moi, qui m'attire avec passion vers la paix [...]. C'est l'aspiration – " au pays " – non à la riche jouissance de la vie. »

12 La villa Wahnfried. Aquarelle de Susanne Schinkel, 1880. Bayreuth, Nationalarchiv der RWS.

13 Le Festspielhaus de Bayreuth en 1892. Carte postale d'après une toile de Laska.

14 *Le Crépuscule des dieux*, scène 1, acte III. Mise en scène de Patrice Chéreau à Bayreuth en 1976.

15 *L'Or du Rhin*. Mise en scène de Guy Cassiers à la Scala de Milan, 2010.

16
17

« Ne t'inquiète pas pour moi, je suis immortel ! »

16 *La Muse*. Lithographie d'après Fantin-Latour in *Richard Wagner, sa vie et ses œuvres* d'Adolphe Jullien, Librairie de l'Art, Paris, 1886. Paris, Bibliothèque nationale de France

17 Portrait de Wagner par Auguste Renoir, 1882. Paris, musée d'Orsay.

« Le monde me doit ce qu'il me faut »

Le grand jeu diplomatique qui a mené à la navrante déconfiture parisienne a été très efficace pour obtenir son amnistie pleine et entière, donc valable également pour la Saxe. Elle lui est officiellement accordée le 28 mars 1862, sa période d'exil aura donc duré près de treize ans. C'est aussi cette année-là que son ami August Röckel, à qui il n'a jamais cessé d'écrire et que Minna allait visiter régulièrement, obtient sa levée d'écrou de la prison de Stammheim. La complète liberté fait de Wagner un vagabond européen. Perclus de dettes, en quête d'amour, mais demandé partout, il franchit frénétiquement les frontières qui lui ont été si longtemps fermées. Sa première destination est Karlsruhe, où le grand-duc Frédéric Ier le reçoit : il voudrait que *Tristan* soit créé chez lui, avec les meilleurs chanteurs, qu'il charge Wagner de recruter.

Il se rend aussitôt à Vienne où il sait qu'il a la cote. Les orgues de Barbarie y jouent sa musique, on siffle ses mélodies dans les rues, Johann Strauss en donne des versions populaires et ses opéras ne quittent pas l'affiche. Mais le directeur de l'Opéra impérial ne veut pas lâcher ses chanteurs et insiste même pour que *Tristan* ait sa grande première chez lui. Wagner assiste à sa production de *Lohengrin* — c'est d'ailleurs la première fois qu'il voit son œuvre représentée —, et il est enchanté : dans le rôle-titre et dans celui d'Elsa, Alois Ander et Luise Dustmann-Meyer sont magnifiques. À chaque interruption, il est appelé sur scène et salué par des ovations. Il se rend à l'évidence : c'est à Vienne que *Tristan* affrontera la rampe. L'intendant, ravi, prévoit le début des répétitions pour la mi-août.

Il retrouve Minna à Bad Soden, où elle soigne son arythmie cardiaque et pleure la mort du petit Fips, le caniche qui lui avait été offert par Mathilde. Puis il retourne à Paris où il loge, au 78 de la rue de Lille, dans la maison d'amis du comte de Pourtalès, ambassadeur de Prusse : c'est un ravissant pavillon dans un jardin anglais où des cygnes noirs glissent sur un petit étang. Il offre à la comtesse une composition en *la* bémol majeur qu'il appelle « Arrivée chez les cygnes noirs ». Il en offre une autre à la princesse Metternich qui a levé une souscription auprès de mécènes anonymes pour rembourser ses dettes parisiennes.

Il s'en retourne ensuite à Vienne pour mettre en route les répétitions, en passant par Weimar où Liszt est en train de faire ses bagages. Avec Carolyne von Sayn-Wittgenstein, il a formé le projet d'aller vivre à Rome où la princesse espère obtenir de Sa Sainteté l'annulation de son mariage.

À Vienne, il habite aussi chez l'habitant, en l'occurrence le docteur Joseph Standhartner, directeur de l'hôpital général, médecin personnel de l'impératrice Elisabeth. Il lui prête sa résidence viennoise pendant ses vacances, en le confiant aux soins de sa ravissante nièce, la demi-italienne Seraphine Mauro, dont les boucles brunes et la poitrine généreuse le comblent d'aise. Il semble en plus que celle qu'il appelle aussitôt « la poupée » n'ait pas été farouche. Au théâtre les choses ne tournent pas aussi rond. Alois Ander, premier ténor depuis quinze ans, grande vedette viennoise, renâcle devant le rôle de Tristan. Il s'en ouvre d'ailleurs à la presse et confie que s'il a appris les rôles de Tannhäuser et de Lohengrin comme en se jouant, celui de Tristan lui est une torture.

Wagner qui, après le retour de villégiature de son hôte et admirateur, a dû s'installer à l'hôtel Kaiserin Elisabeth, fréquente un petit cercle de jeunes compositeurs, tous disciples de Liszt : Karl Tausig qui était venu lui rendre visite à Zurich, le très talentueux Peter Cornelius, le Praguois Heinrich Forges et, surtout, le plus jeune et le plus prometteur d'entre eux, Johannes Brahms. Ils ne suffisent pas à le distraire des complications qu'il rencontre aux répétitions. Ander s'inquiète tellement qu'il en perd la voix. Wagner va le voir chez lui, lui chante inlassablement le rôle de façon si tonitruante que les voisins portent plainte, mais c'est peine perdue. Luise Dustmann-Meyer, de son côté, fait une dépression. Ander finit par renoncer, déclarant à un journaliste avide de recueillir les confidences de la star : « Je n'y arrive pas, mais personne n'y arriverait. Je ne peux pas chanter ça, mais personne ne le pourrait[1]. »

L'intendant en conclut sans ambages : « *Tristan* est impossible à monter et indistribuable[2]. » Wagner écrit à Minna : « Avec mes œuvres nouvelles, je me heurte à des difficultés presque insurmontables. Avec mes ouvrages récents je suis de loin, de très loin en avance sur mon temps et sur ce que peuvent produire nos théâtres. J'ai tout, absolument tout à recommencer par le début[3]. » Dans une lettre à Bülow, il revient à une conclusion qu'il a déjà exprimée : « L'opéra m'est devenu insupportable, parce que je ne peux pas y planter mon drame musical : il me faut un théâtre à moi[4] ! »

Comme il sait que ce souhait-là ne se concrétisera pas du jour au lendemain, il élabore un nouveau projet, qu'il avait déjà esquissé vers 1845. Il projette une œuvre populaire, divertissante, mettant en scène des personnages qui n'ont rien de surdimensionné. Ce seront *Les Maîtres chanteurs de Nuremberg*. Sur ce, lui parvient début novembre une invitation des Wesendonck qui ont eu vent de ses vicissitudes à Vienne, et qui lui suggèrent de les rejoindre à Venise. Comme il sent que Mathilde et Otto ont retrouvé une parfaite harmonie, il préfère loger discrètement à l'hôtel (au Danieli, naturellement), et les accompagner dans leurs visites des musées et des églises. C'est ainsi qu'il tombe en arrêt devant la gigantesque *Assomption* du Titien qui est exposée dans ces années-là à l'Accademia.

La vision le conforte dans le projet des *Maîtres chanteurs*.

Comment expliquer le lien, qu'il n'a jamais vraiment clarifié lui-même ? Certes, la Vierge représentée dans le tableau montre d'évidents traits de ressemblance avec Mathide. On pourrait donc penser qu'il s'identifie aux personnages restés sur terre et qui voient l'objet de leur admiration s'élever dans les airs, comme Hans Sachs dans son âge mûr renonce à l'amour de la jeune Eva. On pourrait aussi y voir, comme l'avance Gregor-Dellin, la préfiguration de la célébration par Hans Sachs du « monde sacré de l'art opposé au monde d'ici-bas[5] ».

Le fait est que dans le train qui le ramène à Vienne il conçoit, du moins dans ses grandes lignes, l'ouverture des *Maîtres chanteurs*. À Vienne, Peter Cornelius, enthousiasmé par le projet, emprunte pour lui à la Bibliothèque impériale deux ouvrages essentiels, l'étude sur la poésie des trouvères allemands de Jakob Grimm, et la chronique *De l'art ravissant des maîtres chanteurs*, que Johann Christoph Wagenseil a publiée en 1697. Fort de ces documents, Wagner écrit l'argument de l'opéra et le présente, dès la fin de novembre, à l'éditeur Schott, dont il espère une avance, comme « une de mes œuvres les plus originales, en tout cas l'une de mes plus populaires[6] ». Schott accepte, mais à des conditions bien plus modestes que celles qu'il a demandées.

Grâce à une invitation de la princesse Metternich à venir habiter à l'ambassade d'Autriche, il se rend à Paris, pour apprendre que l'appartement n'est plus libre, étant réservé au père de la princesse, le comte Sándor, devenu veuf entre-temps. Wagner prend une chambre à l'hôtel Voltaire, sur le quai du même nom, et se lance dans l'écriture du poème des *Maîtres chanteurs*. Comme la jolie Seraphine Mauro lui manque, il propose à Cornelius de le rejoindre à Paris et de prendre ensemble la jeune personne à leur service, lui-même se réservant ses bontés plus exclusives. Cornelius lui répond qu'il connaît bien la belle, qu'il a entamé une liaison avec elle et qu'elle a, en effet, les plus beaux seins et les plus beaux yeux du monde...

Dans sa petite chambre face à la Seine et au Louvre, le poème des *Maîtres chanteurs* lui coule de la plume. En un mois jour pour jour, il termine le manuscrit qui l'a fait rire et pleurer en cours d'écriture. En un sens, il a imaginé un pendant populaire de *Tannhäuser*. Ici aussi, il s'agit d'une compétition poétique. Ici aussi, une jeune femme en est l'enjeu. Eva est la fille d'un orfèvre de Nuremberg et est promise au vainqueur du concours de chant de la ville. Walter von Stolzing, chevalier franconien, est amoureux d'Eva et veut emporter le trophée. Mais il a tout à apprendre : son initiation est assurée par le doyen des maîtres, le savetier Hans Sachs, lui aussi discrètement épris de la jeune fille.

Pour corser le tout, l'arbitre du concours, le sentencieux Sixtus Beckmesser, l'est aussi. En Hans Sachs, Wagner veut saluer l'incarnation de l'esprit populaire allemand, dira-t-il dans sa fameuse conférence « Communication à quelques amis », tandis que Beckmesser figure la médiocrité pédante. Il veut fustiger, à travers ce personnage grotesque, qui deviendra, comme Sachs d'ailleurs, une figure illustre de l'imaginaire germanique, un critique musical qu'il ne cessera de poursuivre de sa vindicte, le juriste et musicologue Eduard Hanslick, qui ne veut rien entendre de sa conception de la musique comme expression, se tenant à n'y voir qu'un art de la forme.

Sous l'apparence d'une comédie, voire d'une farce, les *Meistersinger* contiennent une réflexion sur la noblesse de l'art, dont Wagner considère que de son temps il connaît une déchéance. Il est plaisant, par ailleurs, que cette œuvre, éminemment allemande, ait vu le jour sous le ciel de Paris. Le fameux « Chœur de l'éveil », par exemple, lui est venu à l'esprit tandis qu'il marchait du quai Voltaire au Palais-Royal pour y déjeuner avec son traducteur, Charles Truinet. Il en griffonna les notes sur une serviette de La Taverne anglaise.

Comme il n'est plus en mesure de payer sa pension, il demande à divers amis de l'héberger, mais sans succès, et finit par louer, sans un sou vaillant, un petit appartement dans une maison à Biebrich, en bord de Rhin. « Un jour viendra, écrit-il à Minna le 14 février 1862, où l'on aura honte de m'imposer des conditions de vie aussi précaires, et où l'on s'émerveillera que j'aie pu créer de telles œuvres dans de telles circonstances[7]. » Huit jours plus tard, Minna sonne à sa porte. Suivie du piano Erard. Mais le 3 mars, elle repart déjà, en sauvant l'argenterie, après n'avoir cessé de l'accabler de reproches.

Wagner a le cœur libre. Deux femmes vont, simultanément, le faire battre. Ellés sont presque homonymes. L'une, Frederike, s'appelle Meyer ; l'autre, Mathilde, s'appelle Maier. La première est la sœur de la cantatrice qui, à Vienne, a renoncé à chanter Isolde, et est comédienne à Francfort. Il a rencontré l'autre, fille de notaire, dans l'officine de son éditeur Schott à Mayence. La première est moins réservée que l'autre, qui ne voudra, pour sa part, jamais rien accepter hors des liens du mariage.

C'est à Biebrich, alors qu'il dîne avec Hans et Cosima von Bülow à l'Europäisher Hof qu'un homme maigre et pâle s'approche de lui. Ils tombent aussitôt dans les bras l'un de l'autre. August Röckel, son meilleur ami du temps de Dresde, qui a été libéré de la prison de Stammheim après treize ans d'incarcération, lui demande d'intervenir en sa faveur auprès du grand-duc de Baden en vue de lui obtenir un poste de directeur de prison : il a eu le temps de se familiariser avec ce genre d'institution, lui glisse-t-il à l'oreille. Le projet n'aboutira pas.

L'habitation de Biebrich s'avère au-dessus de ses moyens. Avec Mathilde Maier, il en cherche vainement une autre, qui serait plus abordable. Frederike, pour sa part, accepte de l'accompagner à Vienne où elle espère obtenir un engagement au théâtre. Mais sa sœur, la chanteuse, qui est sa rivale, s'emploie à l'en empêcher. Elle retourne à Francfort, dont le directeur du théâtre l'accueille à bras ouverts, et leurs relations, malgré quelques tentatives de renouer de la part de la comédienne, en resteront là.

À Vienne, dans la demeure du docteur Standhartner, il fait sa première lecture des *Maîtres chanteurs*. Le critique Hanslick, la plus haute autorité en la matière, est présent. Wagner ne résiste donc pas à la tentation de dénommer Veit Hanslich le ridicule censeur qu'il y a campé, celui qui sera immortalisé sous le nom de Beckmesser. L'allusion n'échappe évidemment pas à l'intéressé qui au demeurant ne l'avait pas volé. Indépendamment de ses erreurs de jugement (il était, par exemple, un adversaire résolu de *La Chauve-souris* en dépit des triomphes qui saluaient l'opérette de Strauss un peu partout), Hanslick pouvait être la bête noire de certains compositeurs. Aux concerts de Bruckner par exemple, il lui arrivait fréquemment de quitter sa place dès les premières mesures.

Piqué au vif par la caricature qu'avait faite de lui Wagner, Hanslick ne l'épargna pas lors du concert du 26 décembre, qui fut cependant un grand succès public. Cela n'avait pas empêché que l'entreprise, une fois de plus mal gérée par Wagner sur le plan financier, s'était soldée par une perte sèche. De généreux donateurs y allèrent derechef de leur poche. L'impératrice Elisabeth, Sissi pour les intimes, contribua à éponger les pertes à concurrence de 1 000 gulden (16 000 euros).

Wagner est de plus en plus désemparé, tant sur le plan artistique qu'affectif. Il rédige son « Avant-propos de l'édition du poème de "l'Anneau du Nibelung" », qui paraîtrait en 1863. Il y évoque, avec une précision sans précédent, la construction d'une maison de festival (Festspielhaus) disposée en amphithéâtre et de telle sorte que l'orchestre ne fût pas visible, où des artistes sélectionnés se consacrent pendant quelque temps à un seul style et à une seule tâche. Il n'en conçoit le financement qu'au moyen de donations ou de fondations privées, ou à un budget alloué par un prince régnant. Ce prince-là se trouvera-t-il ? : telle est la question. Quelques-unes de ces têtes couronnées voguent sous d'autres cieux en cette fin de 1862 : elles prennent part à l'inauguration du canal de Suez. Parmi les passagers figurent aussi des artistes, comme Théophile Gautier, défenseur de Wagner et père de Judith, l'une de ses admiratrices.

Sentimentalement, il n'est pas à son affaire non plus. Il envoie un véritable appel au secours à Mathilde Maier :

> Il me manque une patrie, non la patrie terrestre, mais celle du cœur. J'aurai cinquante ans au mois de mai. Je ne puis me marier tant que ma femme vivra, et divorcer à présent, compte tenu de son état de santé actuel, serait lui porter un coup fatal. Tu le vois, je cours donc à ma perte. Une présence féminine me manque, quelqu'un qui se résoudrait envers et contre tous à me devenir ce qu'une femme peut être[8].

Comme si l'intensité d'un désir entraînait sa réalisation inéluctable, Wagner verra ces deux aspirations exaucées dans les mois qui suivent...

En attendant, il est voué à l'errance, en fonction

des invitations à diriger des concerts à travers l'Europe. En février, il est à Prague et à Saint-Petersbourg, en mars à Moscou. Il écrit à Minna :

> Ces voyages et tout ce qu'ils entraînent sont affreusement épuisants. Je ne suis plus bon à grand-chose. Je suis surmené au dernier degré et j'ai déjà été malade à deux reprises[9].

Ses revenus lui permettent d'éponger quelques dettes (solidaire de ceux qui partagent son sort, il a donné le 17 avril à Saint-Petersbourg un concert au profit des prisonniers pour dettes, extrémité qu'il n'a jamais connue) et de verser, comme il ne manqua jamais de le faire, sa pension à Minna.

Il fait halte chez les Bülow le 25 avril. Cosima vient d'accoucher d'une petite Blandine, appelée ainsi en mémoire de la sœur de sa mère, épouse d'Émile Ollivier, le président du Conseil français, qui est morte subitement à Saint-Tropez quelques semaines auparavant. En mai suivant, il s'installe dans une coquette habitation que son jeune ami Tausig lui a dénichée dans les faubourgs de Vienne.

Aussitôt, il s'abandonne à ses goûts de luxe : engagement de deux domestiques, achat d'habits de velours et de soie, de meubles capitonnés. Il insiste encore auprès de Mathilde Maier pour qu'elle vienne l'y rejoindre. Mais il fêtera ses cinquante ans en la seule compagnie de son ami le docteur Standhartner. Ne viendra le consoler qu'une retraite aux flambeaux organisée par des étudiants le 3 juin suivant. L'année 1863 continue à être marquée par des concerts à Budapest en juillet, à Prague et à Karlsruhe en novembre. Les revenus qu'il en tire ne suffisent pas à apaiser ses créanciers, l'obligeant à signer de nouvelles traites. Les 100 florins récoltés à Karlsruhe lui permettent de s'acheter une pelisse. La tabatière en or valant l'équivalent de 2 500 euros que lui offre le grand-duc de Baden, il la revend moins de quinze jours plus tard à Berlin.

Il est passé par Zurich où les Wesendonck l'ont accueilli sans lui consentir la moindre largesse financière. À Mayence, il loge un jour et une nuit dans la famille de Mathilde Maier, qui n'est toujours pas disposée à partager sa vie. Le 28 novembre il est à Berlin, chez les Bülow. Hans s'absente l'après-midi pour une répétition d'orchestre. Wagner et Cosima font une promenade en calèche au jardin zoologique. C'est de ce moment que date, se souviendront-ils, leur coup de foudre. « Dans les larmes et les sanglots, nous scellâmes notre confession réciproque d'appartenir uniquement l'un à l'autre[10] », confieront-ils dans l'autobiographie que Richard dicte à Cosima avec qui la formule employée doit avoir été soigneusement concertée. Elle contient à la fois l'aveu de la faute qui arrache les larmes, la gravité de l'engagement marquée par le sceau, et la promesse toute kantienne de se réserver exclusivement l'un à l'autre. Ils tiendront désormais le 28 novembre pour la date emblématique de leur amour.

La fin de l'année lui ouvre quelques perspectives. À Breslau, Mme von Bissing, la sœur d'Eliza Wille, s'engage à lui venir en aide. Marie von Buch, future comtesse de Schleinitz, se déclare prête à devenir son mécène. Ces promesses ont dû le rendre éloquent auprès de ses créanciers. Sans cela, comment aurait-il pu, le soir de Noël, couvrir ses amis Peter Cornelius, Heinrich Porges et Karl Tausig des cadeaux qu'il leur a réservés ? Cornelius, dont c'était le trente-neuvième anniversaire, fut particulièrement gâté : un paletot au col de soie, un étui à cigarettes en cuir bleu, des boutons de manchettes en or, un briquet gravé à ses initiales.

En 1864 s'accentue la spirale infernale. Il ne lui reste, pour se refaire, que la perspective de la création de *Tristan* qui est toujours en chantier, les chanteurs ayant accepté de se remettre à l'ouvrage. Mais cette fois, c'est le maître d'œuvre qui jette l'éponge : Heinrich Esser, chargé de la direction d'orchestre et de la mise en scène, déclare forfait. Au terme de soixante-dix-sept répétitions, l'œuvre est retirée de l'affiche : le verdict tombe quelques jours après la mort de Maximilien II, roi de Bavière et fils du Louis Ier dont les frasques avec Lola Montez lui avaient valu l'hostilité de son gouvernement. Son fils lui succède le 10 mars, il n'a que dix-huit ans, et régnera sous le nom de Louis II. Selon l'expression de Hölderlin, là où croît le péril croît aussi ce qui sauve, mais Wagner ne peut le savoir.

Il se voit contraint de vendre en toute hâte ce qu'il peut, le reste sera bientôt saisi par les créanciers. Le montant total des sommes dues s'élève à approximativement plus de 40 000 euros. Sur le conseil d'un juge à la cour d'appel impériale, qui n'est autre qu'un oncle de Liszt, et qui le prévient qu'il risque l'arrestation pure et simple, il prend la fuite le 23 mars. Le scénario du départ de Dresde, quinze ans auparavant, se répète. Le docteur Standhartner le cache une nuit chez lui et lui fournit de quoi se déguiser en femme. Il le conduit dans sa calèche personnelle à la gare. Cornelius l'y attend, manque de ne pas le reconnaître et, contenant un fou rire, l'aide à monter dans le wagon.

Il arrive à Munich, descend, grâce au viatique que lui a confié son ami, au luxueux hôtel Bayerischer Hof. Dans une vitrine, il voit une effigie du nouveau monarque et, rapporte-t-il dans son autobiographie, est « profondément ému, ainsi qu'on l'est toujours quand on voit la jeunesse et la beauté dans des circonstances de la vie extraordinairement difficiles[11] ». Désemparé comme il ne fut jamais, il puise encore dans son désarroi l'humour de se répéter mentalement une épitaphe parodique : « Ci-gît Wagner, qui ne fut rien/ pas même homme de quelque bien/ pas de quoi fouetter un chien/ et un professeur encore moins[12]. »

Il cherche son salut à Zurich, mais les Wesendonck ne veulent pas de lui. Il pousse jusqu'à Mariafeld où Eliza Wille, en l'absence de son mari, lui offre le gîte et le couvert. Il loge dans l'annexe de la villa, mal chauffée et guère confortable. Mathilde Wesendonck lui fait parvenir quelques meubles et un piano. Son hôtesse l'observe, méditant sur la terrasse, le béret basque sur la tête. Il s'immerge dans des lectures : Jean Paul, George

Sand, Walter Scott, *Felicitas*, le dernier roman d'Eliza Wille. Il la prend à témoin de sa détresse :

Je suis organisé autrement, j'ai les nerfs fragiles, il me faut de la beauté, de l'éclat et de la lumière. Le monde me doit ce qu'il me faut ! Je ne peux pas rester vissé sur ma chaise d'organiste, comme votre maître Bach ! Est-ce vraiment trop demander si je pense que le peu de luxe auquel j'ai droit, devrait venir à moi ? Moi qui réserve au monde et à des milliers de gens de telles jouissances [13] !

Dans une lettre à Cornelius du 8 avril, il est des plus explicites : « Une lumière doit jaillir, un homme doit m'apparaître, qui m'aide avec énergie, sans quoi je suis fichu [14]. » À la fin du mois, François, le mari d'Eliza, s'en revient. Il n'apprécie pas que Wagner ait commandé une robe de chambre en soie à ses frais, ni qu'il ait fumé ses plus précieux cigares. Le voilà obligé de se trouver un havre ailleurs. Il se rend à Stuttgart, où le maître de chapelle Karl Eckert le loge, le 28 avril, à la pension Marquardt. Eckert reçoit le 2 mai, tard dans la soirée, la visite d'un inconnu qui dit vouloir parler à Wagner. Celui-ci, craignant un huissier, fait savoir qu'il n'est là pour personne. Il a tort.

« Mon jeune Roi plein de grâces »

La nuit du 2 au 3 mai 1864 fut, pour Wagner, la dernière où l'étreignit l'inquiétude du lendemain. Lui qui avait encore envisagé la veille d'aller se retirer dans un abri de chasseur alpestre pour y composer l'orchestration des *Maîtres chanteurs,* se trouve, le matin du 3 mai, face à Franz Seraph von Pfistermeister, secrétaire de cabinet du roi de Bavière, qui lui dit qu'il est à sa recherche depuis plusieurs semaines (il est passé par Vienne et par Mariafeld), et qu'il est porteur de trois dons de son souverain : un médaillon contenant le portrait du monarque récemment couronné, une bague enchâssant un rubis, et une lettre qui le convoque, dans les plus brefs délais, à sa résidence de Munich. Ils conviennent de prendre la route à cinq heures de l'après-midi, mais Wagner veut aussitôt rédiger sa réponse, qui sera expédiée sans délai par porteur. Sous les yeux de Pfistermeister, il s'assied et écrit la première des nombreuses lettres à Louis II :

Je vous envoie les larmes de la plus céleste émotion pour vous dire que les miracles de la poésie sont entrés comme une réalité divine dans ma vie avide d'amour. Les dernières harmonies poétiques et musicales de ma vie — et cette vie même — désormais vous appartiennent, mon jeune Roi plein de grâces. Disposez-en comme votre bien propre[1] !

Le ton est donné. Désormais, tous deux, le génie et la tête couronnée, ne communiqueront plus que sur ce mode exalté. C'est celui du jeune Louis II, dont Wagner, en cabotin patenté, va épouser les cadences.

À midi, tandis que Wagner déjeune avec Eckert et Pfistermeister, la nouvelle leur parvient de la mort de Meyerbeer. Il y a, il faut l'admettre, quelque chose de troublant dans la coïncidence de la mort du musicien que Wagner rêvait dans sa jeunesse de détrôner, qu'il avait tant fustigé après l'avoir courtisé, et de son accession à une protection royale qui lui faciliterait la réalisation de ses rêves les plus fous. Dans le récit de sa vie, dont cette journée capitale est un des points d'orgue et aussi la conclusion, il écrit : « Sous la protection de mon auguste ami, le fardeau des vulgaires misères de l'existence ne devait plus jamais me toucher[2]. » Avec l'envoyé du roi, il prend place dans un compartiment de première classe et ils atteignent Munich le soir même.

Comment expliquer l'admiration éperdue que portait le prince devenu roi au musicien ? Il avait passé toute son enfance et son adolescence au château de Hohenschwangau, tout entier placé sous l'emblème du cygne (*Schwan*). L'oiseau y était figuré dans l'argenterie, la porcelaine, brodé dans les tentures et les tapisseries : de quoi imprégner un imaginaire. À douze ans, il s'était déjà plongé dans les écrits théoriques du maître. À quinze ans, il avait assisté à une représentation de *Lohengrin* au Théâtre de la cour à Munich, et il en avait sangloté d'émotion. Il n'eut de cesse de voir ses autres opéras, se mit à lire ses livrets avec passion. Il écrira à Wagner plus tard : « Vous avez été inconsciemment l'unique source de mes joies depuis mon âge le plus tendre[3]. » Il avait lu son projet de Festspielhaus paru l'année précédente, et la question rhétorique « ce prince-là existe-t-il ? » répondant à l'hypothèse de son financement l'avait interpellé personnellement. « Dès ce jour, il avait été hanté par le vœu d'être ce prince[4] », écrit Walter Hansen. La mort brutale de son père Maximilien II, à l'âge de cinquante-deux ans, l'avait mis en situation de le concrétiser.

C'est ainsi que le 4 mai 1864, moins de deux mois après son installation, il lui est donné d'accueillir son idole en sa résidence munichoise. Il faut imaginer la haute taille (1,90 mètre) du jeune et svelte prince, en tenue d'officier de cavalerie, face au petit Wagner râblé, son béret à la main. La scène va entrer dans l'histoire, voire la mythologie. Guy de Pourtalès n'a pas peur du lyrisme wagnérien pour l'évoquer : « C'est Wotan et Siegfried sur les hauteurs symboliques d'un monde finissant[5] », écrit-il; dans son film *Le Crépuscule des dieux*, Luchino Visconti en fera une séquence mémorable. Personne n'en a témoigné en dehors des deux protagonistes qui feront rapport de leur rencontre à une confidente. Louis écrit à sa cousine et future furtive fiancée la princesse Sophie-Charlotte :

Ah ! Que n'as-tu pu être là pour être témoin de la confusion dans laquelle m'ont plongé ses remerciements. J'ai eu l'impression que nous inversions nos rôles. Je m'inclinai devant lui et je le serrai en pensée contre mon cœur, comme si j'exprimais à part moi le serment de lui demeurer fidèle à tout jamais[6].

Wagner, pour sa part, confie à Eliza Wille :

Il me comprend comme le fait ma propre âme. De la magie de son regard, vous ne vous faites aucune idée. Il est, hélas, si beau et si rempli de spiritualité que j'ai peur de voir s'évanouir sa vie tel un rêve fugace. Il veut me donner tout ce qu'il me faut ; il veut que je termine les *Nibelungen* et il veut les faire monter comme je l'entends. S'il pouvait demeurer en vie. Il est un miracle trop inouï[7].

De cette même inquiétude sur la longévité de son interlocuteur, il fait part à Bülow : « Je crois que s'il devait mourir, je mourrais l'instant d'après[8]. »

Quatre jours plus tard, Wagner perçoit, versés par la liste civile, la Caisse de cabinet royale bavaroise, 4 000 florins (66 000 euros) à titre de remboursement de ses dettes. Un mois plus tard, il reçoit, en espèces cette fois, 16 000 florins. Nous sommes le 10 juin, veille du jour de naissance, à Munich, de Richard Strauss. Wagner a été installé par son bienfaiteur dans un faux chalet suisse appelé la Villa Pellet à Kempfenhausen, en bord du lac de Starnberg. Il est de la sorte plus proche de Louis II, qui réside l'été non loin de là, au château de Berg. Ils se rendent mutuellement visite, quelquefois plusieurs fois par jour.

Les protestations d'affection de Wagner pour son généreux protecteur adoptent volontiers un ton emphatique. C'est ainsi qu'il lui écrit le soir de Noël suivant : « Mon aimable Roi m'est tout et plus jamais je ne serai solitaire — puisque femme et enfants, ami et frère, toutes choses pour moi se confondent avec le sublime et gracieux esprit qui veille sur ma vie[9]. » On est en droit de se demander si ces mots sont bien compatibles avec l'impression d'isolement qui l'a bientôt envahi et lui a fait inviter, dès le mois de juin, une fois encore Mathilde Maier à venir le rejoindre, ce qu'elle a, sans surprise, décliné. Il ne la reverra qu'à des premières d'opéras, notamment à Bayreuth, mais continuera à correspondre avec elle.

Dépité, il s'adresse à Hans von Bülow cette fois :

> Je t'invite avec femme, enfants et bonne à venir prendre tes quartiers chez moi, aussi longtemps que possible, cet été. Vous me trouverez ici dans l'aisance, ma vie est complètement transformée. C'est la phase la plus importante de mon existence qui commence. Vaste parc, promenades en bateau sur le lac, excursions dans les montagnes... Peut-être viendrez-vous avec le papa Franz. Toi, mon petit Hans, tu rétabliras à fond ta santé. En vérité, mes chéris, vous seuls manquez à mon bonheur[10].

Comme il n'obtient pas de réponse, il expédie un télégramme le 29 juin, et, cette fois, est comblé : Cosima débarque sans tarder, flanquée de ses deux filles, Daniela et Blandine. Hans, retenu à Berlin, n'arrivera que huit jours plus tard. Entre-temps, Isolde aura été conçue.

On ne sait si Bülow se doute tout de suite de quelque chose. Le fait est qu'il est atteint d'étranges paralysies, qui affectent tour à tour ses mains, ses bras et ses jambes. Immobilisé, il se fait transporter dès le 19 août à l'hôtel Bayerischer Hof de Munich. Dans la ville, les rumeurs se font déjà jour. On y parle de « l'homme des barricades » du « révolutionnaire de Dresde » que le souverain a appelé à ses côtés. Wagner se sent tenu de se justifier et rédige à l'intention de Louis II un traité intitulé *De l'État et de la religion* où il minimise les opinions subversives qu'il a pu embrasser dans le passé. Son activité révolutionnaire n'a pu paraître politique qu'en raison des circonstances, argumente-t-il :

> L'orientation de mes pensées tendait à me représenter une organisation de la vie tant publique que domestique, qui conduisît d'elle-même le genre humain à un bel épanouissement[11].

Apparemment, le roi se satisfait de cette mise au point. Il sera bientôt le seul.

Liszt, probablement ameuté par Bülow qu'il a vu à Munich, s'annonce à la Villa Pellet le 30 août. Il est furieux, prend le parti de son gendre et ancien disciple, s'indigne des relations de Wagner et de sa fille. Il veut manifestement sauver leur couple. Son humeur ne s'apaise que lorsque Wagner lui lit des extraits des *Maîtres chanteurs*. Il obtient que la cohabitation prenne fin. Les Bülow rentrent à Berlin et Liszt, seul, à Weimar, puisque la princesse de Wittgenstein reste confite en dévotions à Rome.

Wagner n'a plus d'autre issue que de se jeter dans le travail. Mais pour ce faire, la Villa Pellet lui semble trop modeste et trop éloignée de la ville. Il obtient du roi, en échange de sa promesse de se concentrer totalement sur la composition de *L'Anneau*, une demeure somptueuse entourée d'un jardin planté de noyers. Elle se situe Biennerstrasse (n° 21), non loin de la résidence royale, en face des Propylées. Il en est en principe le locataire, mais le roi s'acquitte du loyer. L'aménagement intérieur est, comme à l'accoutumée, d'un luxe sans limites. Cosima y met son grain de sel, même si officiellement elle habite Luitpoldstrasse. Son époux n'est-il pas, depuis octobre, nommé pianiste de la cour, avant de devenir chef d'orchestre au Théâtre royal, pour un salaire annuel de 2 000 florins ?

Ce rassemblement familial, Wagner l'assortit de l'invitation à quelques amis, comme Peter Cornelius, dont il espérait qu'il serait accompagné de sa charmante « poupée ». Comme il s'en vint seul, il s'ingénia à lui faire épouser Mathilde Maier, à qui il fit savoir que son ami avait un « faible » pour elle. Mais elle ne se laissa pas ébranler. Cornelius, pour sa part, préféra s'installer Karlstrasse plutôt que chez Wagner, ce qu'il expliqua au docteur Standhartner : « Il n'imagine pas à quel point il est fatigant, à force de ne parler que de lui. Moi, il me pompe l'âme [12]. » Autre ami toujours prompt à l'appel : l'architecte Gottfried Semper, requis pour plancher sur le théâtre Richard-Wagner à Munich, au bord de l'Isar.

Wagner et le roi étaient sur la même longueur d'onde : le compositeur parce que ce projet l'obsédait, le souverain parce qu'il avait une fibre bâtisseuse qu'il ne cesserait de développer. Budget du bâtiment décrété le 19 décembre 1864 : 5 millions de florins. Délai d'achèvement des travaux : six ans, avec démolition de tout un quartier à la clé. Wagner plaida cependant pour une réduction de la voilure, surtout parce que six ans d'attente lui paraissaient trop longs. Il préconisa une construction plus modeste, en bois ou en brique, à côté du jardin botanique, mais selon ses principes dont il ne démordait pas : orchestre dissimulé sous la scène, auditoire en hémicycle sur le modèle des théâtres grecs. Le coût était, de plus, raisonnable : 200 000 florins. Le roi considéra que l'un n'excluait pas l'autre, et commanda le tout à Semper.

Deux théâtres pour un seul homme ! Wagner eut droit, dans les rues de Munich, à un sobriquet, « Lolus », virilisation de Lola, allusion à Lola Montez, qui avait fait perdre son trône et une part de sa raison à Louis Ier, le grand-père du souverain. Le secrétaire de cabinet Pfistermeister, celui-là même qui avait retrouvé Wagner à Francfort, imagina de soumettre au roi une fausse facture de Wagner pour un portrait de lui-même qu'il désirait offrir à son protecteur. On crut que Wagner était tombé en disgrâce, le roi renonçant à le convoquer durant quelques semaines. Wagner lui écrivit, lui demandant s'il devait se préparer à l'exil. Le roi lui répondit séance tenante de n'en rien faire, mais que la raison d'État l'obligeait de prendre provisoirement ses distances à son égard.

C'est à ce moment que Wagner se trouva bien malgré lui entraîné dans une intrigue de cour particulièrement ténébreuse. Des milieux politiques cherchaient forcément à se servir de sa proximité avec le monarque. Vers la mi-février 1865, il reçut la visite du conseiller d'État George Heinrich Klindworth qu'il avait rencontré lors de concerts qu'il avait donnés au théâtre de la Monnaie à Bruxelles en 1845, et du baron von Gruben, aide de camp du prince Maximilien Karl von Thurn und Taxis. Le premier était un agent secret international et père présumé de la belle Agnès Street-Klindworth, qui avait été très proche de Liszt. Le second avait pris fait et cause pour le prince Maximilien, qui ambitionnait de léguer à ses descendants un royaume de Rhénanie-Westphalie agrandi d'une partie de la Belgique, une sorte de nouvelle Bourgogne.

Le but était de « placer » Klindworth dans l'entourage proche du roi, et même de faire de lui le remplaçant de Pfistermeister en tant que secrétaire de cabinet, afin de gagner la Bavière à ce projet. Wagner serait amplement rémunéré pour ce service, sous forme d'une rente à vie, de deux théâtres, de plusieurs résidences et d'une participation à un consortium bancaire ultramontain, le but des deux comploteurs étant de soumettre l'État qu'ils voulaient créer à l'autorité du Vatican. Wagner ne se laissa pas convaincre, comme il s'en ouvrit auprès de Mathilde Maier. « J'ai fait l'imbécile[13] », lui écrit-il, exercice qui n'était pas son fort.

L'affaire fut éventée par le propre fils du prince, Paul von Thurn und Taxis, ami des plus proches de Louis II, qui prévint Pfistermeister que l'on briguait son poste. Celui-ci, informé que Wagner aurait pu se laisser embrigader, changea diamétralement d'attitude à son égard et lui proposa spontanément soutiens et crédits, tout en lui octroyant la pleine propriété de la maison de la Briennerstrasse. Wagner retira de cet épisode, somme toute secondaire, la conviction qu'il manquait au roi un bon conseiller, et qu'il avait, pour ce faire, les qualités requises.

Les faiseurs d'opinion voyaient la chose différemment : les journaux lui reprochaient d'abuser de la confiance du roi, de vider les caisses de l'État, d'éloigner le souverain de son peuple, voire de fomenter une révolution en Bavière. Par ailleurs, par un malheureux concours de circonstances, le roi se sent contraint de nommer un nouveau président du Conseil, qui n'est autre que Ludwig von der Pfordten, qui exerçait la fonction de ministre des Affaires étrangères de Saxe à Dresde au moment de la révolution, après avoir été professeur de droit à Leipzig. Rien d'étonnant à ce que, placé à la tête de l'État, il prenne aussitôt la tête des anti-wagnériens. À son sens, une circulaire en témoigne, la musique de Wagner devait être interdite partout. Wagner s'en inquiète, d'autant que ses contacts avec le roi se sont espacés. « Dois-je partir ou rester ? Votre volonté sera la mienne », lui écrit-il le 11 mars. La réponse lui parvient par retour du courrier : « Cher ami ! Restez, restez ici. Tout redeviendra comme avant. — Je suis trop occupé. — Jusque dans la mort. Votre Louis [14]. »

Wagner a de quoi faire. Il prépare la création de *Tristan et Isolde* prévue pour le 15 mai 1865. Les répétitions de chant commencent chez lui. Lorsqu'une interprétation lui donne satisfaction, il bondit de joie, embrasse le ou la soliste, fait le poirier ou se précipite dans le jardin pour escalader un arbre. La troupe, ensuite, investit le Residenztheater, puis le Théâtre royal.

Pour le rôle de Tristan, il a trouvé l'oiseau rare, le ténor de vingt-neuf ans Ludwig Schnorr von Carolsfeld qu'il a repéré à l'Opéra de Dresde, et qu'il a déjà fait venir à Munich pour y chanter le rôle de Tannhäuser. Écoutons Gregor-Dellin :

> Dès la première séance, Schnorr prouva sa supériorité, il comprenait instantanément le moindre geste, la moindre indication même chuchotée concernant son rôle, et l'exécutait avec une telle sûreté que bientôt Wagner fut incapable de prononcer un seul mot et, se détournant pour cacher son émotion, resta durant tout le troisième acte dans cette attitude [15].

Par bonheur, l'épouse du ténor, Malwine Schnorr von Carolsfeld, son aînée de onze ans, s'avéra elle aussi l'interprète idéale pour Isolde. Le 10 avril 1865, une autre Isolde vint au monde, fille de Wagner et de Cosima, le jour même où le père officiel, Hans von Bülow, entamait les répétitions d'orchestre de l'opéra. Il avait parfaitement assimilé les méthodes de direction de Wagner, son phrasé, sa dynamique, son rythme, son expressivité. Il était remis de ses paralysies, et bien qu'accablé par son drame personnel, il se comporta au pupitre, de l'aveu de Wagner à un journaliste, comme un autre lui-même.

L'ébranlement moral et physique de Bülow accentue son caractère sarcastique. Comme le régisseur de plateau lui fait remarquer que l'avancée de la scène dans la salle, imposée par le décor, va obliger de supprimer une rangée de fauteuils, il s'exclame : « Quelle importance si quelques douzaines de pourceaux ne trouvent plus de place au parterre[16] ? » La phrase malheureuse est amplifiée. Reprise dans la presse, elle déclenche la colère de l'opinion contre l'aristocrate arrogant. Pfordten s'en émeut et exige aussitôt le renvoi du chef d'orchestre, auquel le roi s'oppose évidemment, se contentant de baptiser *Tristan* son nouveau vapeur sur le lac de Starnberg.

Le matin de la première, Wagner est éveillé par des huissiers qui exigent de lui, sous peine d'incarcération, le paiement sans délai d'une dette non remboursée, qui date de son séjour à Paris, cinq ans auparavant. Le roi l'aide aussitôt à s'en acquitter. Le même jour, l'interprète d'Isolde, souffrante, doit déclarer forfait, et la création est reportée au 10 juin, laissant le temps à un cabinet munichois de monter une parodie de l'opéra, *Tristandel und Süssholde*, et provoquant la déception de quantité de spectateurs accourus de partout. Trois d'entre eux manquaient à l'appel cependant, dont Guy de Pourtalès énumère les motifs d'absence :

Minna, parce qu'elle est gravement malade ; Liszt, parce qu'il vient d'entrer dans l'état ecclésiastique en recevant au Vatican les ordres mineurs ; et Mathilde, parce que l'étalage public du drame de sa vie lui serait insupportable[17].

La représentation inaugurale eut donc lieu le 10 juin. Elle se déroula dans un silence presque religieux, y compris durant les entractes. Le roi, en costume civil, était présent et s'était fait acclamer dès son arrivée à dix-huit heures, sous une pluie diluvienne qui n'avait cessé de tomber depuis le matin. À onze heures, après la chute du rideau, les ovations furent comme retenues, couvrant cependant les quelques sifflets, comme si le public, en quelque sorte désemparé, ne savait se faire une opinion. Le lendemain, Wagner reçut par courrier un message transporté du roi : « Une œuvre divine ! — Ma fidélité éternelle — jusqu'au-delà de la mort[18] ! » Quant à la presse allemande, elle prenait la mesure de l'événement. « Wagner a offert au monde l'œuvre la plus belle et la plus accomplie dont il dispose jusqu'ici[19] », écrit le *Frankfurter Reform*. « Musique démente, texte insensé, ensemble absurde, pas le moindre sens quelque part, mais d'autant plus de sensualité[20] » (*Volksbote*). « Sur le plan poétique et musical, psychologique et dramatique une merveille à nos yeux[21] » (*Wiener Botschafter*). « L'œuvre est grandiose, remarquable, originale, elle fait montre d'une merveilleuse énergie, d'une puissante force de composition ; le poète-compositeur cherche la vérité sur une fausse piste… Ce qui nous donne le droit de nous exclamer avec Dante : il faut bannir, mais admirer et regretter[22] » (*Münchner Neueste Nachrichten*). « Dans l'histoire de l'opéra, cette représentation aura toujours un poids significatif : elle a montré ce que des chanteurs et un orchestre peuvent accomplir et ce que le public est en mesure de supporter[23] » (*Augsburger Abendzeitung*).

Conforté par les articles, le public accueillit plus favorablement les représentations suivantes. Wagner et Schnorr von Carolsfeld étaient ovationnés à chaque interruption avec de plus en plus d'enthousiasme, jusqu'à la dernière, qui eut lieu le 1er juillet. Trois semaines plus tard, le 21, l'interprète de Tristan, rentré à Dresde, succombait à un mal qui ne fut pas identifié, les uns diagnostiquant le typhus, d'autres un accès de méningite. Wagner et von Bülow se précipitèrent aux funérailles, dans une ville de Dresde qui n'était pas en humeur de deuil, puisque s'y déroulait une grande fête carnavalesque. Wagner confia à Edward Schuré, son admirateur venu de Strasbourg pour la création de *Tristan* :

> On dirait que la fatalité, qui ne peut me supprimer, s'en prend à mes fidèles : lorsqu'un homme véritable, un homme qui est à lui seul une force, se donne à moi sans réserve, je suis sûr que le destin s'acharnera sur lui[24]…

Vers ce moment, il mit en œuvre, avec le concours de Cosima pour la prise de notes, le récit de sa vie. Cosima, qui remplissait déjà beaucoup de tâches de secrétariat auprès de lui, ne fût-ce que pour justifier sa présence, écrivait sous sa dictée une autobiographie qui, lorsqu'elle fut achevée en 1880 seulement, finit par compter quelque mille pages. C'est un document évidemment capital, qui frappe par la capacité qu'avait Wagner d'ironiser à propos de lui-même, de se moquer de ses travers. Évidemment, il doit être considéré avec prudence. Comme ces souvenirs répondent à une demande de Louis II, il y relativise ses idées révolutionnaires, et puisqu'il se remémore son passé sous l'œil de Cosima, il y censure une part de sa vie sexuelle et sentimentale. Tout en mettant en scène les épisodes qu'il relate, qu'il a marqués du sceau de sa créativité, influençant ainsi durablement ses biographes futurs, y compris l'auteur de ces lignes. C'était d'ailleurs son intention, comme il s'en ouvrit dans une lettre à Luise Brockhaus :

> Bien sûr, cette dictée n'est pas destinée au public : elle n'a d'autre but que de servir après ma mort comme points d'appui établis avec véracité à celui qui serait appelé à décrire ma vie au monde[25].

Comme l'écrit Walter Hansen : « Ce qu'il écrit demande précisions et vérifications, afin de distinguer la relation véridique de la mythification, de la surestimation de soi et de l'opportunisme[26]. »

Le mois d'août 1865, Wagner le passa dans un relais de chasse en montagne, avec vue sur le Walchensee. Le roi lui avait proposé de s'y retirer, et il s'y rendit en compagnie de son domestique Mrazek et de son chien Pohl. C'est là qu'il commença à remplir son « Carnet brun », journal de bord beaucoup plus personnel que son autobiographie, où il notait impressions, réflexions, poèmes et projets. Notamment celui de *Parzival*. Il en offrit dès son retour une copie à Louis II, qu'il appelait volontiers « Roi Parzifal », à la grande joie de l'intéressé. L'argument doit beaucoup au récit épique indien *Ramayana*, qu'il avait lu pendant sa retraite. Il y puisa notamment le thème de la mère-épouse, dont il avait l'incarnation sous ses yeux en la personne de Cosima.

Ses amis constatent d'ailleurs combien elle prend de place dans sa vie, même s'ils ne cohabitent pas. Le témoignage de Cornelius, le plus objectif d'entre eux, est clair à cet égard :

> Wagner est entièrement sous son influence, elle passe ses journées, avec ou sans enfants, chez Wagner ; on ne peut plus lui parler seul à seul, les lettres ne lui parviennent plus car elle les ouvre toutes et les lui lit [27].

Cosima menait en fait une double vie. Baronne von Bülow à la Luitpoldstrasse, elle était la secrétaire de Wagner, avec bureau aménagé à cette fin, à la Briennerstrasse.

Bülow vit très mal la situation, il lui arrive d'invectiver sa femme en présence de Wagner qui se dit que si la vie de tout un chacun se conforme au modèle du canon, la sienne a plutôt la forme d'une fugue, et ne peut déboucher que sur la mort. Fugue dont le maître incontesté est Bach, en qui il reconnaît le dépositaire du génie allemand qu'il tente de définir dans un essai destiné au roi, *Qu'est-ce qui est allemand ?* Ce texte est une sorte d'offre de service en tant que conseiller politique, de *spin doctor* : il y recommande la mise en place d'une milice populaire, la création d'un journal politique dont il va jusqu'à désigner les rédacteurs en chef, de grands rassemblements populaires dont le nazisme, un demi-siècle plus tard, s'inspirera. Le malheur voulut que le roi eût la naïveté de distribuer ces propositions parmi ses ministres.

On ne pouvait mieux se mettre tout le monde à dos. Politiciens, fonctionnaires, journalistes, tous se liguèrent contre Wagner en cessant de jeter un voile pudique sur sa liaison avec la baronne von Bülow, qui était de notoriété publique. Wagner cherche protection auprès du roi, tout en lui réclamant 200 000 florins (3 600 000 euros) dont il toucherait les intérêts jusqu'à sa mort, ce qui lui fut accordé. L'acompte de 40 000 euros, auxquels les politiques ne purent pas s'opposer, fut versé en monnaie sonnante et trébuchante. Cosima subit l'humiliation de devoir acheminer par fiacres, sous escorte de fonctionnaires royaux, les sacs d'argent à la Briennerstrasse. En quelques semaines, ce pactole fut dilapidé.

Le roi, pour échapper aux critiques, s'était réfugié dans son château de Hohenschwangau dont toute la décoration lui rappelait *Lohengrin*. Il appela Wagner auprès de lui. La semaine qu'ils passèrent ensemble du 11 au 19 novembre 1865 fut le climax de leur relation. Wagner organisait des concerts, jouait du piano, chantait pour son suzerain. Il lui donnait des conseils politiques au passage, comme celui de limoger ceux qu'il appelait Pfi et Pfo, le chef de Cabinet royal et le Premier ministre, rien que cela. Lorsque Wagner s'en alla, le roi fit construire une nacelle en forme de cygne, sur laquelle son aide camp Paul von Thurn und Taxis, déguisé en Lohengrin, devait prendre place et se laisser remorquer sur le lac au son de l'ouverture de l'opéra jouée par la fanfare militaire.

De retour à Munich, Wagner fut en butte à une campagne de presse. Un seul article prenait sa défense, paru dans les *Münchner Neueste Nachrichten*. Lorsqu'il apparut qu'il en était lui-même l'auteur sous le couvert de l'anonymat, ce fut l'hallali. Tous les journaux réclamèrent son bannissement. Et le Premier ministre Pfordten, fit parvenir au roi une missive des plus claires : « Votre majesté se doit de choisir entre l'amour et la vénération de son fidèle peuple et l'amitié de cet homme méprisé en raison de l'impudence avec laquelle il exploite les faveurs imméritées de votre majesté[28]. » Le roi réunit sa mère, son grand-oncle, l'archevêque, et une part du gouvernement. Conclusion générale des débats ? Le départ immédiat de Wagner. Pour donner plus de poids à sa détermination, le gouvernement mit le 6 décembre sa démission collective dans la balance. Avec le spectre de la révolution en arrière-plan.

Le chef de cabinet adjoint, Johann von Lutz, dut signifier à Wagner son ordre d'expulsion. Wagner chercha en vain à voir le roi. Il reçut seulement le lendemain un message protestant de son amour éternel, et de la fidélité de son meilleur ami. Par ailleurs, il écrivait au Premier ministre :

> Je veux montrer à mon cher peuple que son amour m'importe plus que tout. Vous mesurerez aisément que cela ne me fut pas facile [29].

Le 10 décembre à cinq heures du matin, après quelques dernières tentatives infructueuses de rencontrer le roi, Wagner se fit conduire à la gare accompagné par Cosima, Mrazek et le chien Pohl. Ces deux derniers seraient aussi du voyage. Cornelius était de ceux qui l'attendaient sur le quai. Il témoigna :

> Wagner avait l'air d'un spectre, pâle, les traits tirés, les cheveux gris ébouriffés. Il échangea quelques mots avec Cosima dont on ne perçut que : « silence [30] ».

Elle était brisée.

« La royauté, croyez-le, est une religion »

Wagner a pris goût aux demeures situées près d'un lac, avec une belle vue sur la montagne. Arrivé à Genève, il loue pour trois mois une villa appelée Les Artichauts d'où l'on voit le Mont-Blanc, mais il ne s'y attarde pas, parce qu'il envisage de résider au bord de la Méditerranée, de sorte qu'il est à Marseille lorsque lui parvient, le 25 janvier, l'annonce de la mort de Minna à Dresde. Il ne lisait plus ses lettres depuis longtemps, parce qu'elles le tourmentaient trop, mais il lui était reconnaissant d'avoir réagi, quelques semaines plus tôt, à une insinuation du *Münchner Vorbote* qui prétendait qu'elle dépendait de l'Assistance publique. Minna avait démenti l'information, en écrivant elle-même au journal :

> Je tiens à préciser, conformément à la vérité, que j'ai reçu à ce jour de mon mari absent une pension qui me permet de mener une vie indépendante et libre de tout souci matériel [1].

Peu de temps après, elle succombait à un infarctus du myocarde.

Wagner ne se rendit pas à Dresde, il aurait de toute manière manqué les funérailles. Revenu à Genève, il fut confronté au décès de son chien Pohl, que le propriétaire avait déjà enterré. Il le fit exhumer, l'enveloppa dans un précieux tapis et lui creusa une tombe dans un bosquet, face au lac. Il s'efforça de se concentrer sur *Les Maîtres chanteurs*, perturbé seulement par les messages du roi :

> Je verse des larmes, d'amères larmes à l'idée que vous puissiez un jour ne plus être ! Par Dieu, je veux, le jour de votre mort, succomber moi aussi, pour que nos âmes jamais ne se séparent[2].

Walter Hansen ne peut s'empêcher de faire le lien : c'est la mort de Brünnhilde se jetant sur le bûcher de Siegfried que Louis II se souhaite, afin qu'ils soient réunis dans la mort[3].

Cosima s'en vient avec sa fille aînée le 8 mars, et ils se mettent en quête d'une nouvelle demeure. Ils sont enchantés par la découverte de la Villa Tribschen, qu'ils avaient aperçue d'un bateau sur le lac des Quatre-Cantons, non loin de Lucerne. Elle est dressée sur une presqu'île, cernée par un parc, dotée d'un embarcadère et située au pied du mont Pilate. Wagner signe le contrat de location (garanti par Louis II) le 4 avril. Que lui fallait-il de plus ? Un ermitage romantique, une amante se chargeant de l'intendance et du secrétariat, une famille (qui comprenait toujours Bülow), six membres de personnel, et même un terre-neuve du nom de Russ. La paix royale. Il s'attaque au deuxième acte des

Maîtres chanteurs, convaincu qu'on ne le délogerait plus jamais de là.

Un intrus risquait de s'imposer pourtant, en la personne de Louis II lui-même, qui craignait que la guerre ne survienne entre la Prusse et ses alliés d'une part et l'Autriche associée à la Bavière de l'autre. Il envisageait sérieusement, si l'on arrivait à une telle extrémité, d'abdiquer. Wagner l'en dissuade : « Restez près de votre peuple, montrez-vous à lui. Si vous m'aimez comme je le souhaite, écoutez ma prière[4]. » Le roi l'implora de venir fêter son anniversaire chez lui, mais Wagner déclina l'offre, préférant rester en famille. Quelle ne fut pas sa surprise, en fin d'après-midi du 23 mai, de voir à la porte du jardin, déguisé en Walther von Stolzing, le jeune héros des *Maîtres chanteurs*, la plume au chapeau, Louis II en personne ! La visite dura deux jours, passés en promenades, en excursions sur le lac, en conversations à bâtons rompus. Revenu à Munich, le roi fut accablé de reproches de la part de l'opinion publique. Quoi, à l'heure où la Confédération germanique était le point d'exploser, il partait se divertir avec le « faiseur de dettes » ! Par ailleurs, les rumeurs sur les rapports entre l'épouse von Bülow et « Lolus » reprenaient vigueur. Hans voulut provoquer un journaliste en duel, mais il se déroba.

Cosima donna alors la preuve de l'ascendant qu'elle prenait de plus en plus sur le souverain. Seule à Munich, puisque Wagner y était interdit de séjour, elle régnait sur la vie culturelle, empêchant que toute ligne anti-wagnérienne se profile.

Elle s'imposait avec une autorité masculine qui, venant d'une femme, avait tout pour plaire à Louis II. Il accepta donc de signer et de faire parvenir à la presse un message susceptible de rétablir le trio Cosima-Hans-Richard dans son honneur. Il s'adressait publiquement à Bülow en ces termes :

Comme j'ai la connaissance du noble caractère et du grand cœur de votre honorable épouse, qui n'a cessé de soutenir l'ami de son père et le maître de son mari avec une âme compatissante, il ne me reste plus qu'à chercher à éclaircir l'inexplicable au sujet de ces calomnies publiques criminelles [5].

Il faut souligner que le roi était de bonne foi : il était le dernier à Munich à ignorer, ou à vouloir ignorer, la réalité de la situation. Le journaliste qui n'avait pas voulu rencontrer Bülow sur le pré fut condamné à une amende. Contredire le roi eût été un crime de lèse-majesté.

Bülow n'eut plus le cœur de demeurer à Munich. Il démissionna de ses fonctions et rallia Tribschen. Cosima était à nouveau enceinte et il savait pertinemment qu'elle ne l'était pas de lui. Il était déchiré entre son humiliation et sa fascination pour le processus de genèse des *Maîtres chanteurs*. Tandis que Wagner composait, de huit heures à dix-sept heures, Bülow se rendait souvent à Lucerne, pour y consulter la presse et suivre les polémiques qui les concernaient. Les soirées, ils les passaient en lectures et en concerts privés. Quelquefois, ils se promenaient ensemble en montagne ou sillonnaient le lac en bateau. Les disputes n'étaient pas rares, mais Wagner y mettait régulièrement un terme en retournant à son écritoire et à son opéra en train d'éclore.

Mais la situation, tant politique que conjugale, ne pouvait pas durer. Le différend allemand, débouchant sur une guerre civile, se solda, l'été 1866, par une défaite autrichienne à Königgrätz, au lieu-dit Sadowa, et bavaroise à Kissingen. Plus que jamais, Louis II envisageait d'abdiquer et demandait à Cosima de préparer Wagner à cette éventualité : « Qu'il ait la charité de ne pas attendre de moi de supporter encore ce supplice. Ma véritable vocation divine est de rester auprès de lui en ami fidèle et aimant, et de ne jamais le quitter[6] ». La réponse de Wagner, trop soucieux de préserver sa paix, fut péremptoire : « La royauté, croyez-le, est une religion. Un roi croit à lui-même, ou n'est pas[7]. » Le message fut reçu avec gratitude par son destinataire : « Merveilleusement renforcé, je sens un courage héroïque en moi[8]. » Au terme des accords de paix signés le 23 août 1866, l'Autriche sortait de la Confédération allemande et cédait Venise à l'Italie, la Prusse unifiait le nord de l'Allemagne et était disposée à négocier avec les anciens ennemis, Bavière comprise. Huit jours plus tard, Hans von Bülow s'imposait un exil volontaire et se retirait à Bâle.

La paix fut de courte durée. Début novembre apparaissait à Tribschen une figure spectrale : Malwine Schnorr von Carolsfeld, l'Isolde de Munich, la veuve du créateur de Tristan, méconnaissable, terriblement vieillie, mentalement détraquée, et flanquée d'une créature tout aussi inquiétante, Isidore von Reuter, spirite de son état. L'époux de Malwine aurait, de l'au-delà, décrété que sa veuve était destinée à épouser Wagner, à présent veuf lui aussi, tandis que tout indiquait qu'Isidore devait lier sa destinée à celle de Louis II. Malwine ne cessait de vouloir étreindre Wagner et de lui adresser des œillades équivoques. Excédé, il leur montra la porte.

Les deux sorcières, très dépitées, sollicitèrent une audience auprès de Louis II, et l'obtinrent. Malwine y révéla au roi abasourdi que Cosima entretenait une liaison coupable avec Wagner et était au demeurant enceinte de ses œuvres. La nouvelle ébranla le roi, mais il s'efforça de n'en rien laisser paraître.

Dans le même temps, un grand jeu diplomatique se jouait : la Bavière allait-elle ou non déclarer allégeance à Bismarck, le chancelier de Prusse ? Wagner voyait dans ce contexte instable l'occasion de se débarrasser de ses deux ennemis jurés, Pfi et Pfo comme il les appelait, quand, en accord avec Louis II, il ne les comparait pas à deux figures de *L'Anneau* dont le roi connaissait parfaitement les livrets, Mime le nain machiavélique et Fafner le géant fratricide, que Siegfried occit l'un et l'autre. Le premier, Pfistermeister, démissionna de lui-même, le second, Pfordten, tenu pour responsable de la défaite de Kissingen, fut remplacé, sur la recommandation de Wagner, par Chlodwig Fürst zu Hohenlohe-Schillingsfürst, gendre de Carolyne von Sayn-Wittgenstein, la compagne de Liszt.

Début 1867, Louis II surprend tout le monde en annonçant ses fiançailles avec sa cousine la duchesse Sophie-Charlotte, sœur de l'impératrice Elisabeth d'Autriche, Sissi, avec qui il entretenait les relations les plus amicales. Le mariage était fomenté par le père de la future, le comte Max, en Bavière, qui par son mariage avec la sœur du roi Louis Ier était le beau-père de l'empereur d'Autriche et du roi de Hongrie. Avoir le roi de Bavière comme gendre complétait son tableau de chasse. Peu lui importait que le promis préférât les hommes et que la promise fût éprise du photographe de la Cour.

Quelques semaines plus tard, le 17 février, naît Eva, qui doit son nom à l'héroïne des *Maîtres chanteurs*, la deuxième fille de Cosima et de Richard. Hans accourt aussitôt de Munich, se penche sur le lit de son épouse et lui dit « Je pardonne ». « Il ne faut pas pardonner, il faut comprendre[9] », réplique la parturiente.

Wagner, qui sent que la voie est libre, se rend à Munich le 9 mars. Il obtient une audience chez le roi, dont la mine l'inquiète. Signe de sénilité précoce ? Stress à la perspective d'un mariage qu'il a reporté au 12 octobre ? Il reçoit du souverain une cagnotte de 12 000 florins et s'entretient de politique avec le nouveau Premier ministre. Par ailleurs, il met tout en œuvre pour faire réengager Bülow comme directeur musical et responsable de l'École royale de musique : il a trop besoin de lui pour diriger la création des *Maîtres chanteurs* qui devrait, à ses yeux, avoir lieu le jour du mariage.

En conséquence, pour sauver les apparences, il fallait que Cosima retourne vivre à Munich avec Hans. La petite Eva, dont la naissance n'a pas fait grand bruit, est confiée à une nourrice auprès de son père. À Munich, Wagner loge chez les Bülow, dans un pied-à-terre à l'accès séparé du reste du bâtiment. Le roi l'invite au château de Berg pour son anniversaire, et lui loue une villa plus proche de sa résidence pour qu'il puisse venir y contempler son ami à l'œuvre. Tandis qu'il pianote et gratte le papier, le roi l'observe, les yeux mi-clos et les bras croisés. Une ombre assombrit cette idylle. Louis ne reconnaît pas dans le sexagénaire Joseph Tichatscheck, imposé par Wagner, le rôle-titre de Lohengrin en répétition au Théâtre royal et le fait congédier. Wagner s'insurge et retourne dare-dare à Tribschen sans saluer le roi, qui lui envoie un message : « Je baise la main qui m'a frappé[10]. »

À l'approche de l'échéance maritale, le roi perd le contrôle de lui-même. Le 7 octobre, il jette le buste qu'il a fait faire de Sophie-Charlotte dans le jardin de sa résidence où il se brise à grand fracas. Un communiqué laconique annonce la rupture des fiançailles, alors que de somptuaires dépenses ont déjà été consenties pour les noces auxquelles toutes les têtes couronnées d'Europe avaient été conviées. Walter Hansen précise que Sophie-Charlotte n'épousa pas son photographe pour autant. Son père lui imposa le comte Ferdinand d'Alençon, petit-fils de Louis-Philippe dont elle eut deux enfants, puis elle eut une liaison avec un médecin munichois avec lequel sa famille l'obligea de rompre. Elle entra dans les ordres et mourut dans l'incendie d'un orphelinat en tentant d'en sauver deux pensionnaires.

Le 24 octobre, Wagner met la dernière main aux *Maîtres chanteurs* qu'il sous-titre « opéra », ce qu'il n'avait plus fait depuis *Tannhäuser*. C'est qu'il y applique les recettes de succès du grand opéra, avec scènes de masse, mélodies bigarrées et faciles à retenir, rythmes de marches et *tutti quanti*, sans renoncer pour autant aux leitmotive. Il prépare les esprits par une série d'articles sur le thème « Art allemand et politique allemande », qui paraissent dans le nouveau journal qu'il avait appelé de ses vœux, la *Süddeutsche Presse*, et s'inscrivent dans les grandes lignes de la politique bismarckienne, tout en fustigeant les « crocodiles » de la mouvance académique. Comme beaucoup de lecteurs virent dans cette série une résurgence de l'esprit quarante-huitard, le roi se vit obligé d'en interrompre la publication à sa treizième livraison.

Autre mauvaise nouvelle : le gouvernement, heurté par l'annulation du mariage et par les dépenses vaines qu'il a entraînées, laisse entendre qu'il n'y a plus de crédits pour la construction de l'Opéra projeté par Wagner, ni pour l'édifice alternatif conçu à moindres frais. Wagner, indigné, et Semper, réclamant ses gages, se rendent toutes affaires cessantes à Munich. Ils n'obtiennent pas d'audience auprès du roi. De son côté, celui-ci met en chantier le château de Neuschwanstein, confié à deux décorateurs, Christina Jank et Angelo Quaglio, tenus de s'inspirer des spectacles wagnériens de Munich et plus tard de Bayreuth. Le roi voulait en faire « un temple digne de l'ami divin », que l'ami ne vit jamais, puisqu'il ne fut inauguré qu'en 1886.

L'année 1868 commence mal. Wagner a passé le réveillon à Munich, mais pas chez les Bülow, plutôt entre amis, avec Cornelius et Richter notamment. Il ne se sent d'ailleurs plus chez lui nulle part. À Tribschen, Cosima lui manque. À la Luitpoldstrasse, la comédie de leur ménage à trois lui pèse. La distance prise avec le roi le perturbe. C'est ce dernier qui rompt le silence le 9 mars : « Je ne supporte plus longtemps de demeurer si complètement privé de vos nouvelles [11]. » Wagner répond comme une amante délaissée : « Pourquoi donc me faire entendre maintenant ces anciens sons d'un amour qui — hélas ! — va forcément pénétrer dans mes veines comme un poison enivrant [12] ? »

Il se rend à Munich mais n'obtient pas de rendez-vous avec le roi. À Tribschen, il s'immerge dans ses écrits : la révision de son essai *Opéra et Drame*, ses souvenirs sur Ludwig Schnorr von Carolsfeld, le créateur de Tristan. Comme la date de création des *Maîtres chanteurs* (le 21 juin) se rapproche, il doit bien, le 20 mai, retourner à Munich et se résigner à la cohabitation avec les Bülow. Louis II se manifeste pour son anniversaire : il l'invite à bord de son vapeur *Tristan* sur le lac de Starnberg, et ils déjeunent ensemble sur l'île aux Roses. Les répétitions se déroulent bien, Bülow est parfait au pupitre, mais Wagner se plaint de son comportement revêche et inamical.

Le soir de la première, le roi arrive à six heures sonnantes au théâtre, accueilli par la fanfare et sous les acclamations du public. Il a à peine pénétré dans sa loge qu'il fait savoir à Wagner, assis à côté de Cosima, qu'il souhaite qu'il prenne place auprès de lui, sur un même siège doré. Lors des ovations qui déferlent après le spectacle, le roi insiste pour qu'il salue le public conquis depuis la loge royale. Comme l'écrit Zdenko von Kraft, « le geste royal l'absout des reproches dont l'avaient accablé la vindicte et la jalousie[13] ».

Dans l'assistance, il y a sa garde rapprochée, Cornelius, Tausig, Tichatscheck, Niemann, Eckert, Schuré, mais aussi le Tout-Munich parmi lesquels quelques adversaires acharnés, ainsi que Tourgueniev, et deux femmes qui sont comme des jalons de son passé : Jessie Laussot et Mathilde Maier. Et jusqu'au critique Eduard Hanslick, qui dut subir le ridicule d'être représenté sous les traits du grotesque Beckmesser, ce qui n'échappa évidemment pas aux observateurs attentifs. Sa critique dans la *Neue Freie Presse* de Vienne ne se fit pas attendre : « Nous tenons *Les Maîtres chanteurs* pour un phénomène intéressant et exceptionnel de pathologie musicale. » D'autres critiques furent aussi vengeresses, mais l'œuvre avait en un soir gagné ses galons d'« opéra national allemand ».

De retour à Tribschen, où il fut accablé par la fièvre durant dix jours, il est très éprouvé par le refus persistant de Bülow de consentir au divorce. Il caresse le projet d'un opéra appelé « Le mariage de Luther », évoquant l'union heureuse d'un moine et d'une nonne, en dépit des préjugés et des conventions. Cosima aussi est à bout. Ils décident d'entreprendre ensemble un voyage clandestin en Italie. Il s'avérera que ce périple, du 14 septembre au 5 octobre, se muera en une épreuve aussi déterminante que la traversée qu'avaient dû entreprendre Richard et Minna pour, au départ de Riga, gagner l'Angleterre et la France. Une œuvre majeure, son premier opéra « personnel », en avait été la conséquence, *Le Vaisseau fantôme*. Cette fois, c'est l'inéluctabilité de leur couple qui en résultera.

Ce voyage devait être un retour aux sources pour Cosima, née à Côme trente ans auparavant. À l'aller, pas de grandes difficultés. Ils franchissent le Saint-Gothard et, par Stresa et les îles Borromées, arrivent à Gênes où ils s'aperçoivent que deux Munichois croisés dans la rue les ont reconnus. Au retour, au départ de Milan, ils visitent Côme, puis, sur la route de Lugano, ils sont surpris par un cataclysme qui s'abat sur le Tessin. Entre Bellinzona et le Gothard, ce ne sont que trombes d'eau, inondations et éboulements. Les routes étant dévastées, ils doivent continuer à pied dans les pires conditions, craignant sans cesse d'être frappés par la foudre. Ils ne trouvent un havre qu'à Faido, où ils demeurent à l'hôtel de la Poste durant trois jours.

Ce combat mené en commun contre les éléments a renforcé leur détermination à ne plus se quitter. Dans une lettre à Louis II, Wagner raconte leurs tribulations, tout en faisant l'aveu de leur relation adultère :

> Les efforts les plus extraordinaires pour fuir les lieux menacés, des marches de six lieues à travers des rochers inondés, sous des chutes incessantes de pluie et d'éclairs ont été partagés avec moi par une femme souffrante, par l'amie, pour qui j'avais, afin de la distraire d'un douloureux état d'âme, imaginé et entrepris cette course en Italie, le pays de sa naissance [14].

De son côté, Cosima écrit à Bülow, et tout porte à croire qu'elle exprime sa ferme intention de ne plus se séparer de Wagner. N'obtenant pas de réponse, elle se rend à Munich et compte bien n'en revenir qu'avec ses deux filles dont Wagner est le père. Wagner, lui, cherche à parler au roi, mais n'obtient pas d'audience. Déçu, il poursuit sa route jusqu'à Leipzig et c'est là que chez son beau-frère, l'éditeur Hermann Brockhaus, il rencontre un étudiant en philosophie de vingt-quatre ans, Friedrich Nietzsche.

« Heures de travail, les seules qui me rendent vraiment heureux »

La rencontre entre Wagner et Nietzsche, celui que Gottfried Benn définirait un jour comme « le tremblement de terre de son époque et le plus grand génie linguistique allemand depuis Luther [1] », eut donc lieu le 8 novembre 1868. Le jeune homme avait le teint pâle, la moustache déjà abondante, un regard que l'on qualifiait d'« hypnotique ». Il n'avait encore rien publié, mais connaissait la musique de Wagner, et sa découverte avait entraîné en lui, quelques jours auparavant, une véritable conversion. En assistant à un concert où avaient été interprétées les ouvertures de *Tristan* et des *Maîtres chanteurs*, il avait ressenti un trouble qu'il avait aussitôt décrit à son ami Erwin Rohde : « Chaque fibre, chaque nerf tressaille en moi [2]. »

C'est au même ami qu'il décrit l'homme rencontré chez les Brockhaus :

Wagner jouait tous les passages importants des *Maîtres chanteurs*, en imitant toutes les voix et en y manifestant une grande pétulance. Il faut dire que c'est un homme prodigieusement vif et fougueux, qui a l'élocution très preste, se montre plein d'esprit et sait égayer beaucoup une société de ce genre [3].

Les deux hommes, malgré leur différence d'âge, avaient pas mal de points en commun. Nietzsche était né à Röcken, non loin de Weissenfels, le village natal de la mère de Wagner, cette région saxonne de Luther et de Novalis aux portes de la Thuringe où serpente la Saale. L'un et l'autre avaient cependant pris leur distance avec leurs lieux d'origine, Wagner en n'y revenant que par nécessité, Nietzsche, fils de pasteur, en vouant aux gémonies son milieu natal. Ils se découvrirent d'emblée une admiration commune pour Schopenhauer. Wagner se mit à raconter des épisodes de sa vie estudiantine qui, chose qui s'avérera rare, arrachera des éclats de rire à Nietzsche. Bref, au moment des adieux, Wagner l'invita à venir poursuivre la conversation à Tribschen. Ce qui ne tomba pas dans l'oreille d'un sourd.

Tribschen est en train de devenir le centre de ralliement familial. Le 16 novembre, Cosima s'y installe définitivement avec ses deux filles cadettes. L'humeur n'est pas à la joie pour autant. Cosima éprouve une profonde culpabilité à l'égard de Bülow, sentiment dont elle ne se défera à vrai dire jamais. Wagner est marqué par le décès de Rossini, qu'il n'a jamais cessé d'apprécier sans doute parce qu'il était son antipode, et à qui il consacre un texte de souvenirs, et bientôt par la mort de Berlioz, son rival et cependant ami. Il souffre, en plus, de douleurs intestinales. Mais il dispose du calme propice au travail. Il se consacre au deuxième acte de *Siegfried*, dicte son autobiographie à Cosima qui, pour sa part, entame la rédaction de son monumental « Journal », qui ne sera rendu accessible au public qu'en 1980, c'est-à-dire cinquante ans après sa mort. Elle l'a dédié à ses enfants et l'a fait précéder de cet avertissement :

Vous devez connaître chaque heure de ma vie afin qu'un jour vous sachiez vraiment qui je suis, car si je meurs tôt tous les autres pourront vous dire fort peu de choses sur moi et si je meurs tard je ne saurai plus que me taire[4].

Gregor-Dellin considère qu'à partir de ce moment l'influence intellectuelle de Cosima sur Wagner va se faire de plus en plus prégnante : elle « va refouler ses pensées socialistes et révolutionnaires et favoriser, à leur place, chez lui des influences élitaires, antifrançaises et antisémites[5] ». Le fait est qu'il a remis sur le métier son pamphlet *Le Judaïsme dans la Musique* et qu'il le fait reparaître en mars 1869. La consternation est générale. Liszt et Bülow sont scandalisés, la quantité de réactions est massive : on enregistre quelque 170 articles hostiles à la publication ; à Mannheim, *Les Maîtres chanteurs* est bruyamment sifflé ; à Breslau, un festival doit être décommandé, car on n'ose pas faire figurer le nom de Wagner au programme. D'aucuns considèrent que, retiré dans sa Thébaïde, il a décidé de rompre les ponts avec le monde. Seule conséquence positive de sa récidive odieuse : le 3 juillet 1869, le député prussien Lasker fait promulguer une loi sur l'égalité des droits entre les différentes confessions religieuses.

L'enthousiasme de Nietzsche pour son œuvre ne cesse de croître. Il a vu *Les Maîtres chanteurs* fin janvier à Dresde et se confie une fois de plus à Erwin Rohde : « Il faut, Dieu sait, que j'aie la musique dans le sang, car je n'ai jamais éprouvé plus fortement l'impression de me sentir chez moi, dans mon domaine familier[6]. » Le 13 février, il est nommé officiellement professeur sans chaire de philologie classique à l'université de Bâle. Le 7 mai suivant, Wagner est élu à l'Académie royale des arts de Berlin.

Louis II lui envoie une lettre de conciliation, qui contient une annonce qui inquiète Wagner : le projet de monter *L'Or du Rhin* à Munich, ce que le souverain est parfaitement autorisé à faire, puisqu'il en détient les droits, mais dérange profondément le compositeur. Il n'en laisse d'abord rien paraître, répondant plutôt par une description précise de son emploi du temps à Tribschen : réveil de bonne heure, ablutions à l'eau froide, déjeuner frugal avec parcours rapide de la presse, correspondance, puis, dès dix heures, travail à la partition (« trois belles et riches heures de travail, les seules qui me rendent vraiment heureux[7] »), déjeuner à treize heures, ponctué par la visite de « messieurs les chiens[8] », puis brève sieste ou intermède au piano suivi d'une promenade, soit dans la nature, soit à Lucerne en quête de livres anciens, de cinq à huit heures à nouveau travail à la partition, thé puis dîner léger, « réservé à l'amie pour ses visites l'été[9] » (il reste discret sur l'installation de Cosima auprès de lui), enfin lecture d'un grand esprit, Schiller, Goethe, Shakespeare « auxquels s'ajoutent quelquefois Homère ou Calderón[10] ». À onze heures, recherche du sommeil, pour autant que l'état de santé le permet : « mon intestin est et demeurera rebelle tant qu'une bonne cure n'aura pas permis de s'attaquer à la racine du mal[11] ».

Le 15 mai, samedi de Pentecôte, n'écoutant que son courage, Friedrich Nietzsche se présente à la porte. Il avait fait la route à pied depuis Lucerne en suivant les bords du lac. Wagner ne le reçut pas, mais fit dire par son serviteur au jeune homme qu'il l'attendait le lundi suivant à déjeuner. Cette fois, Nietzsche prit le bateau, partagea le repas du couple, et se fit reconduire à la ville dès quatre heures. Une visite de convenance dont l'invité écrit, avec ses vœux de bon anniversaire au maître, quelques jours plus tard, qu'elle lui avait procuré les meilleurs et les plus sublimes instants de sa vie. Ce n'était que la première fois : il y en eut vingt-trois en tout.

La grande rencontre philosophique de Wagner, avant celle du jeune professeur bâlois, c'est Schopenhauer. Il a, à la lecture du *Monde comme volonté et représentation*, ressenti quelque chose de l'ordre de l'expérience de Nietzsche à l'écoute de sa musique : une révélation. Notamment due à la manière dont Schopenhauer distingue radicalement la musique des autres arts, comme l'expose, magistralement, Marcel Beaufils : « Tous, elle exceptée, sont imitations de choses, “objectivations médiates", décalques "seconds" du fluide cosmique. La musique, elle, représente à l'état pur le "Vouloir", chose en soi, elle est un double — aussi "réel" — de l'univers[12]. » Beaufils voit bien comment cette vision a forgé l'esthétique wagnérienne : « Voici possible la mise en action d'une technique musicale, jusque-là inconnue, d'analogie avec la dynamique de l'Univers : mouvement de fluides, sans fin, traversé de décharges fulgurantes[13]. » Dès qu'ils se rencontrent, Wagner et Nietzsche communient donc dans leur admiration pour Schopenhauer.

Leur relation est passionnante à retracer, elle alterne les envolées sublimes et les mesquineries du quotidien. Deux grands esprits se rencontrent, certes, mais de trop humaines susceptibilités aussi. Comme le dit toujours Beaufils, « les froissements d'épiderme (il n'en est pas de dérisoires) altèrent les hautes fidélités[14] ». Nietzsche est plus que bienvenu à Tribschen, il y est même inespéré. Cosima en est plus consciente que Wagner : elle sait le plaisir que celui-ci peut prendre à converser avec un interlocuteur d'une telle valeur, et elle voit l'intérêt qu'ils ont tous deux à ce qu'un esprit élevé s'intéresse à l'œuvre en cours, dont l'ampleur de vue tranche avec les limites de la critique ordinaire. Ce qui n'empêche, comme le résume Gregor-Dellin, « que si le cas de Nietzsche ne constitua jamais qu'un épisode dans la vie de Wagner, le cas Wagner eut beaucoup plus d'importance dans celle de Nietzsche[15] ». La preuve, c'est qu'il irait jusqu'à dire : « je me sens dans son voisinage comme à proximité d'un Dieu[16] ». Wagner n'est-il pas en droit, se demande Guy de Pourtalès, de voir en lui « l'apôtre d'un évangile d'art réformé[17] » ?

La deuxième visite, celle du 5 juin, est la plus romanesque. Cosima est sur le point d'accoucher (au petit matin, elle mettra leur troisième enfant, Siegfried, au monde), et Nietzsche est aux premières loges. Il voit Wagner faire les cent pas, tout en se bouchant les oreilles, puis exploser de joie lorsqu'il apprend qu'il a un fils : « *Ein Sohn ist da !* » s'exclame-t-il à travers la maison. Il tiendra son nom de l'opéra qu'il achèvera dix jours plus tard.

Le lendemain de cette naissance, Cosima demande le divorce à Bülow, qui donne son accord dans une lettre à la dignité irréfutable :

> Ton cœur, ton amitié, ta patience, ta prudence, ta sympathie, tes encouragements, tes conseils et avant tout ta présence, ton regard, tes paroles, tout cela formait les assises mêmes de ma vie... Tu as préféré vouer ta vie, les trésors de ton esprit et de ton cœur à un être qui est de toute manière supérieur, et, loin de blâmer ta démarche, je te donne raison à tous points de vue[18].

Deux mois plus tard, il adressera une missive non moins émouvante (elle sera exhumée soixante ans plus tard par Guy de Portalès) à la comtesse de Charnacé, demi-sœur de Cosima, fruit du mariage de sa mère avec le comte d'Agoult, où il admet qu'il a envisagé le suicide :

> Peut-être n'aurais-je point reculé si j'avais ressenti de la part d'un autre, aussi sublime dans ses œuvres qu'incomparable-

ment abject dans ses actions, la moindre marque d'une volonté de loyauté[19].

Nietzsche devient peu à peu un habitué de la maison. Les enfants se mettent à l'appeler « oncle Nüütsche », il joue avec eux, se déguise en Père Noël, leur bricole des jouets, en rapporte de Bâle à la demande de Cosima. Cette relation privilégiée durera aussi longtemps que s'exercera la magie de Tribschen. Nietzsche, encore plus que ses habitants peut-être, ne se fera pas à l'abandon de ce lieu, au point d'y demeurer, en 1872, encore durant trois jours après le départ des Wagner. Les divergences entre eux ne vont se multiplier qu'après, et ne s'apaiseront à vrai dire jamais. Déjà, la guerre franco-allemande, en exacerbant le chauvinisme de Wagner, insupportable aux yeux de Nietzsche, sera l'un des premiers agents de la rupture. Par la suite, les projets démesurés de Bayreuth lui donneront de plus en plus la nausée. Et puis, comble de tout, il n'admettra pas la dévotion à la croix chrétienne qui lui semblera inspirer *Parzifal*.

D'autres interprétations circulent. Nietzsche aurait aimé Cosima (il est impossible de se prononcer sur cette question, Cosima a détruit toutes les lettres qu'il lui a adressées). Compositeur frustré, il n'aurait plus supporté la supériorité dévorante de l'ogre Wagner qui culmine dans l'ampleur que prendra le chantier de Bayreuth. Ou peut-être assiste-t-on à un simple renversement : Nietzsche s'était trouvé un père de substitution, éclipsant le pasteur dont il était le fils, et sentit un jour qu'il devait rejeter le remplaçant comme il avait renié le remplacé.

Mais on n'en est pas encore là. En attendant ces funestes développements, d'autres visites, en cet été 1869, apportent une note joyeuse à Tribschen. Ainsi celle de Judith Gautier, vingt-trois ans, fille de Théophile et d'Ernesta Grisi, surnommée « l'ouragan », belle comme un soleil, inconditionnelle de Wagner depuis longtemps (on l'a vue prendre, très jeune, sa défense face à Berlioz lors de la première parisienne de *Tannhäuser*), auteur de plusieurs articles à sa gloire dont il l'a d'ailleurs remerciée. Elle est flanquée de son mari, Catulle Mendès, le futur cofondateur de *Revue fantaisiste*, et de Villiers de L'Isle-Adam. Ils logent à l'hôtel du Lac à Lucerne, s'apprêtent à voir *L'Or du Rhin* à Munich dans la production que récuse Wagner, et ne passent pas une journée sans venir saluer leur idole. Wagner fait littéralement la roue devant Judith, grimpe aux arbres pour mieux l'impressionner. Aussi Cosima pousse-t-elle un soupir de soulagement lorsque ces joyeux Parisiens prennent congé. L'étincelle ne jaillira vraiment entre le maître et celle dont il aimerait tant faire sa maîtresse que dans les coulisses du Festspielhaus de Bayreuth...

Wagner n'assistera évidemment pas à la création munichoise de *L'Or du Rhin*, que Karl Richter a refusé de diriger, forçant son remplacement en catastrophe. Selon les rapports qui lui parviennent, un seul participant a véritablement excellé, le chef machiniste Karl Brandt qui, expert en effets spéciaux, a fait croire aux ébats des Filles du Rhin : il fera partie de l'équipe de base du festival. Nietzsche passe le congé de Noël 1869 à Tribschen, au cours duquel Wagner lui donne lecture de l'argument de *Parzival*, ce qui empêche d'accréditer la thèse selon laquelle le philosophe n'aurait pris connaissance de la teneur de l'œuvre qu'à sa création.

Le mode de vie régulier et casanier de Tribschen porte ses fruits : le premier acte du *Crépuscule des dieux* est composé et orchestré en trois mois. Wagner ralentit volontairement la cadence, de peur que Louis II ne s'empare trop vite des partitions pour les déflorer à Munich. D'ailleurs, il n'hésite pas à lui faire savoir que cette pratique le met dans la situation d'un père dont les enfants seraient livrés à la prostitution.

Mi-juillet : double coup de théâtre. Le 19 juillet 1870, la déclaration de guerre de la France à la Prusse est prononcée à la tribune du Palais-Bourbon par le président du Conseil, Émile Ollivier, veuf de Blandine, la sœur de Cosima, morte en couches huit ans auparavant. Motif du conflit : la fameuse dépêche d'Ems, où l'empereur Guillaume aurait marqué trop cavalièrement son hostilité à l'intervention de la France à propos de la succession d'Espagne. Il s'est dit que Bismarck aurait délibérément durci le style du document pour provoquer la France. Autre événement majeur, quoique plus intime : la veille, le tribunal de Berlin avait prononcé le divorce entre Cosima et Hans von Bülow.

Comme l'année précédente, Judith et ses chevaliers servants (auxquels s'est joint Saint-Saëns) rendent les honneurs à Wagner à l'occasion des représentations auxquelles ils assistent à Weimar et à Munich (où la création de *La Walkyrie*, toujours contre le gré de Wagner, remporte un franc succès). Tout le monde essaie d'éviter les sujets de conversation qui fâchent. Seule la musique adoucit les tensions, lorsque Wagner lit à ses amis-ennemis des passages de la *Tétralogie*, tandis que Saint-Saëns l'accompagne au piano.

Il ne se privera pas, le même été, tandis qu'il travaille à sa dissertation sur Beethoven à laquelle Nietzsche adhère en tout point, d'écrire à ses correspondants français pour leur donner des leçons de sagesse politique :

> Tâchez de vous trouver un vrai homme d'État qui sache, avant tout, expliquer à la nation française ce qu'est et ce que veut la nation allemande : car c'est elle, suspectée par ignorance, ou par fatuité, qui frappe maintenant à vos portes, et non pas les « Prussiens », comme on se plaît à nous regarder pour nous dénoncer à une haine pleine de mépris[20].

Il va jusqu'à considérer la destruction pure et simple de Paris comme condition d'une régénération du peuple français. Tout cela tandis que sur les champs de bataille tombent les soldats : 41 000 Allemands, 139 000 Français.

Comme pour apporter leur correctif aux fractures qui opposent les principales nations européennes, Richard et Cosima, maintenant qu'ils y sont autorisés, décident, pour ce qui les concerne, d'unir officiellement leurs destins. Wagner avise le secrétaire de Cabinet du roi de sa régénération personnelle :

> C'est donc également à cette alliance donnant lieu à un bonheur profond que je dois les exaltants soins intellectuels propres à me cicatriser à nouveau toutes les blessures et à me reconduire, avec une force régénérée, vers la destination suprême de ma vie[21].

La cérémonie aurait lieu dans l'intimité au temple protestant de Lucerne, le 25 août 1870.

Une semaine plus tard, la France capitulait après Sedan, et Napoléon III était démis. Wagner ne manqua pas de relever que la naissance de Siegfried avait, comme la sienne en 1813, préludé à la fin d'un empire français. Il ne put pas s'empêcher de composer une sotie de mauvais goût sur la défaite française, *La Capitulation*, sous le nom d'emprunt grossier, mais limpide, d'Aristop Hanes, dont il aurait aimé, projet qui n'aboutirait pas, que Karl Richter la mette en musique dans le style d'Offenbach. Catulle Mendès n'y verra rien d'autre qu'une « pantalonnade vulgaire et stupide[22] ». Wagner remettrait ça dans d'autres registres, en composant un salut poétique *À l'armée allemande à Paris*, un texte à l'agressivité pathétique qu'il offrirait à Bismarck, et une *Marche impériale* en l'honneur de Guillaume Ier proclamé empereur dans la salle des glaces de Versailles, ce même personnage qu'il avait traité dans une lettre à Louis II de « monarque abruti[23] ».

La partie de bras de fer avec le roi se poursuivait. Le 5 février, il mettait la dernière main à *Siegfried*, mais refusait de communiquer le troisième acte à Munich, de peur qu'une fois de plus ait lieu une création intempestive. Le roi laissa entendre que si Wagner s'obstinait, il ferait monter l'œuvre sans son troisième acte. Dans ce cas, menaça Wagner, il brûlerait pur et simplement le manuscrit. La manœuvre fut concluante : le roi renonça à commettre ce que Wagner nommait une « *Sauerei* », un « scandale ». Mais le compositeur savait que, s'il voulait se mettre à l'abri d'autres abus à l'avenir, il devait réaliser son grand projet, et il décida que dans le contexte de l'affirmation de la supériorité allemande, il ne fallait plus tergiverser : son festival personnel devait voir le jour. Il en avait trouvé l'implantation idéale. Ce serait une petite ville de 17 000 habitants lovée dans la douceur du paysage franconien, à l'est de la Bavière : Bayreuth.

« Terminé à Wahnfried : je n'ai rien à ajouter ! ! »

Richard et Cosima faisaient des plans sur la comète Bayreuth avant d'en aviser les premiers intéressés, les édiles locaux. Louis II, par contre, reçut le 1er mars 1871 un exposé complet des intentions de Wagner : ce festival, lui écrivit-il le même jour, serait « une grande entreprise nationale allemande dont la direction ne peut bien entendu que reposer entièrement en mes mains [1] ». Le roi répondit par écrit que son plan était « divin [2] ». Dans le même temps, il aurait glissé à son secrétaire de cabinet Düfflipp qu'il lui déplaisait entièrement.

Le motif de son désagrément ? Que le projet ne serait pas munichois, bien sûr, et qu'il aurait plus de difficultés à s'en mêler. Or, ce que Wagner, après les représentations abusives de *L'Or du Rhin* et de *La Walkyrie* voulait à tout prix éviter, c'était justement cette tutelle. Il n'en laissa rien paraître bien sûr, disant que son choix de Bayreuth reposait sur trois critères : ce n'était pas une ville d'eaux, ce qui éloignait le public des riches oisifs, elle n'était pas trop grande (ce qui écartait Munich), tout en se situant en Bavière (ce qui ne l'éloignait pas tant que ça de son royal ami).

En se rendant à Bayreuth, les Wagner avaient visité le théâtre des Margraves, superbe édifice rococo qui ne faisait pas l'affaire, à commencer par l'étroitesse de son plateau scénique et sa disposition à l'italienne, deux éléments sur le rejet desquels il avait bâti toute son esthétique. Il restait convaincu qu'il fallait construire un Festspielhaus à nouveaux frais, et conforme aux principes qu'il promulguait depuis presque quarante ans, très exactement depuis qu'il avait découvert le théâtre de Riga, disposé en amphithéâtre, avec une fosse d'orchestre en grande partie dissimulée sous la scène.

Avant leur départ de Tribschen pour leur tournée investigatrice, Nietzsche était venu lire aux Wagner des pages du manuscrit de son premier essai, qui s'appelait encore « L'Origine et le but de la tragédie ». Ses auditeurs se montrèrent impressionnés, mais quelque peu déçus par l'absence d'allusion à Wagner. Nietzsche rentra à Bâle revoir sa copie. Il inséra Wagner, à qui l'ouvrage fut explicitement dédié, dans la nouvelle mouture de l'ouvrage au titre modifié : *Naissance de la tragédie de l'esprit de la musique.*

À Bayreuth, où ils étaient descendus à l'hôtel du Soleil le 16 avril, les Wagner cherchent un emplacement pour l'édification du « Théâtre des Fêtes », et se mettent à chiffrer le coût de l'opération, en sachant bien (les réserves de Louis II en donnent le pressentiment) qu'ils ne devront pas trop tabler sur les fonds publics. Ils concluent qu'il faut lever des fonds privés pour rassembler un budget global — frais de construction, équipement technique et dépenses de personnel compris — qu'ils estiment à l'équivalent actuel de quelque 7 500 000 euros. À Berlin, fin avril, Wagner met en place un *Patronatsverein*, un comité de patronage dont les adhérents se partageraient les mille parts prévues. Il confie la présidence de l'organisme à la comtesse Marie von Schleinitz, la jeune épouse du ministre prussien Alexandre von Schleinitz, et la gestion journalière à son ami Karl Tausig, qui malheureusement mourut de typhoïde quelques mois plus tard, obligeant la comtesse à reprendre la gérance de l'ensemble.

Comme Wagner veut avoir le cœur net sur les intentions des autorités à l'endroit de son projet, il sollicite et obtient un entretien avec Bismarck, qui le reçoit dès le 3 mai à son domicile privé. Les deux hommes « se sont contemplés réciproquement[3] », note Cosima dans son *Journal*. Wagner appréciera la cordialité de Bismarck. Le chancelier, lui, confiera plus tard : « J'admets que je ne manque pas d'estime de moi-même, mais jamais je n'ai observé chez un Allemand un développement aussi ample de cette particularité que chez Wagner[4]. » Pour justifier qu'il ne fit pas la moindre proposition de financement, il expliqua qu'il ne voulait à aucun prix vexer le roi de Bavière. En clair : comme Wagner le subodorait, il devait avant tout sensibiliser le mécénat privé, même si, le lendemain de sa rencontre avec Bismarck, il dirige un concert, composé notamment de ses œuvres, en présence de l'empereur et de l'impératrice sans que les annales n'attestent que Bismarck en était aussi l'auditeur.

Ces incertitudes ne l'empêchent pas, le 12 mai, deux jours après la signature du traité de Francfort qui cède l'Alsace-Lorraine à l'Allemagne, de faire une conférence de presse à Leipzig où il annonce solennellement que le premier festival aura lieu en 1873. Afin de mieux se convaincre lui-même qu'il ne construit pas sur le sable, il s'attarde à Darmstadt pour obtenir de Karl Brandt qu'il accepte d'en être le directeur technique.

L'été, il le consacre à la composition et à l'orchestration du deuxième acte du *Crépuscule des dieux* : il est temps que soit écrite cette œuvre dont il a proclamé *urbi et orbi* qu'elle connaîtrait sa création publique deux ans plus tard ! L'annonce n'est d'ailleurs pas passée inaperçue. Des villes comme Baden-Baden, Darmstadt ou Bad Reichenbach font savoir qu'elles seraient heureuses d'accueillir son projet. Après avoir ameuté l'Allemagne entière, dirigeants inclus, Wagner estime enfin l'heure venue de prendre langue avec les autorités municipales de la ville qu'il va s'approprier. Le 1er novembre, il rencontre le président du conseil municipal de Bayreuth et s'aperçoit que sa stratégie d'encerclement a porté ses fruits : il est déjà en terrain conquis. Friedrich Feustel est un banquier ami des arts qui mesure d'emblée la chance qui s'offre à sa ville. Il promet à Wagner une décision rapide quant à la mise à disposition d'un terrain pour y édifier le lieu de spectacle tant convoité. Par ailleurs, des Associations Wagner, destinées à récolter des fonds, se mettent en place un peu partout, jusqu'à New York.

Comme un bonheur ne vient jamais seul, le soir du même 1er novembre, *Lohengrin* est créé à Bologne. C'est la première fois qu'une œuvre de Wagner est jouée en Italie. L'explication est simple : Verdi ne tenait pas à ce que son rival, qu'il admirait beaucoup (n'avait-il pas dit que le deuxième acte de *Tristan* était « la plus sublime création de l'esprit humain[5] » ?), vienne empiéter sur ses terres, parce qu'il ne s'agissait pas de rompre avec la tradition nationale. « Si nous, qui venons de Palestrina, nous mettons à imiter Wagner, nous commettons un crime musical[6] », avait-il décrété.

Le plus wagnérien des chefs d'orchestre italiens (il avait adopté son style au pupitre), Angelo Mariani, directeur du Teatro Communale de Bologne, était trop lié d'amitié avec Verdi pour s'écarter de la ligne du maître. Jusqu'à ce qu'il ait une bonne raison de le faire. Verdi avait eu la fâcheuse idée de séduire la maîtresse de Mariani, Teresa Stolz. En guise de représailles, l'amant éconduit s'empressa d'obtenir les droits de *Lohengrin*. Le spectacle connut un tel succès que Wagner fut proclamé citoyen d'honneur de la ville. Verdi eut néanmoins de quoi se consoler : le 24 décembre aurait lieu la création de son *Aïda* au Caire.

Le 7 novembre, Friedrich Feustel démontre qu'il a battu le fer tant qu'il est chaud : la ville de Bayreuth met un terrain à la disposition de Wagner qui l'inspecte un mois plus tard et le trouve à son goût. Malheureusement (ou heureusement ?), la transaction s'avère difficile, et la ville acquiert un autre terrain, ce dont Friedrich Feustel et le bourgmestre Muncker viennent aviser sans tarder le maître dès le 8 janvier à Tribschen. Dans un premier temps, Wagner ne cache pas sa déception et manque mettre à la porte les deux émissaires. Cosima est obligée de calmer les esprits, et elle fait bien, car le site proposé s'avérera idéal. La situation de la maison du festival est, aujourd'hui encore, du fait du respect sourcilleux qu'a gardé la municipalité de son environnement, admirable : le Festspielhaus se dresse véritablement sur une colline inspirée.

Quelques jours avant cette entrevue décisive, Nietzsche est venu déposer dans les mains des Wagner un exemplaire non encore relié de son premier livre, *La Naissance de la tragédie enfantée par l'esprit de la musique*. Tant Richard que Cosima en sont pleinement satisfaits, d'autant que la dédicace qui fait office de préface est un hommage des plus appuyés. Accompagné de cet aveu :

> À chaque page, vous le verrez, j'ai cherché à vous remercier pour tout ce que vous m'avez donné [...]. Je sens avec orgueil que je suis marqué d'un signe, et que toujours on nommera mon nom avec le vôtre [7].

Il ne sait pas encore combien cette association s'avérera complexe et contradictoire.

Dès cette année 1871, Wagner va devenir plus

que jamais l'imprésario de lui-même. Il est sur tous les fronts. Il encourage les Associations Wagner, animées par la baronne von Schleinitz, dont il attend d'autant plus de soutien financier qu'il ne croit plus trop aux subventions d'État. Lorsqu'il apprend que Bismarck, soutenu en cela par l'empereur, est, chose inespérée, acquis à l'idée d'une intervention, mais veut qu'elle soit soumise au Reichstag, le Parlement, il préfère retirer sa demande. Il sait trop ce que les réticences des politiciens bavarois lui ont coûté. En Bavière, il ne parvient pas à forcer les barrages qui entourent le roi, et il devine que ce dernier n'ose plus l'affronter.

Il est donc tenu de payer de sa personne. Les innombrables concerts qu'il va donner à travers l'Allemagne et au-delà n'ont pour but que d'alimenter les caisses de son projet mirifique. Selon sa bonne habitude, il veille d'abord à son habitat. Il acquiert un terrain à Bayreuth, en bordure du Jardin de la Cour, où il va faire construire ce qui sera son ultime résidence, la Villa Wahnfried. Ici, Louis II apportera sa contribution, mais sur sa cassette personnelle. La construction sera des plus rapides : il lui reste à terminer le troisième acte du *Crépuscule des dieux* et une chambre d'hôtel, au Sonne ou au Fantaisie de Bayreuth, n'assure pas le confort nécessaire à la composition.

Il a évidemment décidé que la pose de la première pierre du Festspielhaus aurait lieu le jour de son anniversaire, le 22 mai. Il quitte définitivement Tribschen le 27 avril, à la grande désolation de Nietzsche, comme on sait (« Ces trois années pendant lesquelles j'y ai fait vingt-trois visites, que ne représentent-elles pas pour moi ! Si elles me manquaient, que serais-je[8] ! »), fait un détour par Vienne pour y donner un concert, invite tardivement Liszt à la cérémonie (acte manqué ?), et, au jour prévu, sous une pluie battante, devant des invités triés sur le volet, la pierre, qui est en réalité une urne scellée contenant un message à la postérité, est posée. Son discours, il le prononce au théâtre des Margraves, fleuron rococo de la ville qu'il avait jugé incompatible avec ses conceptions. « Ici, rien ne pourra plus vous parler sous forme de simples allusions, c'est-à-dire uniquement à titre provisoire ; on vous offrira la perfection compatible avec les ressources artistiques de notre époque[9] », annonce-t-il au public. Nietzsche notera dans son *Richard Wagner à Bayreuth*, quatre ans plus tard : « Il entrait ce jour-là dans sa soixantième année : tout ce qui s'était passé dans sa vie jusqu'alors n'avait servi que de préparation à cet instant-là[10]. »

L'installation à la Villa Wahnfried, au 7 de la Dammallee à Bayreuth, a lieu fin septembre. Elle doit son nom à une réflexion qu'il fait graver au-dessus de la porte monumentale : « Puisqu'ici mes errances [« *Wahn* »] se trouvèrent apaisées/ je baptise cette maison errance et paix [« *Frieden* »]. » Elle répond à toutes les attentes du couple. Les appartements intimes sont spacieux, mais les pièces de réception où doivent se tenir des fêtes et des concerts sont encore plus vastes et richement décorées. Franz Liszt, qui plus tard viendra vivre dans la même rue (les deux demeures deviendront des musées voués à l'un comme l'autre), se rend pour la première fois à Bayreuth. Il n'a pas admis ce qu'il nomme le sacrifice de Hans von Bülow, à qui l'attache une affection toute paternelle : ne l'a-t-il pas davantage éduqué que sa fille, qui fut si souvent confiée à des gouvernantes ? Il n'est pas indifférent non plus au fait que Cosima ait opté pour le protestantisme, alors que lui porte la soutane du chanoine catholique.

Les Wagner continuent à sillonner l'Allemagne et l'Autriche, puisqu'ils veulent recruter pour leur festival la fine fleur des chanteurs. Au cours des seuls mois de novembre et de décembre, ils assistent à des représentations à Würzburg, Francfort, Mannheim (ils y voient un *Vaisseau fantôme* détestable), Darmstadt, Stuttgart, Karlsruhe (*Tannhäuser* y est passable), Wiesbaden, Mayence, Cologne (où ils repèrent Franz Diener, qui sera l'une des têtes d'affiche du premier festival), Bonn, Düsseldorf, Hanovre, Brême (*Les Maîtres chanteurs* lui valent de multiples ovations), Magdebourg (*Lohengrin* y est donné dans sa version intégrale), Dessau enfin, où une production de l'*Orphée* de Gluck est la seule à recueillir ses suffrages. Il rédige un rapport d'ensemble de son périple, dont il tire une conclusion navrée :

Mes mauvais pressentiments ont été surpassés, et j'ai constaté chez nos chefs d'orchestre la même inaptitude à trouver, dans l'exécution, le style exact[11].

Ces déplacements l'épuisent. Au retour de cette vaste tournée, émaillée de réceptions, d'hommages, de dîners, il ressent les premiers symptômes de l'angine de poitrine. Cela ne l'empêche pas de refaire ses valises l'année suivante et d'assister à une nouvelle version de *Rienzi*, à Dresde, la ville où, trente ans auparavant, l'œuvre lui avait valu son premier triomphe. À Schwerin, à l'occasion d'une représentation du *Vaisseau fantôme*, il remarque une autre voix d'exception : Karl Hill, qui sera Alberich dans *L'Or du Rhin*. Tout au long de ses voyages, le couple poursuit la rédaction, lui dictant, elle écrivant, de son autobiographie.

Son anniversaire, en 1873, est plus important que jamais. C'est celui de ses soixante ans. Au théâtre des Margraves, on célèbre la *Künstlerweihe*, le sacre de l'artiste, à l'occasion duquel Cornelius a élaboré un arrangement réunissant des extraits tirés de son œuvre. Autre festivité : la tradition bavaroise veut que l'on procède, lorsque la charpente est achevée, au « *Richtfest* ». Le chantier du Festspielhaus en est arrivé à ce stade le 2 août.

Mais le montage financier ne progresse pas au même rythme. Wagner recule la date du festival d'un an : il n'aura lieu qu'en 1875, annonce-t-il aux Associations Wagner et à tous les « patrons » qui ont souscrit des parts dans le projet.

Il s'en retourne à Munich, dans l'idée d'ébranler Louis II, mais il n'est reçu, le 20 novembre, que par le secrétaire de cabinet von Düfflipp, qui n'est pas enclin à accorder au moins une garantie financière, assuré que son souverain n'a toujours pas admis que Munich ne soit pas le théâtre de la manifestation. Comme pour l'amadouer, le roi accorde trois semaines plus tard à son vieil ami l'ordre de Maximilien en même temps qu'à Brahms. La veille de Noël, le premier acte du *Crépuscule des dieux* est achevé. Il ne sait pas, à ce stade, si la création de *L'Anneau du Nibelung* se réalisera jamais. Il envisage d'adresser un nouvel appel à l'empereur : ce festival ne serait-il pas, en 1876, la plus fastueuse façon de commémorer, cinq ans plus tard, la signature du traité de paix avec la France ? On le dissuade de s'obstiner dans cette idée.

Mais Düfflipp a préjugé de la réaction de Louis II. Lorsque celui-ci comprend qu'il s'agit seulement d'accorder une garantie et que la bonne fin de l'entreprise en dépend, il écrit à Wagner le 25 janvier : « Non, non et encore non ! Cela ne doit pas se terminer ainsi ! Il faut qu'on vous aide ! Nos plans ne peuvent pas échouer. Parsifal ne peut attendre de proclamer sa puissance au monde. » Wagner lui répond aussitôt dans le style ampoulé qui est de mise : « C'est seulement Vous que l'esprit allemand regarde encore avec espoir [12] ! » Il s'agit de l'équivalent de non moins de deux millions et demi d'euros, qui finiront par devoir être doublés, et que le festival remboursera à la Bavière au fil des années.

La machine peut se remettre à tourner. Avec Hans Richter, Wagner reprend ses tournées de recrutement et, dès la fin juin, dans le grand salon de Wahnfried commencent avec les musiciens les premières répétitions. Nietzsche, de passage, a le cran de laisser traîner une brochure du *Chant triomphal* de Brahms. Wagner n'apprécie vraiment pas. « C'est du Haendel, du Mendelssohn, et du Schumann relié en veau[13] ! » s'écrie-t-il. Le disciple a commis un premier impair. D'autres suivront.

Le 21 novembre doit être marqué d'une pierre blanche. C'est le jour où la dernière main est mise au plus vaste édifice musical de tous les temps. Wagner clôt le manuscrit de sa *Tétralogie* par une mention très sobre : « Terminé à Wahnfried ; je n'ai rien à ajouter ! ! R. W. » La postérité s'en chargera, au-delà de toute attente. *L'Anneau du Nibelung* a engendré depuis une telle masse de gloses, analyses, interprétations que seule la Bible peut lui être comparée. Et cette prolifération est toujours en expansion.

En attendant, ce sont les copistes qui s'affairent. Cette « chancellerie de Bayreuth », comme on l'appelle, réunit quelques jeunes gens talentueux, passionnés et bénévoles, parmi lesquels le Macédonien Demetrius Lalas, le Hongrois Anton Seidl (qui deviendrait premier chef au Metropolitan), l'Autrichien Felix Mottl (futur directeur musical à Munich), le juvénile Englebert Humperdinck, qui n'avait que vingt ans et composerait *Hänsel et Gretel.* Et le Russe Joseph Rubinstein, qui avait proposé ses services à Wagner en lui disant « Je suis juif, pour vous, cela dit tout[14] », avait aussitôt été engagé, et se donnerait la mort à la nouvelle de celle de son maître. Wagner tient ces disciples à l'œil. Chaque jour, il vient inspecter leur travail en tenue décontractée : veste brune, pantalon à carreaux, chapeau de paille quand le temps le permet. Mais dès qu'il est rentré chez lui, comme le précise Walter Hansen, il réenfile ses habits de soie, coupés sur mesure à Vienne.

Malgré la fatigue, les douleurs dans la poitrine, les spasmes cardiaques, conscient qu'il est un bailleur de fonds essentiel de son entreprise, Wagner repart en tournée de concerts à Budapest, à Berlin, à Vienne où lui et Cosima logent chez le fidèle docteur Standhartner, à Hanovre et Braunschweig. Partout, on lui paie des cachets généreux (alors que les chanteurs engagés pour le festival se contentent de leurs défraiements, quand, touchés par l'honneur qui leur est fait, ils ne consentent pas à se produire gratuitement). Il accepte même de mettre en scène lui-même *Tannhäuser* et *Lohengrin* à Vienne, et ce en quelques semaines. C'était la seule manière de satisfaire les attentes de Franz von Jauner, le directeur de l'Opéra, qui aurait préféré qu'il montât *La Walkyrie*, ce que Wagner avait radicalement refusé. Il accepte aussi la commande d'une *Marche solennelle pour la célébration du centième anniversaire de la déclaration d'indépendance des États-Unis d'Amérique du Nord*. Elle vient d'une association féminine de Philadelphie, et lui rapporte (en monnaie actuelle) 115 000 euros d'honoraires et 72 000 euros d'avances de l'éditeur Schott.

Il réunit assez d'argent pour permettre que les répétitions débutent le 3 juin 1876, la grande première étant fixée le 13 août. Mais il n'empêche que les finances restent très serrées. Wagner est inquiet et fébrile, facilement irrité. Sur le plateau, il est d'humeur sans cesse changeante. Il injurie les artistes, puis tente de les amadouer en les serrant dans ses bras. Un abcès aux dents ne facilite pas les choses. Son régisseur, Richard Fricke, qui fait office d'assistant metteur en scène, reste, lui, d'humeur égale et accommodante, et réussit à éviter des affrontements. Il se plaint pourtant de ne pas toujours comprendre ce que Wagner désire, tant ses propos sont contradictoires et elliptiques.

Wagner se désola du choix de son costumier, Carl Emil Doepler, que Cosima n'hésitait pas à appeler « le crétin ». Il fut pour beaucoup dans le style facile à parodier des accoutrements de Bayreuth : guerriers vêtus de peaux de bêtes, brandissant des hallebardes, coiffés de casques en fer-blanc surmontés d'aigles aux ailes déployées. Wagner s'en servait pour se déguiser à la fin des répétitions et scander les douze coups de minuit. Mais il ressentait au fond de lui, ce qui teintait de mélancolie ces journées cependant actives et éreintantes, une impression que Cosima sut formuler dans son journal :

> Une compréhension toujours plus profonde de l'imperfection de la représentation. L'exécution de l'œuvre s'écarte autant de l'œuvre que celle-ci est écartée de notre temps [15].

À l'approche de la date fatidique, les hôtes attendus arrivent. Nietzsche, qui vient de faire paraître ses *Considérations inactuelles* dont la quatrième traite de Wagner à Bayreuth (« mais où avez-vous donc acquis cette expérience de moi[16] ? », lui a demandé le maître), est d'humeur sombre, due sans doute aux céphalées qui l'accablent de plus en plus. Il assiste néanmoins à quelques répétitions, mais doit, du fait de ses douleurs, déclarer forfait : « Chacune de ces longues soirées d'art me remplit d'honneur[17] », écrit-il à sa sœur Elisabeth. Il sera de retour pour l'ouverture solennelle. Mais un sentiment le gagne peu à peu, qui l'éloigne inéluctablement de Wagner, et qu'il consignera dans son *Nietzsche contre Wagner* : « J'éprouve au fond de moi pour le théâtre, cet art de masse par excellence, le profond mépris que ressent chaque artiste aujourd'hui[18]. »

Louis II, lui, arrive en civil au milieu de la nuit du 5 au 6 août, et est accueilli par Wagner en habit sombre. Il assiste, jusqu'au 9 août, aux quatre générales puis remonte dans son train spécial qui le ramène à Hohenschwangau, en ayant réussi à échapper à la curiosité de la population, rapidement informée pourtant de sa visite. Il expliquera son comportement dans une lettre à Wagner :

> Devoir accueillir à Bayreuth personnellement ces dignitaires plus ou moins honnis, supporter leur bavardage plutôt que de m'immerger dans votre œuvre divine, je ne pourrai jamais plus m'y résoudre. Vous êtes le véritable artiste béni de Dieu qui porta le feu sacré du ciel à la terre pour la purifier, l'apaiser, la délivrer[19] !

Cette lettre lui parvint le 12 août, veille de la première publique, jour où l'empereur Guillaume vint lui aussi par train spécial, qui, dans ce cas, s'arrêta à la gare sous les vivats de la foule. Il eut cette phrase très simple pour Wagner : « Je ne croyais pas que vous y parviendriez[20] ! »

« Car ma lassitude est sans bornes »

Le 13 août 1876 sonnèrent pour la première fois les trompettes du balcon du Festspielhaus pour rameuter le public. Il y avait du très beau monde, au point que Wagner put écrire dans son « Coup d'œil rétrospectif » :

> Si on avait déjà vu qu'un artiste fût appelé à la cour d'un empereur ou d'un prince, personne n'avait le souvenir que jamais empereur ni prince fussent venus chez lui[1].

Or, cette fois, outre deux empereurs, celui d'Allemagne et du Brésil, on dénombrait les grands-ducs de Saxe-Weimar, que Liszt était allé accueillir à la gare, et de Schwerin, une quantité de princesses, de comtes et de comtesses. Les compositeurs se pressaient eux aussi, Saint-Saëns, Bruckner, Tchaïkovski en tête. Des écrivains, des acteurs, des actrices, des peintres, et beaucoup de journalistes, cela va sans dire. Les amis et les proches, Semper, Mathilde Maier, les Wesendonck, n'auraient pas voulu manquer cela, ce qui rendait l'absence des défunts, de tous ceux qui de près ou de loin avaient contribué à ce fabuleux parcours, plus regrettable encore.

Dès cette première édition, le Festival prit son allure de grande fête touristique. Les restaurants étaient pris d'assaut, les boutiques de souvenirs, proposant cartes postales, médailles ou cravates aux emblèmes de Wagner ou des Nibelungen abondaient. L'industrie culturelle moderne vivait là sa première démonstration, ce que Joseph Rovan analysa en définissant Wagner comme « le premier grand artiste du monde des fauteuils en peluche et des locomotives, de l'éclairage au gaz et des journalistes professionnels[2] ». En fait d'éclairage au gaz, celui dont était équipé l'amphithéâtre n'avait pas pu être réglé à temps : à la fin du prélude de *L'Or du Rhin*, la salle fut plongée dans le noir absolu, alors qu'une lumière tamisée avait été prévue. Est-ce la raison pour laquelle l'empereur, qui avait annoncé qu'il partirait au premier entracte, trébucha au sortir de sa loge, et, s'il n'avait été retenu par Wagner, manqua de tomber en arrière ? Son sauveteur se flatta longtemps de l'idée qu'il avait évité au vieux Guillaume une mort certaine.

L'impression générale que laissa cette première journée fut résumée par le critique Paul Lindau : « Il me semble que les partisans fervents de Wagner ne furent pas aussi satisfaits qu'ils l'avaient espéré, alors que ses détracteurs ne furent pas aussi déçus qu'ils l'avaient craint[3]. » Manière délicate de dire qu'au fond, personne ne fut vraiment content, à commencer par Wagner lui-même. Il ne le dit pas tout de suite. Le soir de la création du *Crépuscule des dieux*, au banquet qui réunit toute l'équipe, après qu'on eut ceint son front d'une couronne de laurier, dont le ridicule ne lui échappait pas mais dont il ne se formalisait nullement, bien au contraire, il rend surtout hommage à Liszt, dont la présence l'avait touché. « Sans lui, vous n'auriez peut-être pas entendu une seule note de moi aujourd'hui [4] », dit-il en allant l'embrasser.

Certes, l'événement a beaucoup fait parler de lui. Même Karl Marx, que la chose laissait parfaitement indifférent, a dû l'admettre. Ce qu'il appelait « cette fête des bouffons bayreuthienne du musicien de la ville Wagner » est sur toutes les lèvres. Il écrit à sa fille Jenny : « Absolument partout, on s'entend maintenant harcelé de la question : "Que pensez-vous de Wagner [5] ?" » Il y avait eu trois cycles successifs, et chaque fois Wagner avait tenté, mais un peu tard, et là où c'était possible, d'apporter les améliorations nécessaires.

Lindau, toujours lui, fournit le témoignage le plus fiable, parce que le moins passionné. L'apparition du dragon, dans *Siegfried* lui inspira la réflexion suivante :

> On ne pense plus à l'œuvre d'art, on se demande si le dragon va s'avancer encore plus, s'il va se redresser, s'il peut remuer la queue non seulement à gauche mais aussi à droite, s'il peut se renverser, comment Siegfried va le toucher, et quel sera le comportement de la bête au moment où elle recevra le coup mortel. Wagner, qui a en général une haute conscience de lui-même, montre ici une modestie tout à fait étonnante [6].

Cela n'empêche ce témoin impavide de voir dans l'ensemble l'œuvre grandiose d'un artiste grandiose.

Le Crépuscule des dieux eut aussi ses ratés, ce dont Wagner convenait, comme le rapporta Fricke. « L'année prochaine, on changera tout[7] », lui avait-il dit, ce qui semble indiquer qu'il croyait encore à une deuxième édition. C'était d'ailleurs le sens de son adresse à la salle, lors du dernier tomber de rideau. « Maintenant que vous avez vu ce dont nous sommes capables, c'est à vous de vouloir[8]. » Une façon d'en appeler à la générosité financière du public. Elle était, en effet, des plus souhaitables. Une manière aussi de souligner le caractère collectif, national, germanique de l'entreprise, ce dont Lindau, encore lui, se permit de douter :

> Bayreuth n'est pas une entreprise nationale ; par son caractère éminemment national, c'est même la négation totale du national ; mais c'est sans doute l'effort individuel le plus extraordinaire que l'on puisse imaginer[9].

Le fait est que c'est du premier festival de Bayreuth que date la rupture entre les wagnériens et les anti-wagnériens. Ceux-ci étaient féroces, mais ceux-là ne l'étaient pas moins, puisqu'ils pouvaient vigoureusement prendre le parti de leur idole. Parmi eux, Alfred Pringsheim, par exemple, dont la fille Katia épouserait bien plus tard Thomas Mann, et qui menaça quelqu'un de lui envoyer sa chope de bière à la figure parce qu'il ne partageait pas ses vues. Il eut droit au surnom de « Schoppenhauer » (frappeur de chope).

La critique journalistique s'en donne à cœur joie. Hanslick, toujours lui, se demande si l'ambition du musicien se limite « à faire de la musique pour une série de machineries féeriques [10] ». Un autre, un certain Schletterer, voyait dans la mélodie sans fin « l'horreur des horreurs pour chaque spectateur ayant une culture musicale [11] ». En dehors de quelques très minoritaires approbations, on peut dire que la presse était dévastatrice.

Wagner, pour sa part, mit peu de temps à reconnaître ses erreurs. Début septembre déjà, il écrivait au directeur du théâtre de Leipzig, qui voulait reprendre la *Tétralogie* chez lui : « Mon œuvre n'est pas encore achevée, ce sont les représentations qui m'ont ouvert les yeux sur ce qui restait d'incomplet [12]. » C'est la première étape d'une prise de conscience qui aboutira à cette sentence confiée à Cosima deux ans plus tard sur le premier festival : « Tout était faux [13] ! »

Nietzsche, le témoin par excellence, avait vu les quatre parties, malgré ses maux de tête qui ne cessaient pas. Et il était, dans l'ensemble, déçu :

> Mon erreur fut de venir à Bayreuth avec un idéal. À cause de cela, j'ai dû vivre une amère déception. Le débordement de choses lâches, déformées, exagérées, me repoussa vivement [14].

D'aucuns ont pu croire que la rupture avec Wagner datait de ce moment. On verra que c'est peu probable. D'autant que Nietzsche, apprenant que les Wagner se rendaient en Italie pour se remettre de leurs émotions, leur signala qu'il prenait la même direction :

> L'automne, après cet été, est pour moi, et pas seulement pour moi seul, plus automne qu'aucun autre. Derrière les grands événements persiste une traînée de la plus noire mélancolie, et l'on ne saurait se sauver assez vite — vers l'Italie, la création, ou les deux [15].

Au début d'octobre, ils étaient réunis à Sorrente. Les Wagner s'installèrent dans les dépendances de l'hôtel Vittoria, en à-pic sur la mer. Nietzsche était l'hôte de Malwida von Meysenburg, qui avait loué la villa Rubinacci où elle accueillit aussi deux amis de Nietzsche, Albert Brenner et Paul Rée qui, tandis que Nietzsche travaillait à *Humain, trop humain*, se consacrait à son *Origine des sentiments moraux*.

Wagner et son jeune ami se promenèrent ensemble sur les falaises de Sorrente le 2 novembre, jour des morts. Comme il n'y a pas de traces de cette conversation, elle a beaucoup fait jaser. D'aucuns font dater leur rupture de ce contact direct, qui fut il est vrai le dernier. Or, depuis que l'on a eu accès au *Journal* de Cosima, plus de quarante ans après sa mort, en 1930, on sait qu'ils passèrent agréablement la soirée ensemble, ce qui est incompatible avec l'hypothèse d'une séparation brutale. Comme d'ailleurs la lettre qu'il adresse à la même Cosima près d'un an plus tard, où il dit que la promesse de « Parcival (*sic*) nous console dans toutes les situations où l'on a besoin d'une consolation [16] ».

En attendant, le déficit du Festival s'élevait à près de 300 000 euros ! Wagner se mit à échafauder toutes les hypothèses. Tout d'abord, vieux fantasme, la reprise du Schauspielhaus par l'Empire, laissant à la ville de Bayreuth le soin d'assurer les festivals annuels. Il n'y croyait pas vraiment : dans une lettre à Louis II, il lui laisse entendre qu'il préférerait que ce soit lui qui assume le tout. Si l'une ou l'autre solution n'est pas trouvée, la banqueroute menace.

On se demande pourquoi Wagner n'est pas plus déprimé. C'est qu'il a la tête ailleurs, et pas seulement dans l'univers de *Parsifal*, pour le nom duquel il a désormais décidé de l'orthographe définitive. Encore qu'il y ait un lien : s'il est si passionné par la genèse de cet ultime opéra, c'est qu'il est stimulé par une muse, qui n'est autre que Judith Gautier. Elle a vingt-six ans, elle est plus belle que jamais, est séparée de Catulle Mendès, et était présente lors de la deuxième série de représentations. Depuis l'arrivée de celle qui, adolescente, l'avait défendu le soir de la bataille de *Tannhäuser* à Paris et qui était venue avec ses jeunes compagnons lui rendre à diverses reprises les honneurs à Tribschen, Wagner ne se tient plus.

La beauté de la fille de Théophile était célèbre à Paris. Remy de Gourmont avait admiré « son visage doré, ses grands yeux noirs, profonds, et son sourire éclatant [17] ». Wagner, son aîné de trente-sept ans, y succomba. À Bayreuth déjà, il se prosternait devant elle, la couvrait de baisers dans les coulisses du théâtre, lui envoyait des messages enflammés. Quand elle retourna à Paris, il la bombarda de courrier et de demandes d'achats dans les boutiques. Il voulait une couverture, en particulier, qu'il appellerait Judith, et sur laquelle il désirait s'allonger. L'annonce de l'installation du téléphone le fait frétiller d'aise : « Attendons le téléphon (*sic*)[18] ! », lui écrit-il en français le 15 novembre 1877, et, le 5 décembre suivant, il demande à son éditeur de lui faire parvenir le livret de *Parsifal*, dont elle sera l'une des premières lectrices, et la remarquable traductrice. Peut-être y a-t-elle perçu que le fascinant personnage de Kundry, femme Janus, à la fois fatale et dévouée, seule créature féminine surgie entièrement de l'imagination de Wagner, lui devait beaucoup.

Wagner, qui a voulu se distraire des soucis de Bayreuth sous le ciel italien, est forcément rattrapé par les questions d'intendance sur la route du retour. Il fait halte à Munich, où il aimerait que le roi soit sensible à sa proposition de céder tout Bayreuth, bâtiments et activités compris, au Théâtre de la Cour. Le roi fait la sourde oreille. Son secrétaire de cabinet, Düfflipp, lui, suit le dossier.

Arrivé à Bayreuth, il écrit le livret de *Parsifal*, dont il commente la genèse par lettres (et non par téléphone) à Judith. Elle le stimule beaucoup : le troisième acte ne lui prend qu'une semaine. Et fin avril, voilà les Wagner partis pour Londres, où on attend le maître pour une série de huit concerts au mois de mai à l'Albert Hall. Dans un premier temps, la proposition britannique était alléchante, car de nature à éponger à elle seule le découvert du Festival. En fin de compte, Wagner n'empochera que la moitié, qu'il reversera d'ailleurs intégralement à la trésorerie. Il est étonnant de voir comment il peut mener de front les opérations très matérielles du redressement de son entreprise menacée de déroute, et l'écriture de son opéra le plus imprégné de spiritualité. Sa vision métaphysique très personnelle lui faisait dire à Cosima qu'« il ne pouvait pas imaginer Dieu, mais seulement le Divin[19] », et écrire dans son « Carnet brun » que « Dieu, ce n'est pas la lumière qui éclaire le monde de l'extérieur, mais c'est la lumière que nous projetons sur le monde depuis notre intérieur, c'est-à-dire la connaissance par la pitié[20] ».

À Londres, il s'acquitte de son obligation sans enthousiasme. Il dirige un orchestre de cent soixante-neuf musiciens, certes, mais très peu disponibles. La reine Victoria, veuve à présent, ne fait pas le déplacement, comme en 1855, mais le reçoit au château de Windsor. Elle le trouve, selon ses souvenirs, vieilli et grossi. Wagner, pour sa part, ne la ménage pas dans ses commentaires : « La vieille rombière, la reine, n'abdique pas et contraint ainsi le prince de Galles à une vie absurde ; jadis, les fils, une fois majeurs, devenaient les tuteurs de leur mère[21]. » Le voyage lui permet cependant de rencontrer deux grands écrivains : la romancière George Eliot et le poète Robert Browning.

Au retour, la nécessité s'impose à nouveau de prendre du repos. Les Wagner font une cure à Bad Ems. Ils habitent la Villa Diana dans cette station thermale très appréciée par l'empereur, à qui le petit Siegfried, l'apercevant sur la Promenade, remet une gerbe de fleurs. Le séjour n'améliore en rien l'état général de Wagner, et ses problèmes gastriques en particulier. Mais deux visites le réjouissent, celles des deux Mathilde de sa vie, la Wesendonck et la Maier. Au retour, des pourparlers s'engagent à Munich avec l'intendant des théâtres. Mais il n'y croit guère : de plus en plus la perspective d'un exil aux États-Unis (en mars, *Le Vaisseau fantôme* a été très bien accueilli à New York) le séduit.

À l'assemblée générale du « Patronat bayreuthien », qui se tient à Bayreuth le 15 septembre, il ne dissimule pas aux sociétaires que la situation est épouvantable. Il leur signale qu'il n'attend plus rien des politiques, mais lance un appel à la fondation d'une École supérieure qui rende des chanteurs, musiciens et chefs « aptes à exécuter avec une exacte compréhension les œuvres d'un style vraiment allemand[22] », et lit à ce même public le livret de *Parsifal*. La composition de l'opéra est aussitôt mise en chantier, tandis que le texte est confié à l'impression, dont Nietzsche obtient un exemplaire au début de 1878. Il écrit aussitôt à un ami qu'il trouve l'œuvre « plus Liszt que Wagner, esprit de la Contre-Réforme, pour moi tout cela est trop limité dans le temps, et par les barrières chrétiennes. Mais les sitations et leur suite ne relèvent-elles pas de la plus haute poésie ? N'est-ce pas un défi suprême lancé à la musique[23] ? » On voit les nuances que comporte ce jugement. Il ne suffit pas, comme on l'a souvent dit, à expliquer la rupture entre les deux hommes.

Gregor-Dellin développe, grâce à des documents qui n'ont été révélés qu'en 1956, qu'un autre motif aurait pu y présider[24]. Nietzsche s'était laissé examiner par un médecin de Francfort spécialiste des troubles de la vue et de ses multiples conséquences. Ce docteur Otto Eisner était par ailleurs, ce qui explique qu'ils se soient rencontrés, le fondateur de l'Association Wagner de sa ville. C'est ainsi que Wagner put, en octobre 1877, prendre des renseignements sur l'état de santé de son ami. Il ne le fit pas lui-même, mais chargea de la démarche Hans von Wolzogen, le rédacteur des *Bayreuther Blätter*, l'organe de liaison de ses admirateurs. Au mépris du secret professionnel, le médecin accéda à la demande et révéla une grave lésion et une inflammation chronique de la rétine. Wagner se mêla au débat, comme il ne s'en privait jamais quelle que soit la discipline, et fit part au médecin d'observations qu'il avait faites auprès d'autres jeunes gens de grande intelligence : « Je les vis périr avec des symptômes semblables et j'appris de manière certaine que la cause était l'onanisme[25]. » Le médecin, très flatté que l'homme qu'il vénérait le plus s'adressât ainsi directement à lui, répondit qu'était « loin de lui l'intention de contester les observations de Wagner, même si l'onanisme, s'il existe réellement dans ce cas, ne peut être considéré comme une cause que dans un sens très large[26] ».

Il semble qu'irrécusablement Nietzsche ait eu connaissance de cette correspondance. Par Hans von Wolzogen, que Wagner ne tenait pas en haute estime ? Par d'autres indiscrétions encore, dont Lou Andreas-Salomé put être porteuse, lorsqu'elle accompagna Nietzsche à Bayreuth lors du second festival de 1882, et y avait tissé des liens avec un représentant du premier cercle, le décorateur Paul von Joukowsky, familier de Wahnfried ? Gregor-Dellin fait état d'une lettre de Nietzsche écrite peu après la mort de Wagner à son ami Franz Overbeck, où il dit : « Wagner était de loin l'homme le plus "complet" que j'aie connu, mais il existe entre nous comme une offense mortelle, et s'il avait vécu longtemps, cela aurait pu devenir terrible[27]. »

Cet épisode place les dernières relations entre Nietzsche et Wagner sous une lumière nouvelle, et relativise le rôle qu'a pu jouer dans leur distanciement la prise de connaissance du texte de *Parsifal*. N'empêche que cet éloignement fut effectif, se traduisit par des allusions plus ou moins évidentes dans les textes, et ce dès la parution de *Humain, trop humain* de 1878, et donna lieu à des regrets confiés par l'un ou l'autre à des proches. Wagner écrit le 19 octobre 1879 à Franz Overbeck, dont il sait qu'il le rapportera à Nietzsche : « Cela me rend très triste de me sentir exclu d'une quelconque participation à la vie et aux soucis de Nietzsche[28]. » Ce dernier dit à Malwida von Weysenburg, dont il se doute aussi qu'elle fera passer le message : « Je pense à lui avec une gratitude persistante, car c'est à lui que je dois quelques-unes des incitations les plus fortes à l'indépendance de l'esprit. Madame Wagner, vous le savez, est la femme la plus sympathique que j'aie rencontrée de ma vie[29]. » De cet attachement, Lou Andreas-Salomé a donné un témoignage émouvant. À l'occasion d'un séjour à Lucerne, Nietzsche l'avait amenée en mai 1882 en pèlerinage à Tribschen, où il avait vécu ses plus belles heures en compagnie des Wagner : il s'assit près de la rive, « plongé dans des souvenirs graves ; puis il parla à voix basse de ce temps passé, en faisant avec sa canne des dessins dans le sable mouillé. Et quand il leva les yeux, il pleurait[30] ».

Les déboires de gestion à Bayreuth s'atténuent, en grande partie grâce aux talents de négociatrice de Cosima. Elle obtient de Munich le paiement de droits pour les opéras qui y ont été représentés en dépit de la désapprobation de Wagner, ainsi qu'un nouveau prêt portant intérêt, en échange de droits de représentation de *Parsifal*. Tout cela se passe dans le contexte de plus en plus répressif mis en place par Bismarck, à la suite des attentats perpétrés contre Guillaume Ier. Il fait édicter le *Sozialistengesetz*, qui veut éradiquer la contestation socialiste, notamment en réduisant la liberté de presse et d'association. Wagner dit à son ami Feustel, le député de Bayreuth, que c'est au mouvement socialiste qu'appartient l'avenir. Imaginait-il combien, associé au nationalisme, il pouvait être perverti ?

Wagner publie en août 1878 dans les *Bayreu-*

ther Blätter son article « Public et popularité » où il considère que rien ne peut être bon « si cela est calculé "*a priori*" pour être présenté en public [31] ». Cette pensée en rejoint une autre, qui le préoccupe dans la même période, celle d'un « théâtre invisible [32] ». Ressort de ces réflexions l'interrogation sur les mises en scène du premier festival dont il mesure qu'elles n'étaient pas adéquates, mais dont il ne voit pas quelle esthétique elles auraient dû adopter. Ses descendants, eux, élucideront la question. En même temps, la composition de *Parsifal*, stimulée d'abord par l'idylle avec Judith Gautier, puis par un sentiment d'urgence dû peut-être à des inquiétudes de santé, progresse assez vite. Et le 25 décembre, jour de l'anniversaire de Cosima, il fait jouer dans la grande salle de Wahnfried le prélude de ce qui sera son dernier opéra.

L'essentiel de ses efforts, durant l'année 1879, porte sur cette composition dont il sait, comme il l'annonce aux Associations Wagner (*Wagnervereine*), que la création ne pourra pas encore avoir lieu l'année suivante (à ce moment, il doute même qu'elle puisse jamais advenir), ainsi que sur l'écriture de quelques essais où il résume l'essence de son expérience, comme *De l'art poétique et de la composition musicale* ou *Sur l'application de la musique au drame*. À la fin de l'année, toute la famille repart pour l'Italie. Le 4 janvier, elle s'installe dans la Villa Angri, à Naples. Il y rumine sa « désespérance à l'égard de l'Allemagne [33] ». Il s'en plaint dans une lettre à Louis II, le 31 mars :

Car ma lassitude est sans bornes. Ces efforts inutiles pour gagner les moyens d'une Fondation permanente, que l'état piteux de la nation allemande est bel et bien inapte à consentir, me rendent à la fin enragé, et je suis résolu, ne fût-ce que pour ne plus rien entendre de tout cela, à mettre radicalement un terme à cette affaire[34]...

Est-il vraiment si désespéré que cela ou s'exprime-t-il de la sorte pour mobiliser une fois de plus son bienfaiteur ? Dans le même temps, il fait savoir au peintre russe Paul von Joukowsky, l'un de ses derniers amis qu'il a rencontré par l'entremise de Henry James, qu'il aimerait qu'il se charge des décors de *Parsifal*. Les lieux qu'il visite l'inspirent d'ailleurs dans ses projets de scénographie : visitant le parc du Palazzo Rufolo de Ravello, il y reconnaît le jardin enchanté de Klingsor au deuxième acte ; à Sienne, la vision du dôme lui permet de visualiser le temple du Saint-Graal qui devra abriter le dernier. Visiblement, ces expériences lui réinsufflent confiance, puisqu'il fait part au roi que, tout bien considéré, il aimerait réserver la création de *Parsifal* à Bayreuth. Louis II y consent et va jusqu'à décréter que le Théâtre de la Cour munichoise mettra son orchestre et ses chœurs à la disposition du festival. Revenu à Munich, Wagner accède à la prière du roi de diriger pour lui seul, le 12 novembre, le prélude de *Parsifal*. Le roi demande une reprise, puis, sans que cela ait été convenu, le presse de lui jouer, à titre de comparaison, l'ouverture de *Lohengrin*. Il refuse de s'exécuter et, furieux, quitte la salle. Ils ne se reverront plus jamais.

La décision est à présent prise : *Parsifal* sera créé à Bayreuth l'été 1882.

« Il n'y a plus rien à attendre de moi »

L'année commence sous le signe de débats sur le racisme. Un climat antisémite s'aggrave à Berlin, qui inquiète particulièrement Angelo Neumann, sur le point de présenter au mois de mai la *Tétralogie* au théâtre Victoria, d'autant que des rumeurs circulent selon lesquelles Wagner en serait l'un des instigateurs. Juif lui-même, il fait part de ses préoccupations à Wagner en lui signifiant que, si cela devait s'avérer, leur entreprise pourrait « courir des risques graves ». Wagner lui répond aussitôt qu'il est étranger à tout cela et qu'il est sur le point de publier dans les *Bayreuther Blätter* un article « qui le prouvera d'une telle façon qu'il sera impossible aux gens intelligents de croire que j'ai des accointances avec ce mouvement-là[1] ».

Or, Wagner vient de rencontrer durant son séjour à Sienne le comte de Gobineau et s'est plongé dans la lecture de son *Essai sur l'inégalité des races humaines*. Les deux hommes vont se fréquenter pendant la période de représentations de *L'Anneau*, qui rencontre d'ailleurs un beaucoup plus franc succès à Berlin qu'à Bayreuth, et déplace la haute société, en particulier la famille impériale au grand complet (Guillaume Ier, qui n'avait pu assister aux premières, consent à entendre *La Walkyrie* dans sa totalité, ce qui, vu ses quatre-vingt-cinq ans, est un exploit).

Martin Gregor-Dellin[2] tient à souligner que Wagner est loin de partager les vues de Gobineau, comme s'il voulait le disculper de cette fréquentation. Au cours de leurs conversations, Wagner aurait insisté sur sa participation aux insurrections de 1848 et sur sa fréquentation de Bakounine, et marqué son désaccord avec son interlocuteur lorsque celui-ci reproche à l'Évangile de prendre la défense des pauvres ; façon de se distancier des idées de Gobineau, qu'il invite cependant à l'accompagner à Berlin pour la dernière représentation du cycle.

Aussitôt après, les préparatifs de *Parsifal* pour l'été 1882 vont bon train. Wagner a choisi le chef d'orchestre. Hermann Levi est fils de rabbin et le premier étonné d'avoir été sélectionné. Il est enchanté de l'esprit dans lequel s'engage leur collaboration et écrit à son père : « J'ai passé ici trois jours superbes. Le maître était de très bonne humeur[3]. » Cette entente ne fait pas le bonheur de tout le monde : une lettre anonyme adressée à Wagner prétend que Levi aurait une liaison avec Cosima et l'exhorte à « garder son œuvre pure et ne pas la laisser diriger par un juif[4] ». Levi, profondément blessé, s'enfuit de Bayreuth et Wagner l'enjoint de revenir sans tarder : « Rebroussez chemin immédiatement et apprenez à nous connaître comme il faut ! Ne perdez rien de votre foi, mais mettez plus de courage à la défendre[5] ! » Levi ne pourra que tirer satisfaction de leur collaboration. Toujours à son père, son premier confident, il sera amené à écrire :

> C'est le meilleur et le plus noble des hommes. Que ses contemporains se méprennent sur lui et le calomnient, c'est naturel ; le monde a coutume de noircir ce qui resplendit. Mais la postérité reconnaîtra un jour que Wagner était aussi grand comme homme que comme artiste, ainsi que le savent ses proches déjà maintenant[6].

Et il ajoute même :

> Il n'y a pas jusqu'à sa lutte contre ce qu'il appelle le « judaïsme » dans la musique et la littérature moderne qui ne provienne des motifs les plus nobles[7].

Autre collaborateur essentiel, le régisseur général Karl Brandt passe six semaines, l'été 1881, à étudier le dispositif scénique et l'équipement technique nécessaires pour *Parsifal*. Il ne pourra pas achever sa tâche cependant, puisqu'il meurt à Darmstadt la même année. Son fils Fritz lui succédera comme directeur technique de Bayreuth.

L'opéra n'est toujours pas terminé. Les Wagner reprennent la route de l'Italie et c'est à Palerme, à l'hôtel des Palmes, que Wagner s'attelle au troisième acte, tout en se plaignant de douleurs abdominales et toujours de spasmes cardiaques. Son travail en est ralenti, de sorte qu'il ne peut présenter à Cosima le 25 décembre 1882, jour de son anniversaire, la partition qu'il ne terminera qu'à la mi-janvier. Le 27, Auguste Renoir, qui séjourne lui aussi à Palerme, fait de lui un portrait pour lequel son modèle n'a pas vraiment posé, trente-cinq minutes tout au plus. Cosima note dans son *Journal* le commentaire étrange que Richard lui fait de ce portrait qui ne l'est pas moins : « De ce résultat très singulier, R. pense qu'on dirait un embryon d'ange, gobé par un épicurien, comme une huître[8]. »

Le couple n'est de retour à Bayreuth que le 1er mai après un séjour d'une quinzaine de jours à Venise, au cours duquel ils avaient visité l'étage central du Palazzo Vendramin-Calergi, qu'ils envisageaient de louer l'automne suivant, lorsque toute l'agitation autour de *Parsifal* serait retombée. Revenu à Bayreuth, Wagner y eut droit pour la dernière fois à la célébration de son anniversaire. Sa belle-fille Blandine, qui venait de se fiancer, lui récita un poème empli de tendresse pour son beau-père. Humperdinck fit interpréter par de jeunes garçons des extraits du premier acte de *Parsifal.* Le soir, on chanta des chansons bavaroises qui réjouirent Wagner, et que Gobineau, revenu à Bayreuth, jugea puériles.

Le 2 juillet, les répétitions commencent sous la direction de Levi. Louis II fait savoir qu'il n'assistera pas à la première. Wagner lui exprime sa désolation par une lettre dont la fin souligne sa conscience de n'en avoir plus pour longtemps :

La lassitude extrême qui aujourd'hui même me laisse à peine le temps de vous écrire ces quelques lignes ne me permet plus de doute sur mon état. À partir de maintenant, il n'y a plus rien à attendre de moi [9].

Liszt, lui, arrive le 15 juillet. Bruckner aussi, qui assiste aux répétitions avec un jeune homme qui était le fils d'un corniste de l'orchestre munichois : Richard Strauss. Judith Gautier aussi a fait le voyage.

Vint la première. Elle se déroula sans incidents majeurs. Au premier entracte, Wagner demanda que l'on n'applaudisse pas entre les actes pour ne pas casser l'émotion. Le public prit sa recommandation trop au sérieux et n'applaudit pas non plus à la fin. Il eut un sursaut de colère : « Maintenant je ne sais même pas si cela a plu ou non au public [10] ! » Il sentit qu'il devait à nouveau s'adresser à lui et cette fois, les applaudissements se déchaînèrent. Dans la salle, il y avait Lou Andreas-Salomé, ainsi que Gustav Mahler, qui laissa son témoignage :

> En sortant, incapable de prononcer une parole, je savais qu'en moi s'était éclos ce qu'il y a de plus grand et de plus douloureux qui soit, et que j'irais désormais le porter en moi sans profanation à travers ma vie [11].

Lou Andreas-Salomé, durant son séjour, se prit de sympathie pour Joukowsky, le décorateur, ce que la sœur de Nietzsche, Elisabeth, ne manqua pas de rapporter à celui-ci. Nietzsche se contenta de quelques commentaires sur l'événement auquel il n'avait pas voulu assister : « Le vieux magicien remporte un nouveau triomphe considérable, avec des sanglots de vieillard, et ainsi de suite[12]. » Le magicien se sentait vieux en effet, très vieux même. Le 1er août, trois jours après la première, un chanteur le surprit dans un petit refuge, derrière la scène, en proie à une violente attaque. Quand il revint à lui, il dit qu'une fois encore il s'en était sorti et que son malaise devait demeurer secret. Deux jours plus tard, il manifesta sa joie de batifoler, au cours d'une réception à Wahnfried, avec les filles-fleurs du jardin de Kingsor, la grande fantasmagorie érotique du deuxième acte de son ultime opéra.

L'absence du roi tout au long des représentations affecta beaucoup Wagner, qui lui dit son regret dans un poème qui commençait par ces vers : « *Verschmähest Du des Grales Labe, Sie war mein alles dir zu Gabe* » (« Le baume du Graal tu dédaignas, je ne le destinais qu'à toi[13] »). Hans von Bülow n'avait pas fait le voyage non plus : il s'était remarié le 29 juillet et n'avait même pas voulu prendre part aux noces de sa fille Blandine avec le comte Biago Gravina qui avaient eu lieu à Bayreuth le 25 août. On avait veillé à ce que le feu d'artifice ne fasse entendre ses pétarades que pendant les entractes de *Parsifal*.

À la toute dernière représentation, le 29 août, Wagner descendit dans la fosse pendant un changement de tableau, prit la baguette des mains de Levi et dirigea son œuvre jusqu'à la fin. Il n'alla pas saluer pour autant, mais resta auprès des musiciens, plaisantant avec eux tandis que les ovations déferlaient. Il fallut que Levi réclamât le silence pour que, du pupitre, le maître remerciât toute la troupe. Il fixa rendez-vous à tout le monde, techniciens compris, à l'année suivante.

Le 16 septembre 1882, il arriva avec sa famille à Venise. Des pluies torrentielles avaient provoqué l'écroulement d'un pont sur l'Adige, à Vérone, juste après leur passage. Ils s'installèrent bientôt à l'entresol du Palazzo Vendramin-Calergi, dans la courbe nord du Grand Canal. L'appartement ne comptait pas moins de quinze pièces. Luigi, un gondolier, se tenait tout le temps à la disposition de Wagner et le conduisait fréquemment jusqu'à Saint-Marc. Il y méditait, ignoré par la foule. Il lui arrivait de se donner encore dix ans à vivre. Mais à l'une de ses filles qui lui demandait de la monnaie, il dit : « Tu auras bientôt autre chose de moi, chère enfant [14]. »

Le bilan du Festival était, pour la première fois, positif : les bénéfices approchaient des 150 000 marks. Mais comme les forces lui manquaient, Wagner était convaincu que personne ne serait en mesure de le relayer. Ni un successeur ni, surtout, un comité. Seul Siegfried lui semblait capable de reprendre un jour les commandes, mais pour cela, écrivit-il à Louis II :

> Il me faut encore dix années de santé ; pendant ce temps, mon fils mûrira et atteindra l'âge de sa complète majorité. Il est le seul que je crois capable du maintien spirituel et éthique de mon œuvre [15].

Les visites se suivent dans le Palazzo Vendramin-Calergi. La plupart des hôtes se doutent que ce sera la dernière. Wagner s'efforce de paraître enjoué, même s'il ne dissimule pas les maux qui l'accablent. Il souffre toute la journée, dit-il, et ne se remet de ses crampes que le soir : « Alors, cette famille sans cœur qui est la mienne arrive : quelle joie de constater la bonne santé dont notre père jouit ici[16] », plaisante-t-il. Il se consacre dès octobre à une réflexion sur le Festival écoulé et y consigne des recommandations de mise en scène qui sont les plus profondes qu'il ait émises, insistant surtout sur la simplicité du décor, des costumes et des gestes. Liszt vint le voir fin novembre, mais leur conversation n'aboutit pas, tant ils s'interrompaient à tout moment. Ils n'arrivaient même pas au bout des parties de whist qui réjouissaient Wagner, mais agaçaient son beau-père. Cette mésentente fut à l'origine d'une brève dispute avec Cosima, qui avait défendu son père, la seule en tout cas que celle-ci consigna dans son *Journal*. Les deux hommes parvinrent à se réconcilier assez vite, dans le rêve de la composition commune de symphonies en un seul mouvement.

Wagner se pencha sur une œuvre de jeunesse, sa *Symphonie en* ut *majeur*, qu'il voulait diriger le jour de Noël au théâtre de la Fenice en l'honneur de sa femme qui allait fêter ses quarante-cinq ans. Cosima en fut bouleversée et lui dit « celui qui a fait cela ne connaît pas la peur[17] ». La veille du nouvel an fut égayée par une pièce de Goldoni, *Barouf à Chioggia*, à laquelle il s'amusa beaucoup.

Au cours des premiers jours de sa dernière année lui parvint la nouvelle de l'invention du phonographe. Il en fut à la fois indigné, parce qu'elle annonçait une mécanisation de l'art, mais aussi attristé, parce qu'il aurait été heureux d'écouter de la musique sans devoir la jouer lui-même ni réunir des musiciens. Dans une lettre à Louis II où il marquait son refus d'une représentation de *Parsifal* à Munich, il définit son opéra comme « une œuvre d'adieu au monde et à la vie [18] », ce qu'il n'avait jamais confié jusque-là.

Vint le carnaval. Le 6 février, soir du Mardi gras, ils étaient sur la place Saint-Marc, que trois cents lampadaires au gaz éclairaient. Ils virent passer le cortège du prince Carnaval. Quand ils rentrèrent, vers une heure du matin, on était déjà le mercredi des Cendres. Ses dernières lectures furent consacrées à l'essai d'August Bebel *La Femme et le Socialisme*, dont les idées rejoignaient ses propres préoccupations, qui lui avaient fait souhaiter, dans son « Carnet brun », la suppression de la division de l'unité du masculin et du féminin. Il entama un essai avec pour titre provisoire « De la femme dans l'humanité », où il s'attaquait aux mariages de convention qu'il jugeait à la base de la décadence de l'humanité, parce que les notions de propriété avaient profané le mariage. Or, la seule valeur susceptible d'ennoblir l'homme à son sens était l'amour.

L'amour, ou ce qui en tient lieu, a pu accélérer sa mort. Il avait invité à Venise Carrie Pringle, l'une des filles-fleurs qu'il avait remarquées dans le deuxième acte de *Parsifal.* Cosima le sermonna à ce propos et ils en vinrent aux mots. Plus tard, le médecin de famille, le docteur Keppler, laissera entendre, dans son rapport sur son décès, qu'une excitation psychologique avait pu brusquer sa fin. Des témoins — un domestique ? un enfant ? — avaient dû lui dire que le ton avait monté entre les époux.

Le matin du mardi 13 février, Wagner demeura retiré dans sa chambre et travaillait à son essai. Dans le salon, en présence de son fils Siegfried, Cosima, chose exceptionnelle, s'était mise au piano et, tout en pleurant elle-même, jouait *L'Éloge des larmes* de Schubert.

À midi, Wagner laissa entendre que l'on pouvait passer à table sans lui. Alors que les autres déjeunaient, Wagner sonna la femme de chambre, pour qu'elle appelle son épouse et le docteur. Cosima se précipita et le trouva effondré, incapable d'articuler un mot. On l'allongea sur un sofa, Cosima étreignit ses jambes. Le médecin, à son arrivée, constata qu'il avait rendu l'âme.

Cosima ne put se résoudre à se séparer de Richard. Elle resta prostrée durant vingt-cinq heures près de sa dépouille. Sur l'insistance du médecin, on embauma le corps, puis on le déposa dans un sarcophage dépêché de Vienne, dont la particularité était qu'il était translucide à la hauteur du visage. Le sculpteur Benvenuti Augusta avait été autorisé à en mouler le masque mortuaire.

Le transport jusqu'à la gare, où deux wagons spéciaux attendaient le défunt et sa suite, fut assuré par des gondoles couleur de deuil. Le train arriva à Bayreuth le 17 février à midi. Le lendemain, dans l'après-midi, on était dimanche, un cortège accompagna, au son de la musique funèbre de *Siegfried*, le corbillard jusqu'à la Villa Wahnfried, dans le jardin de laquelle un caveau avait été aménagé. Cosima y rejoindrait son époux quarante-huit ans plus tard.

ANNEXES

REPÈRES CHRONOLOGIQUES

1813. *22 mai* : naissance de Richard Wagner à Leipzig.
23 novembre : mort de son père Carl Friedrich.

1814. *28 août* : sa mère Johanna Rosine épouse Ludwig Geyer et la famille s'installe à Dresde.

1821. *30 septembre* : mort de Ludwig Geyer.

1828. Wagner est inscrit au Nikolai Gymnasium de Leipzig et entame des études de composition.

1830. *24 décembre* : sa première œuvre musicale est présentée au théâtre de Leipzig.

1833. Il est nommé chef des chœurs, puis chef d'orchestre à Würzburg. Il rencontre Minna Planer qu'il épousera à Königsberg le 24 novembre 1836.

1836. *29 mars* : création de *Liebesverbot* (*La Défense d'aimer*).

1837. Wagner devient chef d'orchestre au théâtre de Riga.

1839. Il perd son poste en mars.
9 juin : il entame une traversée tumultueuse, qui le mènera à Paris le 17 septembre. Années très éprouvantes au cours desquelles il se verra notamment refuser *Le Vaisseau fantôme* à l'Opéra.

1842. Les Wagner s'installent à Dresde où *Rienzi* est créé triomphalement le 20 octobre.

1843. *2 janvier* : Création du *Fliegende Holländer* (*Le Vaisseau fantôme*). Un mois plus tard, il est nommé directeur musical du Théâtre royal à vie.

1845. Création de *Tannhäuser* le 19 octobre.

1849. Il participe aux insurrections de Dresde. Après l'échec de la révolution, il s'exile pour échapper à l'incarcération. Il sera interdit de séjour en Allemagne, et plus particulièrement en Saxe, durant douze ans. Il trouve asile à Zurich.

1850. Au cours d'un séjour en France, il vit une romance avec Jessie Laussot.

28 août : Franz Lizst fait créer *Lohengrin* à Bayreuth.

1852. L'écriture du « poème » (« Dichtung ») de la *Tétralogie* de *L'Anneau du Nibelung* est achevée.

1853. Il entame la composition de *L'Or du Rhin*.

1855. *Mars à juillet* : il est chef d'orchestre invité à la Philharmonic Society de Londres.

1857. Les Wagner s'installent à L'Asile que leur louent, non loin de leur villa de Zurich, les époux Wesendonck.

1er octobre : Wagner entame la composition de *Tristan et Isolde*.

1858. Otto Wesendonck s'inquiétant de ses relations avec sa femme Mathilde, Wagner se rend durant quelques semaines seul à Paris.

17 août : il part pour Venise. En septembre, Minna retourne en Allemagne.

1859. Revenu à Zurich, Wagner termine la partition de *Tristan*. À Paris, il suit les préparations de la création française de *Tannhäuser*.

1860. Une amnistie partielle lui permet de retourner en Allemagne.

1861. *Tannhäuser* subit un échec retentissant à Paris, mais lui vaut une notoriété internationale.

1862. *En février* Wagner s'installe à Biebrich, rejoint par Minna qui le quitte trois semaines plus tard.

1863. Wagner fait une tournée de concerts qui le mène notamment à Vienne, où il aménage une somptueuse résidence. À Berlin, Cosima, fille de Lizst et épouse de son disciple Hans von Bülow, échange avec Wagner le serment d'un amour mutuel.

1864. Talonné par les créanciers, menacé une fois encore d'emprisonnement, Wagner se réfugie en Suisse, puis non loin de Stuttgart. C'est là que l'envoyé de Louis II de Bavière le trouve.

4 mai : il est reçu par le souverain récemment couronné qui le soulage de toutes ses dettes et l'invite à Munich.

15 octobre : il aménage à la Biennerstrasse. Cosima élit domicile non loin de là.

1865. *10 avril* : Cosima accouche d'Isolde, leur première fille. Le même jour, Hans von Bülow commence en tant que chef d'orchestre les répétitions de *Tristan*.

10 juin : première de *Tristan* à Munich.

10 décembre : Wagner est forcé de quitter la Bavière, le gouvernement étant opposé aux largesses que le roi lui a prodiguées.

1866. *25 janvier* : mort de Minna Wagner. Wagner s'installe à la Villa Tribschen près de Lucerne. C'est là que Nietzsche lui rendra vingt-deux fois visite.

1867. Naissance d'Eva, deuxième fille de Wagner et de Cosima.

1868. *21 juin* : première représentation des *Maîtres chanteurs de Nuremberg*.

8 novembre : rencontre avec Nietzsche.

1869. *6 juin* : naissance de Siegfried.

1870. *Juillet* : le divorce du couple von Bülow est prononcé.

25 août : mariage de Wagner et de Cosima.

1872. Mise en place du conseil d'administration du Festival de Bayreuth.

1874. La famille Wagner emménage dans la Villa Wahnfried.

1876. *13-17 août* : première représentation de la *Tétralogie* de *L'Anneau du Nibelung*.

1882. *26 juillet* : première représentation de *Parsifal*.

1883. *13 février* : Wagner meurt d'un malaise cardiaque à Venise.

18 février : il est inhumé dans le jardin de la Villa Wahnfried à Bayreuth.

RÉFÉRENCES BIBLIOGRAPHIQUES

La bibliographie wagnérienne est l'une des plus abondantes, voire pléthoriques qui soient. Elle a pu être comparée à celles de Jésus-Christ et de Napoléon, c'est dire qu'elle est incommensurable. Au moment où ce texte était soumis à l'éditeur, elle a au surplus été enrichie d'un fleuron de première grandeur : le monumental (2 500 pages !) *Dictionnaire encyclopédique Wagner* publié sous la direction de Thimotée Picard et paru chez Actes Sud en association avec la Cité de la Musique en mars 2010. Le présent ouvrage est le dernier à ne pas avoir pu bénéficier de cette gigantesque masse d'érudition. La seule consolation de l'auteur est que le « Picard », comme cette somme sera appelée désormais, n'attache pas à l'aspect biographique une importance primordiale, au profit de l'analyse de l'œuvre, du contexte culturel et intellectuel où elle a vu le jour, des divers aspects de son impact immense à travers les époques et jusqu'à aujourd'hui.

On trouvera dans cette référence désormais incontournable une centaine de pages de bibliographie, répertoriant quelque 2 000 entrées. Il n'est évidemment pas possible, et au demeurant inutile, de vouloir rivaliser avec une telle entreprise qui a réuni les compétences de trente-cinq spécialistes pour la plupart issus de l'université française. Une ère nouvelle des études wagnériennes a été inaugurée avec cette prouesse scientifique et éditoriale.

L'existence de ce trésor de savoir inestimable autorise à proposer plutôt un inventaire commenté des publications en français et en allemand qui ont le plus influé sur la rédaction de ce modeste récit biographique. Il comporte des livres qui ne font pas l'objet de citations dans le texte, mais qui ont nourri sa conception et son écriture.

En tant que biographie, on ne peut que citer en premier lieu le *Richard Wagner* de Martin Gregor-Dellin (Fayard, coll. « Les indispensables de la musique », 1981) dont André Tubeuf a pu dire qu'il rendait « des kilomètres de rayonnages wagnériens inutiles », expression qui s'applique d'ailleurs désormais tout autant au « Picard ». Proche de l'exhaustivité, fruit du savoir du responsable de l'édition des écrits autobiographiques de Wagner et du *Journal* de Cosima, le livre de Gregor-Dellin est, en effet, submergeant d'informations. Il peut être valablement complété cependant par l'approche plus journalistique et savoureuse de Walter Hansen dont le *Richard Wagner*, paru en 2006 au Deutscher Taschenbuch Verlag, mériterait d'être traduit. Par ailleurs, des publications plus anciennes gardent leurs mérites, comme le *Wagner, Histoire d'un artiste* de Guy de Pourtalès (Gallimard 1932) qui bénéficie manifestement d'informations de première main transmises par tradition familiale, ou le *Tel fut Wagner* de Zdenko von Kraft (Buchet, Chastel-Albin Michel, 1964) qui évoque certains épisodes de la vie de Wagner avec beaucoup d'empathie.

Dans l'entourage de Wagner, quelques figures ont fait l'objet de biographies séparées. On doit à Eva Rieger *Minna und Richard Wagner. Stationen einer Liebe* (Patmos Verlag, 2003) et à Oliver Hilmes une vie de Cosima Wagner (*Herrin des Hügels*, Siedler Verlag, 2007), portraits des deux épouses du maître, réhabilitant la première et accablant la seconde certes, mais nourris dans les deux cas de précieuses recherches.

L'accès aux écrits de Wagner (en langue allemande) est fort facilité par l'édition digitale de *Richard Wagner. Werke, Schriften und Briefe* établie par Sven Friedrich (Digitale Bibliothek, 2007). Elle comprime en quelques grammes tous les livrets, y compris les inachevés, tous les essais, la correspondance, ainsi que le *Journal* de Cosima et les biographies de Glazenapp et de Gregor-Dellin. Bref, une bibliothèque entière qui se glisse dans la poche.

On ne dira jamais assez les mérites du *Guide des opéras de Wagner. Livrets-analyse, discographies* publié sous la direction de Michel Pazdro avec quelque quinze collaborateurs (dont Michel Debrocq et Fernand Leclercq) et six remarquables traducteurs (Fayard, coll. « Les indispensables de la musique », 1988), surtout appréciable par ses commentaires des grands opéras. On regrettera seulement que les œuvres de jeunesse soient négligées. Dans la même collection, le *Voyage au cœur du Ring* dirigé par Bruno Lussato n'est pas dépourvu de scories, mais d'une lecture passionnante.

Pour ce qui est des essais, le choix ne peut être qu'arbitraire, puisqu'il est exclu, à moins d'y consacrer une (longue) vie, de les lire tous. Côté allemand, les écrits divers que Thomas Mann a consacrés à Wagner ont été réunis et commentés par Hans Rudolf Vaget (*Im Schatten Wagners*, Fischer Taschenbuch Verlag, 2005), et sont admirablement analysés, ainsi que l'impact de Wagner sur l'œuvre de Mann, par Stephane Pesnel dans le « Picard » (p. 1 214 à 1 249). L'*Essai sur Wagner* de Theodor Adorno (Gallimard, coll. « Les essais », 1966), est incontournable, comme on dit, mais il est permis de lui préférer le *Richard Wagner. Ein denkwürdiges Leben* de Ludwig Marcuse (Diogenes, 1963), moins prétentieux, plus incisif et surtout plus drôle. La petite collection Reclam, pratique, compacte et bon marché a publié, sous la direction de Nike Wagner, arrière-petite-fille du maître et candidate malheureuse à la direction du Festival de Bayreuth, un recueil de commentaires des plus divers (*Über Wagner*, Philipp Reclam, 1995) très judicieux et utile. Le choix des lettres (*Briefe*) de Wagner dans la même collection populaire est tout aussi excellent.

Côté français, l'abondance règne aussi. Il est raisonnable d'épingler cependant le trop oublié *Richard Wagner poète et penseur* de Henri Lichtenberger (Alcan, 1898), qui frappe aujourd'hui encore par la justesse de ses vues, le très sensible *Wagner* de Marcel Schneider (Seuil, coll. « Solfèges », 1977), et le pénétrant *Wagner l'enchanteur* de Jean Matter (La Bâconnière, coll. « Langages », 1968). Avec une mention spéciale pour *Wagner et le wagnérisme* de Marcel Beaufils (Aubier, coll. « Musique », 1982) : écrite durant la guerre, cette étude d'une évidente modernité anticipait, dans un contexte des plus délicats, une approche intellectuellement sereine de l'œuvre. Beaufils apporte aussi son concours à un livre d'ensemble (*Richard Wagner*, Hachette, coll. « Génies et Réalités », 1962) qui contient quelques contributions de grande qualité signées Marcel Brion, Jean Mistler, René Dumesnil, Bernard Gavoty, Antoine Goléa, Jean-René Huguenin, Walter Panofski et Joseph Rovan.

Pour le lecteur pressé, de petits livres denses et informatifs permettent d'accéder rapidement à quelques rudiments du wagnérisme : le *Richard Wagner* de Martin Geck (Rowohlt Taschenbuch Verlag, 2004), le *Wagner für die Westentasche* de Holger Noltze (Piper Verlag, 2008) ou le *Wagner für Eilige* de Rolf Schneider (Aufbau Taschenbuch Verlag, 2002). On ne saurait assez se féliciter qu'ait été traduit en français le *Wagner au jour le jour* de Martin Gregor-Dellin, encore lui (Gallimard, coll. « Idées », 1976).

DISCOGRAPHIE

par Bernard Postiau

La crise du disque n'a pas épargné la production d'enregistrements d'opéras et en particulier celle des œuvres de Richard Wagner qui demandent des moyens particulièrement importants. C'est pourquoi les versions modernes en sont rares.

Dans les propositions qui suivent, nous avons essayé de privilégier, en tant que premier choix, une interprétation qui offrait le meilleur équilibre entre qualité artistique et auditive ; ce sont pour l'essentiel les « incontournables » de l'art wagnérien. Pour *L'Anneau du Nibelung*, deux versions se distinguent au sommet de la discographie sans qu'il soit possible de les départager : nous les avons choisies l'une et l'autre.

Pour autant que cela se soit avéré possible, deux choix sont suggérés, l'un historique pour témoigner des légendaires grandes voix wagnériennes, l'autre moderne pour un meilleur confort sonore, ainsi que deux versions en DVD.

La disponibilité a également été un critère important de sélection.

Dans chaque cas, le chef est cité en premier, suivi par le nom du metteur en scène dans le cas d'un DVD, puis par les noms des chanteurs principaux, le chœur, l'orchestre, l'année d'enregistrement et l'éditeur. Nous avons renoncé à indiquer le numéro de référence, celui-ci étant sujet à de fréquentes modifications, dans le temps et selon les pays.

Nous ne saurions trop conseiller au mélomane d'approfondir l'écoute d'une œuvre en confrontant au moins deux interprétations, afin de découvrir la partition selon des approches différentes et relativiser ainsi la vision, par essence très personnelle, d'un seul chef.

Die Feen, Wolfgang Sawallisch (dir.), Kurt Moll, Linda Esther-Gray, John Alexander, June Anderson, chœur et orchestre de la Radio bavaroise, Orfeo (CD), 1983.

Das Liebesverbot, Wolfgang Sawallisch (dir.), Hermann Prey, Friedrich Lenz, Kieth Engen, Pamela Coburn, chœur et orchestre de la Radio bavaroise, Orfeo (CD), 1983.

Rienzi, Wolfgang Sawallisch (dir.), René Kollo, Cheryl Studer, Jan-Hendrik Rootering, Bodo Brinkmann, chœur et orchestre de la Bayerische Rundfunk, Orfeo (CD), 1983.

—, Heinrich Hollreiser (dir.), René Kollo, Siv Wennberg, Nikolaus Hillebrand, chœur du Staatsoper de Dresde, Staatskapelle de Dresde, Emi (CD), 1976.

Der fliegende Holländer, Otto Klemperer (dir.), Theo Adam, Anja Silja, Martti Talvela, Ernest Kozub, Gerhard Unger, Annelies Burmeister, BBC Chorus, New Philharmonia Orchestra, Emi (CD), 1968.

—, Hans Knappertsbusch (dir.), George London, Arnod Van Mill, Astrid Varnay, chœur et orchestre du Festival de Bayreuth, Golden Melodram (CD), 1956.

—, Herbert von Karajan (dir.), José Van Dam, Dunja Vejzovic, Kurt Moll, Peter Hofmann, chœur de l'Opéra de Berlin, Orchestre philharmonique de Berlin, Emi (CD), 1981-1983.

—, Wolfgang Sawallisch (dir.), Vaclav Kaslik (mise en scène), Donald McIntyre, Catarina Lidgenza, Bengt Rundgren, Hermann Winkler, chœur et orchestre d'État de Bavière, Deutsche Grammophon (DVD), 1974.

—, Woldemar Nelsson (dir.), Harry Kupfer (mise en scène), Simon Estes, Matti Salminen, Lisbeth Balslev, Graham Clark, chœur et orchestre du Festival de Bayreuth, Deutsche Grammophon (DVD), 1985.

Tannhäuser, Georg Solti (dir.), Wolfgang Windgassen, Hans Hotter, Gerhardt Stolze, Gustav Neidlinger, Marga Höffgen, orchestre philharmonique de Vienne, Decca (CD), 1963.

—, Karl Elmendorff (dir.), Siegmund Pilinsky, Maria Müller, Herbert Janssen, chœur et orchestre du Festival de Bayreuth, Naxos (CD), 1930.

—, Giuseppe Sinopoli (dir.), Placido Domingo, Cheryl Studer, Agnes Baltsa, chœur du Covent Garden, orchestre Philharmonia, Deutsche Grammophon (CD), 1988.

—, Colin Davis (dir.), Götz Friedrich (mise en scène), Spas Wenkoff, Bernd Weikl, Franz Mazura, Robert Schunk, Gwyneth Jones, chœur et orchestre du Festival de Bayreuth, Deutsche Grammophon (DVD), 1978.

—, Franz Welser-Möst (dir.), Jens-Daniel Herzog (mise en scène), Peter Seiffert, Roman Trękel, Jonas Kaufmann, Alfred Muff, Solveig Kringelborn, Isabelle Kabatu, chœur et orchestre de l'Opéra de Zurich, Emi (DVD), 2003.

Lohengrin, Rudolf Kempe (dir.), Jess Thomas, Elisabeth Grümmer, Christa Ludwig, Elisabeth Grümmer, Dietrich Fischer-Dieskau, chœur de l'Opéra de Vienne, orchestre philharmonique de Vienne, Emi (CD), 1962-1964.

—, André Cluytens (dir.), Leonie Rysanek, Astrid Varnay, Sandor Konya, Ernest Blanc, chœur et orchestre du Festival de Bayreuth, Walhall (CD), 1958.

—, Claudio Abbado (dir.), Siegfried Jerusalem, Cheryl Studer, Waltraud Meier, Kurt Moll, chœur de l'Opéra de Vienne, orchestre philharmonique de Vienne, Deutsche Grammophon (CD), 1991-1992.

—, Peter Schneider (dir.), Werner Herzog (mise en scène), Paul Frey, Cheryl Studer, Manfred Schenk, Gabriele Schnaut, chœur et orchestre du Festival de Bayreuth, Deutsche Grammophon (DVD), 1990.

—, Kent Nagano (dir.), Nikolaus Lehnhoff (mise en scène), Klaus Florian Vogt, Solveig Kringelborn, Han-Peter König, Tom Fox, Waltraud Meier, Roman Trekel, chœur de l'Opéra national de Lyon, Deutsche Symphonie-Orchester Berlin, Opus Arte (DVD), 2006.

Tristan und Isolde, Karl Böhm (dir.), Wolfgang Windgassen, Birgit Nilsson, Christa Ludwig, Eberhard Wächter, Martti Talvela, chœur et orchestre du Festival de Bayreuth, Deutsche Grammophon (CD), 1966.

—, Wilhelm Furtwängler (dir.), Ludwig Suthaus, Kirsten Flagstad, Blanche Thebom, Dietrich Fischer-Dieskau, Josef Greindl, chœur du Covent Garden, orchestre Philharmonia, Emi (CD), 1952.

—, Carlos Kleiber (dir.), René Kollo, Margaret Price, Brigitte Fassbaender, Dietrich Fischer-Dieskau, Kurt Moll, chœur de la Radio de Leipzig, Staatskapelle de Dresde, Deutsche Grammophon (CD), 1982.

—, Daniel Barenboïm (dir.), Jean-Pierre Ponnelle (mise en scène), René Kollo, Johanna Meier, Matti Salminen, Hanna Schwarz, chœur et orchestre du Festival de Bayreuth, Deutsche Grammophon (DVD), 1983.

—, Daniel Barenboïm (dir.), Patrice Chéreau (mise en scène), Waltraud Meier, Ian Storey, Matti Salminen, Michelle De Young, Gerd Grochowski, chœur et orchestre de la Scala de Milan, Virgin (DVD), 2007.

Die Meistersinger von Nürnberg, Rafael Kubelik (dir.), Thomas Stewart, Sandor Konya, Gundula Janowitz, Franz Crass, chœur et orchestre de la Radio bavaroise, Arts (CD), 1967.

—, Wilhelm Furtwängler (dir.), Jaro Prohaska, Martha Fuchs, Max Lorenz, chœur et orchestre du Festival de Bayreuth — 1943 — Walhall (CD)

—, Georg Solti (dir.), José Van Dam, Ben Heppner, Alan Opie, chœur et orchestre symphonique de Chicago, Decca (CD), 1995.

—, Horst Stein (dir.), Wolfgang Wagner (mise en scène), Bernd Weikl, Manfred Schenk, Hermann Prey, Siegfried Jerusalem, Mari Anne Häggander, chœur et orchestre du Festival de Bayreuth, Deutsche Grammophon (DVD), 1984.

—, Sebastian Weigle (dir.), Katharina Wagner (mise en scène), Franz Hawlata, Michael Volle, Klaus Florian Vogt, Norbert Ernst, chœur et orchestre du Festival de Bayreuth, Bayreuther Festspiele (DVD), 2008.

Der Ring des Nibelungen, Karl Böhm (dir.), Theo Adam, Wolfgang Windgassen, Birgit Nilsson, James King, chœur et orchestre du Festival de Bayreuth, Decca ou Philips (CD), 1966-1967.

—, Georg Solti (dir.), George London, Hans Hotter, Wolfgang Windgassen, Birgit Nilsson, Régine Crespin, James King, Christa

Ludwig, Kirsten Flagstad, chœur de l'Opéra de Vienne, orchestre philharmonique de Vienne, Decca (CD), 1958-1964.

—, Clemens Krauss (dir.), Hans Hotter, Wolfgang Windgassen, Astrid Varnay, Regina Resnik, Ramon Vinay, Gustav Neidlinger, Josef Greindl, chœur et orchestre du Festival de Bayreuth, Archipel / Opera d'Oro / Gala (CD), 1953.

—, Wolfgang Sawallisch (dir.), Robert Hale, Robert Tear, Hildegard Behrens, Jan-Hendrik Rootering, Kurt Moll, Julia Varady, René Kollo, chœur et orchestre du Staatsoper de Munich, Emi (CD), 1989.

—, Pierre Boulez (dir.), Patrice Chéreau (mise en scène), Donald McIntyre, Gwyneth Jones, Siegfried Jerusalem, Peter Hofmann, Heinz Zednik, Franz Mazura, chœur et orchestre du Festival de Bayreuth, Deutsche Grammophon (DVD), 1980.

—, Michael Schonwandt (dir.), Kasper Bech Holten (mise en scène), Johan Reuter, Stig Andersen, Gitta-Maria Sjöberg, James Johnson, Sten Byriel, chœur et orchestre de l'Opéra de Copenhague, Decca (DVD), 2006.

Parsifal, Hans Knappertsbusch (dir.), Wolfgang Windgassen, Martha Mödl, George London, Hermann Uhde, Arnold Van Mill, chœur et orchestre du Festival de Bayreuth, Naxos (CD), 1951.

—, Clemens Krauss (dir.), Ramon Vinay, Martha Mödl, Ludwig Weber, George London, Hermann Uhde, Josef Greindl, chœur et orchestre du Festival de Bayreuth, Andromeda (CD), 1953.

—, Herbert von Karajan (dir.), José Van Dam, Peter Hofmann, Dunja Vejzovic, Kurt Moll, Siegmund Nimsgern, chœur de l'Opéra allemand de Berlin, orchestre philharmonique de Berlin, Deutsche Grammophon (CD), 1979-1980.

—, Kent Nagano (dir.), Nikolaus Lehnhoff (mise en scène), Waltraud Meier, Christopher Ventris, Matti Salminen, Tom Fox, Thomas Hampson, chœur et orchestre du Festival de Baden-Baden, Opus Arte (DVD), 2004.

—, Bernard Haitink (dir.), Hans Hollmann (mise en scène), Michael Volle, Matti Salminen, Christopher Ventris, Yvonne Naef, Rolf Haustein, chœur et orchestre de l'Opéra de Zurich, Deutsche Grammophon (DVD), 2007.

Enfin, le mélomane qui souhaiterait posséder « tout » Wagner, ou presque, en CD trouvera les dix grands opéras, tous captés à

Bayreuth, dans un coffret Decca de 33 disques à prix très modique. Les interprétations y sont souvent parmi les meilleures : Wolfgang Sawallisch (*Der fliegende Holländer, Tannhäuser, Lohengrin*), Karl Böhm (*Tristan und Isolde*, le *Ring*), Silvio Varviso (*Die Meistersinger*) et James Levine (*Parsifal*).

REMERCIEMENTS

Tout au long de ce travail, des encouragements précieux m'ont aidé à m'obstiner. Je songe bien sûr à GÉRARD DE CORTANZE, à JEAN-BAPTISTE BARONIAN, à VÉRONIQUE BERGEN, à MONIQUE DORSEL, à THILDE BARBONI, à PHILIPPE JONES, à PIERRE MERTENS, à JEAN JAUNIAUX, à PATRICK ROEGIERS, à JOËL SCHMIDT, à LAURENT BÉGHIN, à PAUL TABET, à JACQUES FRANCK, à BENOÎT MERNIER, à BERNARD FOCCROULE, à ROBERT WANGERMÉE, à FRANCE BASTIA, à GRACIANE FINZI, à GABRIELLA GOGA, à SOSSIO GIAMETTA, à AURELIO PAPPALARDO, à mes amis du G5, au personnel de l'Académie. Je dois à ASTRID VON HARDENBERG d'avoir pu me rendre à Bayreuth, au bibliothécaire du Cercle gaulois d'avoir eu accès à des ouvrages rares et anciens, à WILFRIED et à MARIETTA TOPS de m'avoir permis de travailler face au port de La Valette, à mon gendre GÉRALD MATLET de m'avoir sauvé, par ses compétences, du marasme informatique, à MURIEL COLLART d'avoir apporté tous ses soins au manuscrit.

Und Claudia widme ich natürlich dieses Buch.

NOTES

PRÉFACE

1. Cité par Roger Wertheimer, in *Ethics*, avril 1998, University of Chicago Press.
2. Theodor Adorno, *Essai sur Wagner*, Gallimard, 1966.

« KLARA, NE PARS PAS SANS MOI ! »

1. Richard Wagner, *Ma vie*, Buchet/Chastel, 1978.
2. *Ibid.*
3. Martin Gregor-Dellin, *Richard Wagner*, Fayard, 1981.
4. Richard Wagner, *Ma vie*, *op. cit.*
5. Walter Hansen, *Richard Wagner*, Deutscher Taschenbuch Verlag, 2006.
6. Martin Gregor-Dellin, *Richard Wagner*, *op. cit.*
7. Richard Wagner, *Ma vie*, *op. cit.*
8. Walter Hansen, *Richard Wagner*, *op. cit.*
9. Richard Wagner, *Ma vie*, *op. cit.*

« JE SENTAIS DIEU DEBOUT À CÔTÉ DE MOI »

1. Richard Wagner, *Ma vie*, *op. cit.*
2. *Ibid.*
3. *Ibid.*
4. Martin Gregor-Dellin, *Richard Wagner*, *op. cit.*
5. Richard Wagner, *Ma vie*, *op. cit.*

6. Walter Hansen, *Richard Wagner, op. cit.*

7. Sigmund Freud, « Contribution à la psychologie de la vie amoureuse », *La Vie sexuelle*, PUF, 1969.

8. Richard Wagner, *Ma vie, op. cit.*

9. Fernand Leclercq, dans *Guide des opéras de Wagner*, Michel Pazdro (dir.), Fayard, coll. « Les indispensables de la musique », 1988.

« MON CANICHE, MA MONTRE ET LA PLANER »

1. Richard Wagner, *Ma vie, op. cit.*

2. *Ibid.*

3. Martin Gregor-Dellin, *Richard Wagner, op. cit.*

4. Richard Wagner, *Ma vie, op. cit.*

5. *Ibid.*

6. *Ibid.*

7. Guy de Pourtalès, *Wagner. Histoire d'un artiste*, Gallimard, 1932.

8. Marcel Brion, « Héros de son propre drame », *Richard Wagner*, Hachette, coll. « Génies et Réalités », 1962.

9. Ludwig Marcuse, *Richard Wagner : Ein denkwürdiges Leben*, Diogenes, 1973.

10. Eva Rieger, *Minna und Richard Wagner : Stationen einer Liebe*, Patmos, 2003.

11. Martin Gregor-Dellin, *Richard Wagner, op. cit.*

12. Richard Wagner, *Ma vie, op. cit.*

« VISQUEUX, TRAÎNANTS, LOURDS, PARESSEUX ET GROSSIERS »

1. Richard Wagner, *Briefe*, Reclam, 1990.

2. Richard Wagner, *Ma vie, op. cit.*

3. Martin Gregor-Dellin, *Richard Wagner, op. cit.*

4. *Ibid.*

5. *Ibid.*

6. Walter Hansen, *Richard Wagner, op. cit.*

7. *Ibid.*

8. Martin Gregor-Dellin, *Richard Wagner, op. cit.*

9. Richard Wagner, *Briefe, op. cit.*

« POUR MOI, LA RUPTURE EST DÉCIDÉE »

1. Zdenko von Kraft, *Tel fut Wagner*, Éditions du Sud-Éditions Albin Michel, coll. « Vies et visages », 1957.
2. Richard Wagner, *Ma vie, op. cit.*
3. Walter Hansen, *Richard Wagner, op. cit.*
4. Martin Gregor-Dellin, *Richard Wagner, op. cit.*
5. *Les Débats*, octobre 1845.
6. Martin Gregor-Dellin, *Richard Wagner, op. cit.*
7. *Ibid.*
8. *Ibid.*
9. *Ibid.*
10. Walter Hansen, *Richard Wagner, op. cit.*
11. *Ibid.*
12. Martin Gregor-Dellin, *Richard Wagner, op. cit.*
13. Eduard Hanslick, *Musikalische Stationen*, Hofmann, 1890.
14. Richard Wagner, *Ma vie, op. cit.*

« NE T'INQUIÈTE PAS POUR MOI, JE SUIS IMMORTEL ! »

1. Martin Gregor-Dellin, *Richard Wagner, op. cit.*
2. Martin Geck, *Richard Wagner*, Rowolt Taschenbuch Verlag, 2004.
3. Richard Wagner, *Briefe, op. cit.*
4. Walter Hansen, *Richard Wagner, op. cit.*
5. Martin Gregor-Dellin, *Richard Wagner, op. cit.*
6. Richard Wagner, *Ma vie, op. cit.*
7. Richard Wagner, *Mes œuvres*, Corréa, 1941.
8. Zdenko von Kraft, *Tel fut Wagner, op. cit.*
9. Richard Wagner, *Briefe, op. cit.*

« OÙ JE COMPTE ALLER, JE NE LE SAIS PAS »

1. Richard Wagner, *Lettres à Minna Wagner*, Gallimard, 1943.
2. Walter Hansen, *Richard Wagner, op. cit.*
3. Richard Wagner, *Ma vie, op. cit.*
4. Richard Wagner, *Briefe, op. cit.*

5. Henri Lichtenberger, *Richard Wagner poète et penseur*, Félix Alcan, 1848.
6. Richard Wagner, *Briefe, op. cit.*
7. Martin Gregor-Dellin, *Richard Wagner, op. cit.*
8. *Ibid.*
9. Richard Wagner, *Briefe, op. cit.*

« JE NE PEUX QUAND MÊME PAS DORMIR SUR LA PAILLE »

1. Richard Wagner, *Briefe, op. cit.*
2. Martin Gregor-Dellin, *Richard Wagner, op. cit.*
3. Richard Wagner, *Briefe, op. cit.*
4. *Ibid.*
5. *Ibid.*
6. Martin Gregor-Dellin, *Richard Wagner, op. cit.*
7. Walter Hansen, *Richard Wagner, op. cit.*
8. Richard Wagner, *Briefe, op. cit.*
9. *Ibid.*
10. Richard Wagner, *Ma vie, op. cit.*
11. Walter Hansen, *Richard Wagner, op. cit.*
12. Martin Gregor-Dellin, *Richard Wagner, op. cit.*

« C'EST EN MOI QUE JE PORTE MON ALLEMAGNE »

1. Richard Wagner, *Briefe, op. cit.*
2. Walter Hansen, *Richard Wagner, op. cit.*
3. Martin Gregor-Dellin, *Richard Wagner, op. cit.*
4. Richard Wagner, *Briefe, op. cit.*
5. Martin Gregor-Dellin, *Richard Wagner, op. cit.*
6. Richard Wagner, *Briefe, op. cit.*
7. Richard et Cosima Wagner, *Lettres à Judith Gautier*, Gallimard, coll. « Connaissance de soi », 1964.
8. Guy de Pourtalès, *Wagner. Histoire d'un artiste, op. cit.*
9. Richard Wagner, *Briefe, op. cit.*
10. Martin Gregor-Dellin, *Richard Wagner, op. cit.*

« LE MONDE ME DOIT CE QU'IL ME FAUT »

1. Walter Hansen, *Richard Wagner, op. cit.*
2. *Ibid.*
3. *Ibid.*
4. Richard Wagner, *Briefe, op. cit.*
5. Martin Gregor-Dellin, *Richard Wagner, op. cit.*
6. Walter Hansen, *Richard Wagner, op. cit.*
7. Richard Wagner, *Briefe, op. cit.*
8. *Ibid.*
9. *Ibid.*
10. Richard Wagner, *Ma vie, op. cit.*
11. *Ibid.*
12. *Ibid.*
13. Martin Gregor-Dellin, *Richard Wagner, op. cit.*
14. Richard Wagner, *Briefe, op. cit.*

« MON JEUNE ROI PLEIN DE GRÂCES »

1. *L'Enchanteur et le roi des ombres*, correspondance entre Wagner et Louis II de Bavière, Librairie académique Perrin, 1976.
2. Richard Wagner, *Ma vie, op. cit.*
3. *L'Enchanteur et le roi des ombres, op. cit.*
4. Walter Hansen, *Richard Wagner, op. cit.*
5. Guy de Pourtalès, *Wagner. Histoire d'un artiste, op. cit.*
6. Martin Gregor-Dellin, *Richard Wagner, op. cit.*
7. Richard Wagner, *Briefe, op. cit.*
8. *Ibid.*
9. *L'Enchanteur et le roi des ombres, op. cit.*
10. Walter Hansen, *Richard Wagner, op. cit.*
11. Guy de Pourtalès, *Wagner. Histoire d'un artiste, op. cit.*
12. Martin Gregor-Dellin, *Richard Wagner, op. cit.*
13. Richard Wagner, *Briefe, op. cit.*
14. *Ibid.*
15. *L'Enchanteur et le roi des ombres, op. cit.*
16. Richard Wagner, *Briefe, op. cit.*
17. Guy de Pourtalès, *Wagner. Histoire d'un artiste, op. cit.*
18. *L'Enchanteur et le roi des ombres, op. cit.*

19. Cité par Walter Hansen, *Richard Wagner, op. cit.*
20. *Ibid.*
21. *Ibid.*
22. *Ibid.*
23. *Ibid.*
24. Richard Wagner, *Briefe, op. cit.*
25. *Ibid.*
26. Walter Hansen, *Richard Wagner, op. cit.*
27. Martin Gregor-Dellin, *Richard Wagner au jour le jour*, Gallimard, coll. « Idées », 1976.
28. *Ibid.*
29. Martin Gregor-Dellin, *Richard Wagner, op. cit.*
30. *Ibid.*

« LA ROYAUTÉ, CROYEZ-LE, EST UNE RELIGION »

1. Martin Gregor-Dellin, *Wagner au jour le jour, op. cit.*
2. *L'Enchanteur et le roi des ombres, op. cit.*
3. Walter Hansen, *Richard Wagner, op. cit.*
4. *L'Enchanteur et le roi des ombres, op. cit.*
5. Martin Gregor-Dellin, *Richard Wagner, op. cit.*
6. *Ibid.*
7. *L'Enchanteur et le roi des ombres, op. cit.*
8. *Ibid.*
9. Walter Hansen, *Richard Wagner, op. cit.*
10. *L'Enchanteur et le roi des ombres, op. cit.*
11. *Ibid.*
12. *Ibid.*
13. Zdenko von Kraft, *Tel fut Wagner, op. cit.*
14. *L'Enchanteur et le roi des ombres, op. cit.*

« HEURES DE TRAVAIL, LES SEULES QUI ME RENDENT VRAIMENT HEUREUX »

1. Cité par Anthony T. Wilson, in *Über die Galgenlieder Christian Morgenstern*, Königshausen und Naumann, 2003.

2. Martin Gregor-Dellin, *Richard Wagner, op. cit.*
3. *Ibid.*
4. *Ibid.*
5. Martin Gregor-Dellin, *Wagner au jour le jour, op. cit.*
6. *Ibid.*
7. *L'Enchanteur et le roi des ombres, op. cit.*
8. *Ibid.*
9. *Ibid.*
10. *Ibid.*
11. *Ibid.*
12. Marcel Beaufils, *Wagner et le wagnérisme*, Aubier, 1980.
13. *Ibid.*
14. *Ibid.*
15. Martin Gregor-Dellin, *Wagner au jour le jour, op. cit.*
16. *Ibid.*
17. Guy de Pourtalès, *Wagner. Histoire d'un artiste, op. cit.*
18. *Ibid.*
19. *Ibid.*
20. Richard Wagner, *Briefe, op. cit.*
21. *Ibid.*
22. Martin Gregor-Dellin, *Wagner au jour le jour, op. cit.*
23. *L'Enchanteur et le roi des ombres, op. cit.*

« TERMINÉ À WAHNFRIED : JE N'AI RIEN À AJOUTER ! ! »

1. *L'Enchanteur et le roi des ombres, op. cit.*
2. *Ibid.*
3. Cosima Wagner, *Journal*, Gallimard, 1977.
4. Martin Gregor-Dellin, *Richard Wagner, op. cit.*
5. *Ibid.*
6. *Ibid.*
7. *Ibid.*
8. *Ibid.*
9. *Ibid.*
10. Cité par Martin Gregor-Dellin, *Richard Wagner, op. cit.*
11. *Ibid.*
12. *L'Enchanteur et le roi des ombres, op. cit.*

13. Walter Hansen, *Richard Wagner, op. cit.*
14. *Ibid.*
15. Cosima Wagner, *Journal, op. cit.*
16. Martin Gregor-Dellin, *Richard Wagner, op. cit.*
17. *Ibid.*
18. *Ibid.*
19. *L'Enchanteur et le roi des ombres, op. cit.*
20. Walter Hansen, *Richard Wagner, op. cit.*

« CAR MA LASSITUDE EST SANS BORNES »

1. Martin Gregor-Dellin, *Richard Wagner, op. cit.*
2. Joseph Rovan, « Le bourgeois Wagner et le pangermanisme », *Richard Wagner*, Hachette, coll. « Génies et Réalités », 1962.
3. Martin Gregor-Dellin, *Richard Wagner, op. cit.*
4. Cosima Wagner, *Journal, op. cit.*
5. Martin Gregor-Dellin, *Richard Wagner au jour le jour, op. cit.*
6. Martin Gregor-Dellin, *Richard Wagner, op. cit.*
7. *Ibid.*
8. *Ibid.*
9. *Ibid.*
10. Walter Hansen, *Richard Wagner, op. cit.*
11. *Ibid.*
12. Martin Gregor-Dellin, *Richard Wagner, op. cit.*
13. Cosima Wagner, *Journal, op. cit.*
14. Martin Gregor-Dellin, *Richard Wagner au jour le jour, op. cit.*
15. *Ibid.*
16. *Ibid.*
17. Richard et Cosima Wagner, *Lettres à Judith Gautier, op. cit.*
18. *Ibid.*
19. Cosima Wagner, *Journal, op. cit.*
20. Martin Gregor-Dellin, *Richard Wagner, op. cit.*
21. Cosima Wagner, *Journal, op. cit.*
22. Martin Gregor-Dellin, *Richard Wagner, op. cit.*
23. *Ibid.*
24. *Ibid.*
25. *Ibid.*
26. *Ibid.*

27. *Ibid.*
28. Richard Wagner, *Briefe, op. cit.*
29. Martin Gregor-Dellin, *Richard Wagner, op. cit.*
30. *Ibid.*
31. *Ibid.*
32. *Ibid.*
33. *Ibid.*
34. *L'Enchanteur et le roi des ombres, op. cit.*

« IL N'Y A PLUS RIEN À ATTENDRE DE MOI »

1. Martin Gregor-Dellin, *Richard Wagner au jour le jour, op. cit.*
2. Martin Gregor-Dellin, *Richard Wagner, op. cit.*
3. *Ibid.*
4. *Ibid.*
5. Richard Wagner, *Briefe, op. cit.*
6. Martin Gregor-Dellin, *Wagner, op. cit.*
7. Walter Hansen, *Richard Wagner, op. cit.*
8. Cosima Wagner, *Journal, op. cit.*
9. *L'Enchanteur et le roi des ombres, op. cit.*
10. Martin Gregor-Dellin, *Richard Wagner, op. cit.*
11. *Ibid.*
12. *Ibid.*
13. *L'Enchanteur et le roi des ombres, op. cit.*
14. Cosima Wagner, *Journal, op. cit.*
15. *L'Enchanteur et le roi des ombres, op. cit.*
16. *Ibid.*
17. Cosima Wagner, *Journal, op. cit.*
18. *L'Enchanteur et le roi des ombres, op. cit.*

ANNEXES

FOLIO BIOGRAPHIES

Alexandre le Grand, par JOËL SCHMIDT

Lou Andreas-Salomé, par DORIAN ASTOR

Attila, par ÉRIC DESCHODT. Prix « Coup de cœur en poche 2006 » décerné par *Le Point*

Joséphine Baker, par JACQUES PESSIS

Balzac, par FRANÇOIS TAILLANDIER

Baudelaire, par JEAN-BAPTISTE BARONIAN

Beethoven, par BERNARD FAUCONNIER

Sarah Bernhardt, par SOPHIE AUDE PICON

Bouddha, par SOPHIE ROYER

James Brown, par STÉPHANE KOECHLIN

Maria Callas, par RENÉ DE CECCATTY

Calvin, par JEAN-LUC MOUTON

Camus, par VIRGIL TANASE

Le Caravage, par GÉRARD-JULIEN SALVY

Céline, par YVES BUIN

Jules César, par JOËL SCHMIDT

Cézanne, par BERNARD FAUCONNIER. Prix de biographie de la ville de Hossegor, 2007

Chopin, par PASCALE FAUTRIER

Cléopâtre, par JOËL SCHMIDT

Albert Cohen, par FRANCK MÉDIONI

Colette, par MADELEINE LAZARD

James Dean, par JEAN-PHILIPPE GUERAND

Diderot, par RAYMOND TROUSSON

Marlene Dietrich, par JEAN PAVANS

Albert Einstein, par LAURENT SEKSIK

Fellini, par BENITO MERLINO

Freud, par RENÉ MAJOR et CHANTAL TALAGRAND

Gandhi, par CHRISTINE JORDIS. Prix du livre d'histoire de la ville de Courbevoie, 2008

Federico García Lorca, par ALBERT BENSOUSSAN

De Gaulle, par ÉRIC ROUSSEL

Geronimo, par OLIVIER DELAVAULT

Goya, par MARIE-FRANCE SCHMIDT

Billie Holiday, par SYLVIA FOL

Ibsen, par JACQUES DE DECKER

Jésus, par CHRISTIANE RANCÉ

Janis Joplin, par JEAN-YVES REUZEAU

Kafka, par GÉRARD-GEORGES LEMAIRE

Kerouac, par YVES BUIN

Lapérouse, par ANNE PONS

Louis XIV, par ÉRIC DESCHODT

Louis XVI, par BERNARD VINCENT

Machiavel, par HUBERT PROLONGEAU

Bob Marley, par JEAN-PHILIPPE DE TONNAC

Michel-Ange, par NADINE SAUTEL

Modigliani, par CHRISTIAN PARISOT

Molière, par CHRISTOPHE MORY

Marilyn Monroe, par ANNE PLANTAGENET

Moïse, par CHARLES SZLAKMANN

Mozart, par JEAN BLOT

Musset, par ARIANE CHARTON

Gérard de Nerval, par GÉRARD COGEZ

Pasolini, par RENÉ DE CECCATTY

Pasteur, par JANINE TROTEREAU

Picasso, par GILLES PLAZY

Marco Polo, par OLIVIER GERMAIN-THOMAS

Louis Renault, par JEAN-NOËL MOURET

Rimbaud, par JEAN-BAPTISTE BARONIAN

Shakespeare, par CLAUDE MOURTHÉ

Stendhal, par SANDRINE FILLIPETTI

Jacques Tati, par JEAN-PHILIPPE GUERAND

Tchekhov, par VIRGIL TANASE

Toussaint Louverture, par ALAIN FOIX

Van Gogh, par DAVID HAZIOT. Prix d'Académie 2008 décerné par l'Académie française (Fondation Le Métais-Larivière)

Verlaine, par JEAN-BAPTISTE BARONIAN

Boris Vian, par CLAIRE JULLIARD

Léonard de Vinci, par SOPHIE CHAUVEAU

Wagner, par JACQUES DE DECKER

Andy Warhol, par MERIAM KORICHI

Oscar Wilde, par DANIEL SALVATORE SCHIFFER

Virginia Woolf, par ALEXANDRA LEMASSON

Tennessee Williams, par LILIANE KERJAN

Stefan Zweig, par CATHERINE SAUVAT

Composition CPI Bussière
Impression Maury-Imprimeur
45330 Malesherbes
le 23 septembre 2010.
Dépôt légal : septembre 2010.
Numéro d'imprimeur : 158590.

ISBN 978-2-07-034699-8. / Imprimé en France.

151962